U0941605

“叶永烈看世界”系列·美丽中国

南国风情录

叶永烈 著

上海交通大學出版社
SHANGHAI JIAO TONG UNIVERSITY PRESS

内容提要

中国的南海边上，已经形成中国经济最活跃的地区之一。不论是广东的珠江三角洲，还是海南经济特区，不论是香港特别行政区，还是澳门特别行政区，在改革开放和一国两制思想的指引下，春色满园。

南国别样风情，令人流连忘返，不光是阳光、碧海、沙滩。当你到那走一走，看一看，你将能够触摸中国的时代风貌，感受中国强烈跃动的心声。

图书在版编目（CIP）数据

南国风情录 / 叶永烈著. —上海 ：上海交通大学出版社，2013
（叶永烈看世界．美丽中国）
ISBN 978-7-313-09537-4

Ⅰ. ①南… Ⅱ. ①叶… Ⅲ. ①游记—作品集—中国—当代 Ⅳ. ①I267.4

中国版本图书馆 CIP 数据核字（2013）第 051885 号

南国风情录

著　　者：叶永烈
出版发行：上海交通大学出版社　　地　址：上海市番禺路 951 号
邮　　编：200030　　电　话：021-64071208
出 版 人：韩建民
印　　刷：上海锦佳印刷有限公司　　经　销：全国新华书店经销
开　　本：787mm×960mm　1/16　　印　张：16.25
字　　数：277 千字
版　　次：2014 年 1 月第 1 版　　印　次：2014 年 1 月第 1 次印刷
书　　号：ISBN 978-7-313-09537-4/I
定　　价：45.00 元

总序

在写作之余，我有两大爱好：一是旅游，二是摄影。

小时候，我很羡慕父亲常常拎着个皮箱从温州乘船出差到上海。我也很希望有机会到温州以外的地方旅行。父亲说，那很简单，在你的额头贴张邮票，把你从邮局寄出去就行了。

可惜，我直到高中毕业，还没有从邮局寄出去，没有离开过小小的温州。直至考上北京大学，这才终于远涉千里，来到首都北京，大开眼界。

大学毕业之后，我在电影制片厂工作，出差成了家常便饭。我几乎走遍中国大陆。

随着国门的开放，我有机会走出去，周游世界。光是美国，我就去了七趟，每一回住一两个月，从夏威夷直至纽约，都留下我的足迹。我也七次来到祖国宝岛台湾，走遍台、澎、金、马，走遍台湾22个县市。

我的旅行，常常是“自由行”。比如我应邀到澳大利亚悉尼、墨尔本讲学，就顺便在澳大利亚自由行，走了很多地方。美国爆发“9•11”事件，我特地从上海赶往纽约进行采访，写作50万字的纪实长篇《受伤的美国》。我也参加各种各样的旅行团，到各国旅行。通常，我总是选择那种旅程较长的旅游团，以求深入了解那个国家。

记得，在朝鲜旅行的时候，我问导游，明天——7月27日，你们国家会有什么样的庆祝活动？那位导游马上很“警觉”地反问我：“叶先生，你以前是否来过朝鲜？”此后好几次，当我跟他交谈时，他又这么问我。我确实是第一次去朝鲜。但是我在去每一个国家之前，都事先充分“备课”。去朝鲜之前，我曾经十分详细研究过朝鲜的历史和文化，知道1953年7月27日朝鲜战争停战协定在板门店签订，朝鲜把这一天定为“祖国解放战争胜利日”，年年庆祝。然而，在朝鲜导游看来，一个对朝鲜情况如此熟知的游客，势必是此前来过朝鲜。

很多人问我，在上海住了将近半个世纪，为什么只写过几篇关于上海的散文，却没有写过一本关于上海风土人情的书。我的回答是：“熟悉的地方没有风景。”总在一个地方居住，我的目光被“钝化”了，往往

“视而不见”。当我来到一个陌生的国家，陌生的城市，往往会有一种新鲜感。这种新鲜感是非常可贵的，使我的目光变得异常敏锐。出于职业习惯，我每到一个国家，都会以我的特有的目光进行观察，“捕捉”各种各样的细节。在东京，我注意到在空中盘旋着成群的乌鸦，肆无忌惮地在漂亮的轿车上丢下“粪弹”，东京人居然熟视无睹。我写了《东京的乌鸦》，写出中日两国不同的“乌鸦观”，乌鸦的习性，为什么乌鸦在东京喜欢“住”郊区，乌鸦如何到东京“上班”，日本人如何对乌鸦奉若神明。我的这篇阐述日本“乌鸦文化”的散文发表之后，被众多的报刊转载，原因在于我写出了“人人眼中有，个个笔下无”。

漫步在海角天边，把沉思写在白云之上，写在浮萍之上。至今我仍是不倦的“驴友”。我的双肩包里装着手提电脑和照相机，我的足迹遍及亚、欧、美、澳、非五大洲近40个国家和地区。

我注重从历史、文化的角度去观察每一个国家和地区。在我看来，文化是民族的灵魂，历史是人类的脚印。正因为这样，只有以文化和历史这“双筒望远镜”观察世界，才能撩开瑰丽多彩的表象轻纱，深层次地揭示丰富深邃的内涵。我把我的所见、所闻、所记、所思凝聚笔端，写出一部又一部“行走文学”作品。

我把旅游视为特殊的考察，特殊的采访。我在台湾日月潭旅行时，住在涵碧楼。我在事先做“功课”时知道，涵碧楼原本是蒋介石父子在台湾的行宫。我特地跑到当地旅游局，希望查阅两蒋在涵碧楼的历史资料。他们告诉我，在涵碧楼里，就有一个专门的展览馆。于是，我到涵碧楼总台，打听展览馆在哪里。总台小姐很惊讶地说：“那个展览馆已经关闭多年，因为几乎没有什么客人前去参观，难得有叶先生这样喜欢研究历史的人。”她打开尘封已久的展览馆的大门，我在那里“泡”了两小时，有了重大发现，因为那里的展品记载了蒋介石父子在涵碧楼接见曹聚仁。曹聚仁乃是奔走于海峡两岸的“密使”，但是台湾方面从未提及此事。我把这一发现写进发表于上海《文汇报》的文章里，引起海峡两岸的关注……

我爱好摄影，则是因为在电影制片厂做了18年编导，整天跟摄影打交道，所以很注重“画面感”。我在旅行时，边游边摄，拍摄了大量的照片。在我的电脑里，如今保存了十几万张照片。除了拍摄各种各样的景点照片之外，我也很注意拍摄“特殊”的照片。比如，我在迪拜看见封闭式的公共汽车站，立即“咔嚓”一声拍了下来，因为这是世界上绝无仅有的公共汽车站，内中安装了冷气机。这一细节，充分反映了迪拜人观念的领先以及迪拜的富有和豪华。在韩国一家餐馆的外墙，我看见把一个个泡菜坛嵌进墙里，也拍了下来，因为这充分体现韩国人浓浓的泡菜情结。在马来西亚一家宾馆里，我看见办公室内挂着温家宝总理与汶川地震灾区的孩子在一起的大幅照片，很受感动，表明马来西亚人对中国的关注。只是已经到了下班时间，办公室的门锁上了，我只能从透过玻璃窗拍摄。门卫见了，打开办公室的门，让我入内拍摄，终于拍到满意的照片……照片是形象的视觉艺术。一张精彩照片所包含的信息量是很丰富的，是文字所无法替代的。

每一次出国归来，我要进行“总结”。这时候，我的本职——作家，与我的两大爱好旅行与摄影“三合一”——我把我的观察写成文字，配上所拍摄的图片，写成一本又一本图文并茂的书。日积月累，我竟然出版了20多本这样的“行走文学”图书。

我的“行走文学”，着重于从历史、从文化的视角深度解读一个个国家和地区，不同于那些停留于景点介绍的浅层次的旅游图书。其实，出国旅游是打开一扇观察世界的窗口，而只有善于学习各地的长处，自己才能进步。他山之石，可以攻玉。旅游是开阔眼界之旅，解放思想之旅，长知识，广见闻，旅游是学习之旅。从这个意义上讲，旅游者不仅仅是观光客。

承上海交通大学出版社的美意，在副总编刘佩英小姐的鼓励下，计划出版一套《叶永烈看世界》丛书，随着我一边“漫游”一边再继续出下去。我期望在继续完成一系列当代重大政治题材纪实文学的同时，能够不断向广大读者奉献轻松活泼的“行走文学”新作。

叶永烈
2010年6月28日初稿
2013年2月6日修改
于上海“沉思斋”

本卷序

眼下，中国流行旅游热。文坛上流行旅游文学——“行走文学”。

其实，“行走文学”古已有之。古人早就提倡“读万卷书，行万里路”。把“行万里路”的所见所闻用文学的笔调记述下来，就是“行走文学”。明朝的《徐霞客游记》就是“行走文学”的佳作。

我喜欢“行走”，几乎走遍中国大地。就拿2006年来说，每个月都要外出，我的行程远远超过万里：1月至2月，我在海南岛度过了30天，回上海的时候路过广州；3月，来到杭州；4月，分别前往江苏的苏州和太仓作讲座；5月，我作为“送书大使”飞往贵州，为那里的小朋友赠送大批图书；6月，应邀前往新疆参加全国书市，并在乌鲁木齐、克拉玛依、库尔勒、吐鲁番签名售书；7月，来到大连讲座并去了旅顺、丹东以及朝鲜；8月，因当选“河北读者最喜爱的作家”之一，来到石家庄和保定；9月，前往延安参加纪念长征70周年；10月，回到故乡温州作讲座；11月，在北京出席中国作家协会第七次全国代表大会；12月，应香港艺术发展局的邀请飞往香港出席文学研讨会。

我每到一地，不仅拍摄了许多照片，而且常常把我的印象、我的观察写成游记式的散文。我的这些旅游散文，不仅视角与众不同，而且我是因为采访、出差、工作走遍四方，我的旅行时间要比跟随旅游团的旅游者从容，我的观察要比旅游者更加细致。我的所到之处，很多是旅游团不去的地方。

“叶永烈看世界·美丽中国”系列的这三本书《风从东方来》、《南国风情录》和《中西部揽胜》就是我在中国走南闯北写下的旅游散文的选集。我的“行走文学”，是以纪实文学作家的目光进行仔细观察写下的，是我的亲历、亲见、亲闻。我注重细节，注重“花絮”，注重民生风情。

我常常有这样的体会，刚刚从外地回来，趁着那股新鲜感还没有消失，立即把种种见闻写下来，往往能够写出一篇充满细节、很有激情的旅游散文。然而，如果不是趁热打铁，而是时隔一两个月再去写，就会笔头发涩，怎么也写不出来。我庆幸自己还不懒惰，总是在第一时间里把旅游散文写好。正因为这样，日积月累，我在纸上留下了那么多的“足迹”……

在书中，配合文章，把我在全国各地拍摄的照片作为插图，以使全书图文并茂，更富有可读性。

叶永烈
2013年2月7日
于上海“沉思斋”

粤海游踪

广州沙面当年的使馆区与外国人聚居区

在广州喝茶

我从上海来到广州时，真不明白，为什么广州人会与茶结下深缘：且不用说进办公室、进友人家，刚坐下主人就会端出一壶茶，就连进饭店，在上菜上饭之前，服务员总是端来一壶茶，而那茶杯则总是小小的，犹如酒盅……

刚到广州，友人便邀我“饮早茶”。来到茶楼，我才知道那就是吃早饭，只不过比上海多一壶茶罢了。广州土语中夹杂许多文言文，抽烟叫“食烟”，喝茶则叫“饮茶”。一边“饮”着茶，一边“食”点心，这便是“饮早茶”。有红茶、乌龙茶、菊花茶、龙井茶，随你挑选。

不断地有友人邀我“饮茶”，而“饮茶”，不过是个由头，借茶聚会罢了。在茶楼，三五成群，围桌饮茶，交流信息。渐渐地，我发觉茶客之中，大致有这么个规律：饮早茶的以老年人居多，慢斟慢饮，跟老朋友们聊天，坐上一两个小时；饮下午茶，三点钟左右，大都是中青年，以男性居多，借茶桌当成谈判桌，或者借此聚会，交换市场信息；饮夜茶，半夜12点钟左右，大都是男女青年，成对成双，逛累了，借茶楼歇脚……

有一天，与友人去饮早茶，忽然发觉茶楼比往日拥挤，座无虚席。友人告诉我，今天是星期日，所以茶楼热闹非凡。原来，广州人很喜欢在星期日全家上茶楼，或者约上亲友在茶楼聚首。往往在清早6点钟左右，便有“先头部队”抵达茶楼，占领茶座，然后家人、亲戚陆陆续续入座，在茶楼“泡”上半天。我细细观察着他们的表情，有的独自凝思、有的喁喁而语、有的眉飞色舞、有的闭目养神、有的口若悬河、有的侧耳恭听、有的慢饮细品、有的烟茶交替。茶楼里，男女长幼，三教九流，各色人等，一应俱全，太平盛世气派。

我到马思聪故乡——广东海丰县采访，马思聪亲友以芝麻茶相待。茶上漂着一层去皮的白色芝麻，入口馨香，据告马思聪先生到美国之后，仍保持家乡喝芝麻茶的癖好。在海丰小巷深处，我见到妇女们把黑芝麻撒在井边水泥坪上，用卵石碾磨，除去黑色外壳，然后放在竹匾里晒干，供泡茶之用。

最有趣的是，我到潮州友人家做客，他以“功夫茶”招待我。其实，“功夫茶”与“功夫片”无关，只不过是沏茶颇花“工夫”（时间）罢了。他拿出一个盖碗，在碗里装满乌龙茶。炉子上放一小水壶。水沸之际，冲入茶碗，迅即盖上碗盖，把茶水浇入几只酒盅那么小的茶杯里。他拿着倾斜了的盖碗，在几只茶杯上方“巡回”着，使茶水均匀地浇进每一只小茶杯，这叫“关公巡城”。

茶水越来越少，最后，从盖碗中只流出一滴滴极浓的茶汁，他把茶汁逐滴轮流滴入各杯，这叫“韩信点兵”。按礼节，最后一滴茶汁，必须落在客人杯中，以表敬客之意。茶杯一般为三只，称“茶三酒四”。花费这么一番“工夫”之后，小茶杯里盛着黄褐色的茶汁。他用双指端起一杯，我也学着他的模样像京戏演员般斯斯文文用双指端茶，然后一饮而尽。那茶极浓，入口时又苦又涩。

顷刻，口中芳香四溢，苦转甜，涩转清，精神为之一爽。这时，主人又拿起比巴掌还小的那只小水壶，开始沏第二巡的功夫茶……

在改革的浪潮中，广州人的生活节奏变得很快，行路匆匆，办事利索，工作效率甚高。然而，唯有饮茶的节奏，那般慢条斯理，仿佛与他们紧张的生活格格不入。在广州住久了，终于明白：“文武之道，一张一弛。”慢节奏的饮茶习惯，使他们绷紧的弦得以放松，那是一种充满地方色彩的休息方式。

“食在广州”见闻

早就听说“食在广州”，如雷贯耳。不过，我对粤菜中的猫、狗、蛇、猴，敬而远之，所以这一回来到广州，并未领略粤菜的“精髓”。一位友人特地为我准备了一只重达12千克的狗，打算做狗肉火锅，我谢绝了，他以为我“坐失良机”！

虽说如此，广州的茶楼酒家，还是给我留下难以忘怀的印象。那里的茶楼酒家往往合而为一，每日“三茶两饭”，即“早茶、午饭、午茶、晚饭、夜茶”。

饮茶时有点心，吃饭时有茶，真是饭不离茶，茶不离饭。

早茶，也就是早餐。我所住的珠鹰大厦附设餐厅，不论是否住在那里，只要步入餐厅，便可坐下就餐。每天清早，我刚在餐厅坐定，服务员（那里称“招待小姐”）便会送上一壶热茶，一个茶盅。接着，一个个服务员推着不锈钢的手车，从我身边经过。车上放着一碟碟小菜、点心，随我挑选。那些点心有春卷、烧卖、小笼包子、蛋糕、叉烧包。餐桌上有一张记账单，我拿了什么点心，小姐随即在相应的栏目里打一个“√”。于是，一边饮茶，一边吃点心，便算早餐。茶壶不大，倘若饮光了壶里的水，按照当地的习惯，只消把茶壶盖翘在壶上，招待小姐就会过来冲进开水。这时，我学着广州人的样子，用右手的食指、中指敲了敲桌面，表示谢意——这一切，都在无言之中进行着……茶毕，稍一招手，小姐便轻步走来，拿起桌上的账单结账。

朋友们曾在几家大酒楼宴请我。那里的菜，我常常叫不上名字来，要请友人一一介绍，倒长了不少见识。比如“蚝油凤爪”，那“凤爪”其实就是鸡爪，广州人以为鸡最有力的部位是爪，吃了爪会使人健康、灵活，于是“凤爪”成为上等的菜。而“蚝油”出于牡蛎，味道鲜美，是粤菜中常用的作料。“盐焗鸡”被视为广州名菜，其实是用精盐擦在鸡腔以文火作成。这个“焗”字连《辞海》里都查不到，而粤菜中常用这个冷僻的字眼，如“焗排骨”、“焗猪肝”……也有的菜，连主人也说不出名堂来。一请教酒楼经理，才知是港式菜，从香港学来的。唯有“松子鱼”，一上来我就认出了。

我倒很喜欢广州的风味小吃。比如，友人请我吃“猪肠粉”，一听名字，我摇头，以为是猪肠。谁知那“猪肠”是用米粉做的，类似于北方的粉皮，里面夹着肉末，外面浇上蚝油，味道十分鲜美。还有珠江岸边的“艇仔粥”，也别有风味。那粥，早已熬烂。来了顾客之后，小店主当即从大锅白粥里舀出一小碗，放入小锅，再投入生肉丝、生鱼片、葱、姜，放在炉上烧滚，便成了“艇仔粥”，吃起来又香又鲜……

漫步广州菜市场，发觉那里从早上到下午一直营业，买菜很方便。鸡、鱼之类大都化整为零出售，如鸡翅、鸡爪、鱼头、鱼尾，分类而卖，你可称一斤鸡翅，也可买一斤鱼尾。你不论买什么，摊主总把东西装进小塑料袋里递给你。即使你双手空空，也可以随时拎着小塑料袋带着食品回家。

子夜时分，广州街头的饮食小摊仍灯火辉煌，夜宵处处有。

在广州，吃饭、买菜非常方便。就这个意义而言，“食在广州”是名不虚传的。

羊城寻旧

2008年金秋十月，我有幸应邀参加羊城书展。我住在广州购书中心附近的天河，那里是广州新城区，几乎成了玻璃幕墙的世界。曾经来过广州十多次的我，几乎走遍广州的各个角落，尤其爱在老城区寻旧觅踪。历史虽然已经流逝，国共两党都在羊城留下一个个令人怀念的历史遗迹，这里既有中共“三大”会址、毛泽东主持的农民讲习所旧址，也有孙中山纪念堂、黄埔军校、黄花岗72烈士纪念碑。内中，唯有国民党“一大”会址我未曾拜访。

榕树低垂，一条长长的老街越秀路从树下穿过。街边的人行道上方是骑街楼，这种便于躲雨的旧房一望而知是20世纪上半叶的南洋建筑风格。在越秀中路与文明路交叉口，见到高高的围墙抱住一个偌大的院子，门口高悬郭沫若题写的“广东省博物馆”六个大字。国民党“一大”会址就在大院之内。

广东省博物馆原本是清朝广东举行科举考试的贡院。1912年改为广

广州中山纪念堂

东高等优级师范学校。步入大门向左侧走去，在茂密的木棉树和古榕树掩映之下，有一座镶着白边的淡黄色砖木结构的礼堂。前半部为办公楼，两层，后半部为礼堂，一层。从正面看过去呈“山”字形，在两层楼正中上方“戴”了一顶高高的“方帽子”，四面有钟，人称“钟楼”。

礼堂的正门是用拱形圆柱廊装饰，大门口挂着“中国国民党‘一大’会议旧址”牌子。1924年1月20日至30日，国民党“一大”就在这里召开——这“一大”是按照中共党史的习惯简称的，而按照国民党的用语则简称为“一全大会”。中国国民党的创建早于中国共产党，而召开第一次全国代表大会则晚于中国共产党。1921年7月23日中共“一大”在上海召开，两年半之后，国民党的“一大”在广州召开。

我步入礼堂，见主席台上悬挂着中国国民党党旗和孙中山肖像。主席台下是一排排深褐色木长椅，前排为临时中央执行委员座席，后面为会议代表，再后面是列席代表。正式代表对号入座，座位上贴着代表的姓名。我看到许多熟悉的名字，如廖仲恺、戴季陶、于右任、谭延闿、程潜、叶楚伧、孙科、何香凝、陈璧君等著名的国民党人士，我也看到李守常（李大钊）、谭平山、林祖涵（林伯渠）、王尽美等著名的共产党人士。其中，最引人注目的是第39号毛泽东。国民党“一全大会”由孙中山先生主持，实行“联俄、联共、扶助农工”三大政策。正因为这样，国民党“一

广州国民党一大会场

全大会”代表196人之中，有24人是中共党员。经孙中山提议，“李君守常”为大会主席团五名成员之一。会议洋溢着国共合作的良好气氛。

39号“毛君泽东”是相当活跃的代表，几度在大会上发言，并被选为候补中央执行委员。在座椅上，不见蒋介石的名字。蒋介石当时还不是正式代表，坐在后排的列席代表座位上。毛泽东与蒋介石第一次相识，就在这个礼堂。后来，毛泽东出任国民党中央宣传部代理部长，蒋介石出任陆军军官学校（即黄埔军校）校长，他们共事于广州，有过许多交往。正因为这样，1945年8月他们在重庆举行谈判时，彼此都说“久违了”。

在礼堂前面有一个广场，自国民党“一全大会”召开之后，许多群众性活动都在这里举行，被称为“革命广场”。

在孙中山先生1925年去世之后，广东高等优级师范学校与广东农业专门学校、广东政法专门学校合并，以孙中山的名字命名，于1926年改名中山大学。应中山大学之邀以及许广平多次致函催促，鲁迅于1927年1月18日从厦门抵达广州，出任中山大学中文系主任兼教务主任。鲁迅入住钟楼二楼西侧的房间作为卧室兼工作室。鲁迅的《在钟楼上》一文中说，“我住的是中山大学中最中央而最高的处所，通称‘大钟楼’”。那个房间现在仍照当年布置：两块铺板搁在两条板凳上的床，上悬一顶麻布蚊帐，旁边放着一个藤箱，箱上的“L.S”（鲁迅二字的英文缩写）是鲁迅所写。靠窗口的一张宽大的七屉书桌，是鲁迅的写作之处。如今，在礼堂正门，“中国国民党‘一大’会议旧址”牌子之侧，挂着“鲁迅纪念馆”的牌子。

我庆幸能够来到这座富有历史感的钟楼求胜探宝，在那里找到了孙中山、毛泽东、鲁迅往昔的脚印。

走访广州彭加木故居

2010年6月，我漫步在广州湿漉漉的滨江大道上。连日大雨，珠江的水位大涨，几乎要与地平线持平，就连河边低垂的榕树的细须上也挂满晶莹的水珠。

然而在整整30年前的1980年6月17日，面临断水之困的一支10人科学考察队在新疆罗布泊陷入生存危境。队长彭加木在上午10:30写下“我往东去找水井”的字条，从此消失在茫茫大漠之中。

彭加木，上海生物化学研究所研究员，兼任中国科学院新疆分院副院长。广州是彭加木的故乡。6月10日，矗立于珠江之畔的华夏大厦的会议厅里，举行了“在罗布泊建立彭加木纪念塑像”新闻发布会。这一纪念活动的5位发起人是中国科学院院士、原中国科学院副院长叶笃正，中国科学院新疆罗布泊综合科学考察队队长（彭加木的后任）、罗布泊地理学家夏训诚，大气物理学家、中国科学探险协会主席高登义，广东省科学探险运动俱乐部CEO、青年探险家黎宇宇和我。我专程从上海飞往广州出席这一会议，是因为在30年前当彭加木在罗布泊失踪后，我赶往新疆，参加了搜救彭加木的行列，并写出30万字的《追寻彭加木》一书。

彭加木纪念塑像高3米，用大理石雕刻，将矗立在彭加木当年所率科学考察队的罗布泊库木库都克搭建帐篷的地方。那里是彭加木生命的终点，彭加木正是从那里出走找水井，遭遇不测。

彭加木，原名彭家睦，1925年生于广东南海县（今广州市白云区）；1947年毕业于南京中央大学，1950 年7月加入共青团，1953年10月加入中国共产党。

1956年，他正在上海生物化学研究所工作，组织上要送他出国学习，但他主动要求到边疆去。他改名“彭加木”，表示要为祖国边疆“添草加

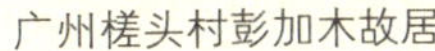

广州槎头村彭加木故居

作者（中）与彭加木挚友夏训诚（右）以及罗布泊科学探险组织者黎宇宇（左）在广州彭加木塑像前合影

木”，也表示要为边疆“架”桥铺路。

1957年，他患纵隔障恶性肿瘤，顽强地与疾病作斗争。大病初愈，又奔赴边疆，甘当铺路石子。

1964年，彭加木受到中共上海市委的表彰，被树为全市党员学习的标兵。中国科学院也号召广大科技工作者向他学习。聂荣臻副总理为彭加木题词，中国科学院院长郭沫若为彭加木赋诗。1965年1月，彭加木被选为第三届全国人民代表，受到毛泽东主席和周恩来总理的亲切接见。

在“文革”中，彭加木受到残酷迫害，被打成“特务”，还被说成是特务组织“梅花党”成员。粉碎“四人帮”以后，他仍把自己的心血献给边疆的科学事业。彭加木曾先后15次前往新疆考察，3次进入“死亡之海”罗布泊地区调查自然资源和自然条件。他曾发表许多科学论文，在酶、纤维状蛋白质、动植物病毒等方面的研究工作中作出了贡献。

在广州华夏大厦，我与彭加木挚友夏训诚先生再度相见，感慨万分。年已七十有六的夏训诚先生，专程从乌鲁木齐赶来。整整30年前，当彭加木在罗布泊库木库都克不幸失踪，我从上海飞往乌鲁木齐。由于罗布泊是核基地所在地，国防科学研究重地，除了当地新华社一位记者能够进入罗布泊现场之外，聚集在乌鲁木齐的记者们都被挡驾。我请新疆军区致电时任国防科委副主任钱学森，获得批准，有幸成为唯一能够进入罗布泊参加搜寻彭加木的作家。在罗布泊库木库都克的帐篷里，我采访了夏训诚先生以及科学考察队的队员们。这一回，夏训诚先生对我说，幸亏你当时在现场作了那么详细的采访，你的《追寻彭加木》如今成为不可多得的第一手记录。夏训诚特别赞赏我把彭加木失踪时的现场画了下来，标明科学考察队10人在帐篷里谁睡在哪里，印在书上，他说如今连考察队员们如今都记不清楚了。

30年前，我在上海、乌鲁木齐、罗布泊的马兰核基地和“720基地”以及库木库都克搜索现场，采访了五十多位彭加木亲属、好友、领导以及相关人士。其中包括彭加木夫人夏叔芳以及儿子彭海、女儿彭荔，胞兄彭浙，导师王应睐教授、曹天钦教授，入党介绍人王芷涯，好友、同事陈善明、夏训诚，为彭加木治疗癌症的曹凤岗大夫，彭加木所率科学考察队的队员、司机，中国科学院新疆分院副院长兼党委副书记王熙茂，搜索现场总指挥、中国人民解放军某部作战处处长周夫有等。如今，彭加木夫人夏叔芳、胞兄彭浙、导师王应睐、曹天钦等多人已经去世，30年前的诸多采访已经成了历史的绝响。

这一回，我在广州走访了彭加木故居。为了永久纪念彭加木，广州市在白云区槎龙彭加木故居附近建立了彭加木公园，公园里矗立着彭加木铜像，设立彭加木事迹展览室。位于槎龙的广州第六十五中学，也即将改名为彭加木中学。

原本是一片农田的槎头村，如今已经成了新楼林立的市区，但是在窄窄的巷子里，彭家那幢二层楼房作为彭加木故居，仍保留下来。围墙上长满绿色的青苔，仍可依稀看出彭加木童年的生活环境。斜对面的一幢房子大门上方，还保留着当年的“弼廷家塾”四个大字。我问陪同我参观的彭加木堂弟彭加鼎老先生，彭加木是否在这家私塾上过学，他说自己比彭加木小，不清楚，但是这家私塾表明槎头村当时很重视文化教育，正因为这样彭加木和胞兄彭浙都上了中央大学。

在广州举行彭加木遇难30周年的活动的同时，新疆也举行了一系列纪念彭加木活动。中国科学院新疆分院在乌鲁木齐隆重举行纪念彭加木殉难30周年展览开展仪式，新疆维吾尔自治区有关领导、彭加木生前同事、广东方面代表、自治区党校部分学员及中央和疆内媒体参加了仪式。

这许多纪念活动，表明彭加木烈士献身科学、献身边疆的精神感人至深，他永远活在我们心中。

中国的红场

我原先只知道莫斯科有个红场。当我到濒临南海的广东海丰县采访，漫步在这取义于“南海物丰”的县城，猛然间，在市中心看见一堵红墙，大门上面高悬比斗还大的两个红字：红场！

紧挨着红场的是一座气宇轩昂的红色殿堂，曰“红宫”。在红宫门口，一块大理石上端端正正地刻着两行字：“全国重点文物保护单位。国务院，1961年3月。”

红宫，血染的风采，廊、柱、厅、堂一片赤红。在大殿正中，一座雪白的半身石膏像虎视一切，那冲冠怒发仿佛正在空中抖动，那张着的嘴巴仿佛正在发出洪钟般的声音。哦，那是震动中国现代史的英名——彭湃，中国共产党最早的党员之一，海丰农民运动的杰出领袖。大殿里放着一条条长板凳。我从挂在那里的说明词中获知，1927年11月18日至21日，海丰县工农兵代表大会就在这里召开。如今，大殿里仍保持着当年的模样。石膏像矗立处正是当年彭湃作政治报告的地方……

我正在细细看，细细记，一位中年男子走了过来。他姓唐，是红宫的接待人员。老唐听说我从上海远道而来，便倾其所知，为我解说。原来，这儿本是孔庙，建于明朝洪武三年。彭湃闹革命，变孔庙为红宫。诚如彭湃当年所言：“我工农革命军占领了海丰，满天的红旗招展。马克思马路、列宁马路、中山马路，两旁都写着红字的标语。我们的会场、墙壁，样样都网着红布，居然把全城变做红色的海丰。”

红场这名字是彭湃取的，大门上高悬的“红场”两字也是彭湃手迹。红场原是海丰县城的广场，叫东苍埔。如今，草翠墙红，成为革命纪念地。广场上的主席台，保持当年原貌，一片红色。广场中心，彭湃铜像巍然而立。他双手叉腰，如怒吼的雄狮。我有幸看到当年5万农会会员聚首红场的珍贵照片，人头攒动，红旗飞舞，革命浪潮汹涌澎湃。当今彭湃塑像所在处，那时是一小木亭，有好几个人手持纸喇叭站在木亭上。因为那时没有扩音器，彭湃在主席台上讲一句，木亭上的人使用纸喇叭向四面八方重述一遍，使5万农民都能听见彭湃的话。那小木亭，便叫“传声亭”。

广州解放纪念碑

我还有幸读到了彭湃当年的演说词。他，确实是一位富有鼓动力的宣传家，把革命道理讲得那般通俗、生动：

“八十年前有一位老先生——马克思，他知道无钱的要得到胜利，要大家联合起来，所以他叫一句口号：全世界的劳动者联合起来。今天，大家来这里开会，就是要团结我们工农兵力量。

往常将过新年的时候，我们一帮贫苦的兄弟，愁着米、愁着柴、愁着鱼、愁着蚶、愁着猪肉、手里没有钱，持着篮子在路上思索，不幸给债主看见，便被他一把扯住，三下拳头，四下巴掌，打得双眼垂泪……现在就不同了！现在海丰已经克复，建立了苏维埃政权，取消了一切债务，土地归农，工厂归工。从此以后，我们日日都是过新年！(鼓掌)。”

在明亮的南方的阳光下，我徜徉在青草油绿、花吐清香的宁静安谧的红场上，耳际却犹如响着万众欢呼声，龙腾虎跃声。我意识到，脚下是一片热土，是一座曾经喷发着革命烈焰的火山。

我久久地凝视着彭湃塑像上那张憔悴而坚毅的脸。我以为，他一定是在苦水中泡大的贫农子弟，才炼就那样一副钢筋铮骨。出乎意外，老唐告诉我，彭湃本乃富家子弟，而且留学日本，归国后担任海丰县教育局长。当年广东的“南霸天”陈炯明也是海丰人，曾看中彭湃才学。倘若彭湃甘愿为虎作伥，当可在宦途青云直上。然而，他却以马克思“老先生”为师，成为本阶级的叛逆贰臣。1922年，他当着两万农民会员的面，把家中的田契、铺约化为一股青烟。他坦然宣告：“我祖父遗下产物，是由剥削而来。耕者有其田，现在我把田还给你们。从此以后，彭湃家的租谷一升一合归还大家农民享受，农民们今后不要挑谷还我家了！”从此，农民不再把他当成“少爷”，而认定他为领袖，推举他为海丰总农会长……他，成为20年代中国革命知识分子的光辉典范。

令人揪心的是，由于叛徒白鑫的告密，彭湃在1929年8月24日被捕于上海。6天之后，他高唱国际歌，血染龙华。他的青春年华，不过33个春秋。

更令人痛心的是，在那场大浩劫之中，烈士蒙尘，白璧蒙污，红场、红宫遭到造反派的摧毁，就连烈士遗孤、曾任中共海丰县委副书记的彭洪同志也死于非命……

直至云散风定，党中央拨款数十万，才重建红场、红宫及彭湃故居。曾在大革命期间驻守海丰、担任红四师师长的徐向前元帅为战友彭湃塑像题字：“烈士英魂，重放异彩。”

当我从南海之滨返回上海，站在家中的阳台上，望见那尖尖的龙华塔。蓦地，我的脑际立时浮现红场上彭湃的铜像，浮现艾青的名作《春》里的诗句：

春天了
龙华的桃花开了……
人问：春从何处来？
我说：来自郊外的墓窟。

新兴的东莞

2005年10月，东莞市举行读书节，邀请我去那里作讲座。对于珠江三角洲我是熟悉的，我多次去过广州、深圳、珠海，也去过番禺、中山，只是没有去过东莞。

我查了一下地图，东莞市位于广东省中南部，仿佛挑着一副担子，北面一头挑着广州，南面一头挑着深圳。我给东莞朋友打电话，询问从上海到东莞，乘飞机到广州好还是深圳好？从地图上看，东莞北距广州50公里，南离深圳90公里，似乎从广州去东莞更近些。然而，东莞朋友却告诉我，深圳离东莞虽说比广州远，但是深圳机场离东莞不远，从东莞市区到广州白云机场或深圳机场，均不足一小时车程，都在东莞“一小时生活圈”之内。相比之下，从深圳机场到东莞更加方便些。于是，我就买了上海到深圳的机票。

没有去东莞之前，我对于东莞的印象并不深。我只记得，东莞是制造家用小电器的城市。我家用的电饭煲，就是东莞生产的。过去买过电热水瓶，也是东莞生产的。另外，东莞也是台商颇多的地方，我曾经听几位台商朋友说起，他们在东莞办厂。

我飞抵深圳机场之后，东莞图书馆的钟先生和当地的木先生来接我。出了机场，就上高速公路。我注意到，从深圳到东莞，一路上公路两侧全是房屋，几乎没有见到田野，而且很多是新建的楼房。珠江三角洲的飞速发展，城乡一体化，由此可见一斑。

途中，写着“虎门”两字的路标一闪而过。钟先生告诉我，这就是一百五十多年前林则徐销烟的虎门。虎门属于东莞市。东莞的威远炮台、沙角炮台，也是当年林则徐抗击英军的战场。

1985年，东莞撤县建市。1988年东莞升格为地级市，直属广东省辖。东莞市之下，有区无县。如今，东莞市的人口超过一千万，其中外来人口达到六百多万！就拿前来接我的钟先生来说，他就来自四川，而木先生则来自安徽。

车入东莞市区，首先映入我眼帘的是宽广的大道，两侧以及中间的隔

离带，全是绿树，满眼葱茏。东莞的绿化，已经进入全国前列，正在为创建全国绿化模范城市而努力。东莞地处亚热带，这里终年常绿，众多的绿树和大片的草地，令人心旷神怡。巧合的是，东莞选择白玉兰为市花，因为白玉兰象征着一种开路先锋、奋发向上的精神，而上海市的市花也是白玉兰，上海人喜爱白玉兰的典雅和高贵。

如今的东莞，分为旧城与新城。新城是最近几年在原先的一大片田野上新建的。新城的中心广场，南北长1 600多米，东西宽640米，号称“亚洲第一广场”。虽说这“亚洲第一广场”有点夸张，但是在一个地级市能够有这么宽大的中心广场，确实不易。

在广场四周，矗立着一座座崭新的宏大的现代化建筑，诸如国际会展中心、会议大厦、体育馆、市府大厦、东莞展览馆、玉兰大剧院等，在阳光下熠熠生辉。据说，一位来自非洲的朋友到了东莞，叹道：“你们东莞的市府大厦，比非洲国家的总统府还气派！”

东莞朋友安排我住入五星级的东莞国际大酒店。一进大门，迎面就是上千平方米的大理石铺就的大厅，比上海五星级宾馆的大堂还豪华。据钟先生说，这家30多层的酒店是民营的。东莞拥有20多家五星级宾馆，其中只有一家是国营的！东莞民营经济的发达，由此可见一斑。

东莞距离香港不足一百公里，商品进出口非常方便，又有深圳、广州

东莞市中心

作为依托。如今，东莞是远近闻名的富有。20多年来，东莞的经济以平均每年22%增长率飞速发展，是中国综合经济实力三十强城市之一，外贸总量连续七年名列全国大中城市第三，居全国地级市之首，成为中国经济发展最快的地区之一。

大批港商、台商进入东莞。日本、韩国、新加坡、美国、英国、德国、法国、瑞士、荷兰、芬兰、澳大利亚也在东莞投资。

东莞的电子、服装、电器等工业，非常发达。“东莞塞车、世界缺货”，这句显得有点夸张的话，也在某种程度反映了东莞制造业的迅速崛起。一个小小的统计数字，也显示出东莞产品的市场覆盖度：如今，全国的电脑键盘，90%产自东莞！

下午，我来到东莞图书馆。这座刚刚落成的被称为“东莞文化地标”的新馆，其规模甚至不亚于上海图书馆！东莞人自豪地称东莞图书馆为“全国最大的地级市图书馆”！开馆时，东莞请文化部副部长专程从北京来此剪彩。

东莞在经济发达的同时，重视文化建设。“图书馆之城”、“博物馆之城”和“广场文化之城”这三大建筑，成为东莞的“文化品牌”。

讲座在宽敞的演讲厅举行。我来到那里的时候，已经几乎座无虚席。听众之中，各种职业、年龄的都有。东莞人这种学习精神，很令我感动。我在一个半小时的讲座结束之后，留了半小时的时间给听众提问。然而，踊跃的提问持续了一个小时，主持人不得不宣布“刹车”。

傍晚，木先生陪我在中心广场漫步。华灯初上，广场灯光灿烂。尤其是在市府大厦前有一个硕大的人工湖，天蓝色的湖底瓷砖宛如碧空，倒映着灯光犹如闪烁的星光，我仿佛来到人间仙境。

东莞美中不足的是治安。到了东莞，木先生就提醒我，注意保管好手中的照相机。东莞街头抢劫手提包、手机、照相机的案件时有发生。光是2005年1~10月，东莞就发生一万多起刑事案件。就在那几天，中央电视台“焦点访谈”播出了关于东莞抢劫频发的专题节目。这是因为东莞富有了，一些外来人口便到东莞抢劫。东莞公安部门正在大力打击抢劫，打黑除恶，光是2005年1~10月就批准逮捕9 500多人，治安拘留一万多人。东莞人正在为创造“平安东莞”而努力。

在东莞度过了匆忙的一天。翌日清早，我乘坐轿车从东莞前往深圳机场，只用了短短的45分钟。

东莞给我留下美好的印象。东莞，是珠江三角洲起飞的缩影，是今日中国的缩影。

珠江的傍晚

“百岛之市”——珠海

初冬。在上海登上飞机时穿着厚厚的毛衣，到达珠海时却只穿一件衬衫。

珠海，一颗镶在南海之滨的明珠，和风拂面。这里的年平均气温为22℃。

鲜花、青草簇拥着一幢幢新楼。汽车从柏油马路上飞驶而过，不见泥尘飘扬。这是一座花园式的城市。全新的城市，全新的设计，请来众多的专家说长道短，才绘出这座新城的蓝图。屋间道旁，让出足够的空地栽树种花，使整座城市似锦如绣。在1979年这里还只是座小县城，如今已是一扇现代化的南国窗口，是我国四个经济特区之一。

珠海市拥有145个海岛，号称“百岛之市”，这在全国的城市中是少见的。漫步鱼市，海产丰富。码头、集装箱堆成一条“南海长城”。这里集装箱的吞吐量为全国第六位。

在这里我听见南腔北调，五湖四海的人汇聚而来。在访问丽珠制药厂时，我遇上了“上海老乡”。这家工厂的知名度颇高，它的广告“丽珠得乐，使我欢乐”不时闪现在荧屏上。

总经理徐孝先，原是上海一家制药厂的厂长，有着多年经营企业的经验，来到珠海之后，瞄准新型胃药“得乐”，一炮打响，这家药厂也就一跃而为珠海的高效益企业，人均年产值为60万元，人均年利润18万元。药厂正在大规模扩建之中，雄心勃勃，要把产品打进海外市场，我还结识了珠海市副市长，居然是一位三十多岁的女性，起初我还以为是一位秘书呢。

珠海跟澳门紧相连。过了拱北，便是澳门。珠海是一扇南风窗，有着“双拥模范城”、“三优口岸”、“十佳卫生城市”等荣衔。1990年，在中央表扬的全国十个精神文明建设水平较高的城市中，珠海名列第五。

据这里的“老土地”告诉我，1980年8月珠海辟为经济特区时，外商们是坐着手扶拖拉机以至自行车后座那“二等舱”进来看地皮的！转瞬十年，一座足以与新加坡媲美的新城在这里崛起。步步高大酒店、华侨大酒店、珠海宾馆、珠海游乐场，新型的建筑物拔地而起。古色古香的九洲城，外貌看上去像北京故宫，里面却是很大的商场。步入珠海的免税商场，五颜六色、琳琅满目的货物挤满了货架，而这些商品都是开架的，你可以随意挑选。

鲜花成了珠海一宗重要的出口物资。一户花农，年收入可达十万元。渔民的收入也很可观。农民的住宅，如同上海的花园洋房。

珠海离香港也不远，东面的桂山岛，距香港只有三海里。

我在珠海住了几日，从那里坐飞翼船去深圳。所谓飞翼船，也就是气垫船。登船之后，还没看完一部录像片，船已靠岸，深圳的蛇口到了。

花团锦簇珠海城

把一条新建的马路命名为“情侣路”，在中国恐怕还是第一个。这条长长的“情侣路”，便镶嵌在珠海市的海滨。路的这边是无际无涯的大海，路的那边是绿草、鲜花和一幢幢五颜六色的小楼。

入夜，车过情侣路。在幽幽的灯光下，果真见到一对对情侣，或者倚着白色的长堤，或者坐在树下的长椅。海风轻轻吹拂着姑娘们的长发，小

珠海海滨海女塑像

伙子在这里向心上人发出“海誓”……

珠海，南海之滨一颗璀璨的明珠。已经七年不见珠海，在1998年深秋重访珠海，发觉珠海益发漂亮了。

来到珠海，就仿佛置身于一座硕大的花园。这是一座“花园城市”。在“水泥森林”上海，楼前有几块乒乓球桌大小的草地，便称之为“绿化”。在这里，不仅房前屋后绿草如茵，而且马路两侧和马路中心，都是长长的绿化带。尤其这里地处南国，气候温暖，一年四季鲜花不断，把整座城市打扮得花团锦簇。

珠海原本是一个小镇，二十年来，变为一座花园之城。这座新城定位为旅游城市，严格控制外来人口，至今全市只有四十来万人。

新城新规划。珠海的马路是按照21世纪的标准设计的，特别宽阔。人少车少，所以几乎不塞车。

这里的房屋，几乎全是新盖的。房屋式样繁多，多用浅浅的暖色调，在绿树掩映之中，如诗如画。珠海的房价只及上海一半。唯有能够“开窗见海”的海滨房子，价格才比较贵。

珠江江畔高楼

我注意到，在情侣路两侧，山岩凸现，甚至有一块巨岩横卧在海滨，马路绕岩而过。据说，当初修情侣路时，打算炸掉这块巨岩，炸药都埋好了。市领导得知此事，当即赶到现场，阻止炸岩，强调一定要保持古朴的原貌。今日看来，这是很有见地的。香洲湾海滨保持了大自然的原貌，反而更美。我特地下车，在那块突出的山岩前拍照留念。

珠海和澳门紧相连。在情侣路上漫步，抬头便可见澳门的高楼大厦。珠海的拱北，直接与澳门接壤。澳门居民在清早甚至前来拱北买菜！我在珠海出席会议，澳门的朋友赶来参加。晚餐之后，他们从从容容返回澳门家中。

澳门回归后，珠海也愈发引人注目。当地的朋友颇有感触地告诉我："过去，常有人从珠海偷渡澳门，现在这种事没有了，倒是不少澳门人在珠海买了房子，到珠海安家。其实，这就像'抗洪'。过去澳门的'水位'远远高于珠海，筑堤防范也不行。如今珠海的'水位'大大提高，用不着筑堤了。两边的高楼相辉映，彼此共同繁荣。"

正因为珠海定位为"旅游城市"，所以很注重旅游资源的开发。过去，来珠海必定要参加"澳门环岛游"——乘船绕澳门一周，从船上看澳门；如今，凡是来珠海的游客，差不多都要游览"新圆明园"。七年前我来到珠海时，还没有听说这一景点。这一回，前去观光，不能不被"大手笔"所折服！

所谓“新圆明园”，是因为北京的圆明园毁于八国联军的炮火，人们极想一觑圆明园的当年风采，珠海便新造了一座圆明园。我步入新圆明园，大有身在北京之感。园中亭台楼阁，湖光山影，再现了圆明园的风姿。特别是在南方，难得有如此气魄的雄伟仿古园林，所以吸引了国内外大批游客，成为珠海旅游胜景。入夜，园内演出大型歌舞《东方神珠》，把古代神话沉浸在现代科技的声光布晾景之中。本来，偌大的园林，游人散落各处，开演时从各处汇聚于露天剧场，坐满上千观众席，方知来客如此之众。

珠海交通便捷，澳门近在咫尺，去深圳、香港不过个把小时，去广州也只两小时。这里宁静，空气清新，最宜安居，所以广州、深圳不少人在珠海购房，或周末前来度假，或安置老人、孩子在此居住——这里规定，购商品房可以进蓝印户口。

虽然珠海为旅游而建了大批宾馆，我来到珠海时却差一点住不进宾馆。因为正值规模宏大的国际航空展即将在珠海举行，珠海宾馆全部爆满，甚至连相邻的中山市的宾馆也被预订一空！

在珠海新建的国际机场之侧，我见到矗立着直插云天的“长三乙”宇宙火箭，那便是国际航展的所在地。我回上海时，飞机的起飞时间推迟了几分钟，因为当时空中正在进行跳伞表演。一朵朵色彩缤纷的降落伞在碧空飘荡，为珠海增添了一道更加迷人的风景线。

来到“南大门”——深圳

骄阳似火，盛暑之中的广州热不可耐。我大汗淋漓来到月台，一踏上广州—深圳直达快车，冷气扑面而来，使人精神为之一爽。

这是一列天蓝、乳白色相间的新式列车，被人们称为“白金龙”。车窗宽敞而明亮，座椅可坐可斜卧，还可左右转动，如同理发椅一般。车内的乘客不少是“港客”。

窗外是一片葱绿的田野，农民们在忙着插晚稻秧苗。又高又密的甘蔗，成了南方的“青纱帐”，常常遮住了我的视线。

深圳，是祖国大陆的“南大门”。深圳与香港新界，一河相隔。著名的“罗湖桥”，就在深圳火车站南面。

深圳的街道宽敞、整齐，两旁的建筑物几乎都是崭新的。到处是广告。商店招牌、广告，大部分写繁体汉字，有的写简体汉字，也有的标上英文。在火车站附近，我见到一家商店上写着“上海时装公司”斗大的字，橱窗里陈列着上海产的男女时装。在街上，“上海××公司深圳办事处”之类招牌，屡见不鲜。当然，更多的是香港企业的招牌。

这里街上常可见到港派打扮。我也见到几位当地的农村妇女，戴着竹编草帽，帽的四周围着一圈黑纱，大概是用来遮挡火辣辣的阳光。她们穿着塑料拖鞋，踏着小轮自行车前进。我甚至还见到一位戴着那样古老草帽的妇女，风驰电掣般驾驶着轻型摩托车一闪而过……

我上街散步。在市中心，“蛇餐馆”的招牌颇为引人注目。我信步走进去，顾客满座。深圳的饭店颇多，有着“吃饭不排队”的美誉。颇为有趣的是，这里的饭店有着不成文的“规矩”：“楼下是付人民币的，楼上是付外币的。这里的商店柜台，也往往标明“人民币专柜”、“外币专柜”之类字样。

入夜，一位当地的朋友陪我登上高楼，遥望南面，一片灯火。他告诉我，那里便是边界灯……

深圳具有颇为悠久的历史。早在秦始皇统一中国时，深圳就已见于史书，属南海郡博罗县，后来改属宝安县。香港也属宝安县。在深圳，曾出土两汉、东晋、唐、明各代古墓37座，出土古代瓷器达150多件。这些历史文物清楚地表明，中华儿女千百年来一直在这里辛勤劳动。

深圳特区是在1979年设立的，东起大鹏湾背仔角，往西南延伸至蛇口，面积为3 275平方公里，当时人口33万，陆地与香港接壤有27.5公里。据2011年统计，深圳总人口达1 322万，其中常住人口1 035万。

深圳特区，不仅“特”在政治上——祖国的“南大门”，而且“特”在经济上——成为“经济特区”。这里实行对外开放政策，吸收外资，进行大规模的建设，如今已成了“南方明珠”！

深圳的面貌在大变，一幢幢大楼像雨后春笋般直钻云天。在工地上，可以看到这样的标语：“时间就是金钱，效率就是生命。事事有人管，人人有事管。”

深圳在向现代化的工业城市迈进。这里新办的工厂，很注重引入世界第一流的先进设备。深圳印刷制品厂引入了德国的彩印设备，一印七色，“领导印刷技术新潮流”。

深圳也成了新兴的旅游中心。

有趣的是，为了使旅客品尝不同风味的中国名菜名点，北京“全聚德”派出了烤鸭师来到深圳，而且不断运来活鲜的北京鸭作为原料，生产出真正具有“全聚德”风味的烤鸭。上海的南翔小笼包以及小馄饨，也在深圳落户。

在深圳特区，有一个小镇，叫做“沙头角”。小镇在市区东面18公里处，只有0.06平方公里，亦即90亩地。然而，这个小镇却因它特殊的地理位置闻名世界。

我来到小镇，镇长很热情地介绍了情况。他的普通话还算讲得不错。镇长陪着我上街。贯穿小镇的小街，叫做“中英街”(也曾叫过“中心街”、“中兴街”)。小街长不过300多米，宽不过3米，最窄处只有2米。

未到沙头角之前，我以为中英街大约是切成两段为界的。谁知实地一看，才知分界线像马路的中心线似的，沿小街中心分为两半，马路这边是一方，马路对面是香港。

街头，竖立着四方锥形的石碑，亦即界碑。碑上刻着隐约可见的字：“光绪二十四年，中英地界。”当时，香港属于英国管辖，所以称“中英

深圳的住宅楼很高

地界”。至于分界线，是颇为有趣的：中英街是用水泥铺成的。这边由深圳修筑，那边由香港修筑。由于所用水泥不同，很自然的，在街中心形成一条十分模糊的分界线。

港方商店里的人，见到镇长来了，还朝他点头致意！镇长也跟他们打招呼。不过，他的双脚只在马路的这一边走着。除了在小镇的入口处我见到岗哨外，在中英街上，我没有看见一个哨兵。

中英街以“一条小街，两个世界”而引人瞩目，成为一个特殊的地方。马路两边的居民互通婚嫁，而在经济上更是有着千丝万缕的联系。

镇长还告诉我，沙头角东临海湾，那里是很好的天然港口。

我从沙头角来到蛇口。那里厂房鳞次栉比，已成了崭新的工业区，叫“蛇口工业区”。据说，长长的海滩像一条蛇，而这儿的海湾则像蛇口，因此得名。

蛇口，是一个美丽的海湾。这里水域宽广，可以停泊万吨级巨轮。货轮可以从上海、大连直接开抵蛇口。正因为这样，在蛇口开辟工业区，是有着天然的便利。

蛇口是从平地崛起的新兴工业区。蛇口引入丹麦、瑞士、美国等大量外资，兴建了一大批工厂。工人们提出了很响亮的口号：“要做垦荒牛！”确实，他们移山填海，硬是建成了现代化的蛇口码头和工厂。

这里建成了铝片厂、集装箱厂、钢厂、饼干厂、游艇厂。还大办电子工业，生产电脑、手机。

蛇口建成一批“工业大厦”。这种大厦是作为通用厂房设计的，每幢四层。建成之后，作为商品供厂商购买，买去后很快便可投入生产。

深圳特区的另一个主要工业区，位于通往广州的主干道旁，叫做“上步工业区”。

在这些正在崛起的“水泥森林”之中，我偶然看到路边醒目地搭着一府纯粹用竹子编成的楼房，样子很像牌坊。那竹楼外面，还用竹子装饰着漂亮的图案。在现代化的工业区，建造这样很不协调的竹楼，干什么呢？

一打听，我才恍然大悟：原来，那竹楼，是一种特殊的广告！因为在大建设之中，少不了脚手架。搭脚手架，是一门特殊的技术。一些农民派人搭起了精巧的竹楼，为的是表示自己侍弄竹子的技术很不错。谁看中了，找他们搭脚手架，很快便可成交……

星期天，深圳的朋友拉我去喝早茶。上了楼，茶桌四周是草绿色丝绒沙发。落座时，那一桌空着，我便与友人对坐。俄顷，招待小姐来了，提醒我与友人合坐一边。当时，我感到有点奇怪。过了一会儿，我便明白了：上楼的茶客越来越多。很快，茶桌四周全都坐满了。

茶客有老有少，有男有女，谈笑风生。据友人告诉我，深圳人平常忙于工作，往往借星期天喝早茶亲友们聚一聚。招待小姐推着小车在茶桌间穿梭，车上放满各种点心。一家子喝一回早茶。偌大一座茶楼，上百张茶桌四周座无虚席。待我与友人喝完早茶出门时，见门口有位工作人员，出一个顾客方可进一位顾客，门口的茶客已排起了长队!

我住在公寓大楼10楼。打开电视，出现在屏幕上的很多频道是香港电视节目，要么讲粤语，要么讲英语。其实，粤语是个笼统的概念，有许多不同的语种，香港讲的是广州话。深圳办起了好多广州话培训班，学员便是那些从外地来深圳工作的人。培训班有教材、录音带，学员们像学英语一样认真地学习。因为会讲广州话不光是为了看懂香港电视，而且是外向型企业工作人员必须具备的基本功——便于与港商洽谈业务。

入夜，友人带我去舞厅观光。入门，便见灯光闪烁，一位歌星正手持话筒在乐队伴奏下放声高唱，一边唱一边扭动着腰身，一群青年闻歌而舞。在舞厅墙脚，我见到一位身穿制服的警察，便攀谈起来。他说，每晚来此值班，维持秩序，青年们一般要跳到凌晨一点才散。来跳舞的，很多

深圳植物园成为深圳人休闲的去处

是外地来深圳工作的单身汉，借此消磨时光。我们正说着，舞厅里吵闹起来，警察连忙走过去。原来，那是一位小伙子带酒进来，根据舞厅规定要收“开瓶费”，他不服，便与招待小姐吵起来……

在业余大学，则是另一番景象。“托福”培训班里挤满了男女青年，正在聚精会神地学习英语。这里很重视英语。一家公司招考经理，报考者一进门就要用英语回答人事部门的问话，不然连报名表格都领不到。

这儿与香港的联系很密切，与我同桌吃饭的几位经理，吃早饭时见过，中午不见了，晚上又见面——原来，他们去了一趟香港，已经回来了！

深圳在“升值”

在深圳市中心，最引人注目的不是新建的高楼大厦，而是一幅巨大的改革开放总设计师邓小平的画像。据说，这是用电脑绘制的，形象逼真。深圳矗立起邓小平画像，是因为深圳人最知道：没有邓小平打开中国的大门，就没有今日的深圳。

对于深圳，我十分熟悉，也十分关注。在深圳作为特区建立不久，1982年，我便从广州乘火车来到深圳。记得，当时深圳火车站尚未竣工。我写了对于新生的深圳特区的印象，在上海《新民晚报》连载了十天。此后我又多次来到深圳。我还曾专门为深圳著名的“赛格集团”写了报告文学。我去香港，也常常路过深圳。

有一回，我一路连走三城：广州、深圳、香港。城比城，广州是老城新貌，旧城中夹杂着新建的高楼；香港虽说也是一座老城，毕竟高楼林立，充满现代化气息；深圳则全然是一座新城，一座新兴的现代化大城市。由于深圳绝大部分建筑物都是这些年新盖的，而且规划有序，道路宽广，所以显得极为整齐美观。

我住在深圳新园宾馆。这一带原先我住过，如今这里算是老市区了。这几年，深圳发“胖”了，市区迅速扩大。记得，我曾到过深圳的“国贸大厦”顶上的旋转餐厅，那里是深圳最高的建筑物。如今，新盖的“帝王大厦”，远远超过了“国贸大厦”。

深圳是一座年轻的新城，没有古迹，也没有名胜。深圳人以“大手笔”的气魄，建造大型乐园，成为深圳的“人造名胜”。我每次到深圳，都有大型新景点“冒”出来：

前些年先是在深圳参观“中国民俗文化村”——这是展现全国五十六个民族生活的大型乐园；接着，又参观了“锦绣中华”——这里微缩着中华大地最著名的名胜，游览这里如同周游全国；后来，则游历了“世界之窗”——这里微缩着世界各国最著名的名胜，游览这里如同周游世界。

这些人造景观，规模一个比一个大。据朋友告知，深圳采取“滚动开发”，即先造一个游乐园，赚了钱，造第二个。再赚了钱，造第三个。深圳“世界之窗”的规模宏大，建造精致，而且还举办大型晚会，有着世界各地精彩的舞蹈表演，观众看后都说“值”。

深圳吸引着各地的游客，加上香港大批游客以及大批由深圳进出香港的客人，所以深圳这些大型游乐园游客如云。那天，我在“世界之窗”观看晚会，环顾四周，偌大的广场，座无虚席，足见深圳游人之众。

在香港，我一开口讲普通话，人家就知道是外地人。在深圳，却没有这种感觉。这是因为深圳人来自五湖四海，普通话是这里的“通用语”。

前人种树后人乘凉——摄于深圳仙湖之畔邓小平亲手种植的榕树下

所以，深圳是一座“移民城市”。来自四面八方的人，在这里平等、友好地相处。《深圳青年》的副主编，曾多次向我约稿，见了面才知道是一位在新疆乌鲁木齐长大的小姐，到南大门深圳来“闯天下”。她手下的编辑小缪成了我在深圳的“导游”。一打听，她来自东北沈阳。我问这位北国姑娘在深圳生活是否习惯，她说她如今回沈阳倒反而不习惯了。《深圳青年》杂志由这么几位生龙活虎的年轻人所组成，发行量居全国青年刊物之首，而且居然还盖起了一幢很有气派的“深圳青年大厦”。这家杂志其实正是生气勃勃的深圳的缩影。

深圳的地位，正在不断攀升，成为“第二香港”。如今，“深港”已经成了一个常用的新名词——深圳与香港并称。特别是在香港回归之后，更使处于“第二线”的深圳迅速“升值”，成了内地与香港之间的桥梁。最近，就在连香港推选首任特别行政区首长的会议，也是先后在“深广”两地召开。

我到深圳的那几天，正是“深股”扶摇直上的日子。跟深圳的朋友聊天，无一不谈及深圳股市的“大好形势”。看得出，他们个个都是“股民”，关注着“深股”的动向。“深股”猛升，其实也就是深圳经济地位升值的象征。

不过，深圳也有令我遗憾之处：

在深圳，我见到多层楼房，从底楼到六、七楼，所有的窗口，全用铁栅封闭——在其他城市，充其量只是底楼或二楼装铁栅。更令我惊讶的是，深圳的高层住宅楼，也从底楼至顶层全用铁栅封闭，这在其他城市是从未见到的。据告，深圳外来人口甚多，内中混有极少数爬楼盗窃者，使居民们不安，于是纷纷装上铁栅防窃。

我还注意到，深圳街头的女士们，总是把挎包放在身前，走起路来很不方便，看上去也颇为别扭。据告，这是为了提防扒窃。看来，深圳的治安情况，还有待于进一步改善，以加强居民的安全感。

多娇海南

逆光中的三亚湾海滩

海南如此多娇

海南岛是一个没有冬天的地方。三九寒冬，当哈尔滨温度计里的水银柱萧瑟地缩到零下-20℃的时候，海南岛的气温却是20℃。

正因为海南岛没有冬天，所以海南百货商场只出售单冷空调，没有冷暖空调。这里的公共汽车只有“冷巴”，没有“暖巴”。这里的孩子没有见过霜，也没有见过雪。

也正因为海南岛没有冬天，当来自西伯利亚的寒流扫荡中国大地的时候，众多的“候鸟”乘飞机、坐火车来到海南岛，度假的度假，旅游的旅游，退休老人们则在海南岛过冬，直到春回大地才回到老家。

朝霞映照下的海口世纪大桥

在海口休闲

海南岛成为无冬岛，是因为海南岛地处祖国的最南端。西伯利亚的寒流长驱千里，早就“腿酸”，成了强弩之末，无力远征海南岛。海南是我国最具热带海洋气候特色的地方，与美国夏威夷处在同一纬度，高温多雨，全岛年平均气温在22℃～27℃。特别是三亚，它位于海南岛的最南端，北面有五指山挡住寒风，所以那里的冬日最暖和，成为“冬天里的一把火”，成为中国寒冬中旅行最火爆的地方。

其实，海南岛是长夏无冬。这里的夏季从3月中旬开始，直至11月上旬，长达8个月。由于海南岛四周环海，长夏而无酷暑，7~8月为全年气温最高的月份，平均温度为25℃～29℃。

海口之滨

阳光、沙滩、海浪，海南岛四周是湛蓝的大海，全岛海岸线长达1 528公里，处处是跟大海“亲密接触”的好地方。不论是游泳、潜水，还是光着脚丫在软如绒毯的沙滩上散步、拾贝，或者是乘坐小艇在海面犁出一条白花花的浪迹，都是人生的享受。

特别是在冬日，在海南岛仍可以像盛夏那样在海里游泳，成为“浪里白条”。尤其是三亚的亚龙湾，水清见底，沙白柔软，是游泳胜地。三亚的三亚湾，则有长长的海滩和绵延的椰林，一派热带风光。

海南岛有海有河有山，蓝绿兼备。“万泉河水清又清”“我爱五指山”，家喻户晓、脍炙人口的歌曲，唱出了海南岛河山的魅力。万泉河畔的红色娘子军纪念园、五指山的热带雨林，更增添了旅游者追寻历史和探索大自然的兴趣。

海南岛的旅游资源丰富。海口和三亚如同两颗明珠，一北一南嵌在海南岛上。三亚的天涯海角、鹿回头、亚龙湾，海口的五公祠、海瑞墓、秀英炮台、火山口地质公园，博鳌的亚洲论坛会议中心，文昌的宋庆龄祖居、孔庙，五指山以及那里的热带雨林，都是很值得一游的景点。

旅游业是海南省的支柱产业。海南岛建设了环岛高速公路，交通既方便又安全。

一到海南岛，就会感到神清气爽。海南岛是绿色的岛，到处郁郁葱葱，四季常青的森林达2 000多万亩。海南森林覆盖率高，空气中的负离子

海口海滩

含量也高，氧气充足，如同天然氧吧。

海南岛四周环海，岛内又无污染性工业，所以空气质量极佳。而三亚的空气质量比海口更好。我在海口居住时，门窗洞开，多日不见桌椅上有积灰。在海南穿白衬衫，领子、袖口干干净净。

海南岛的空气好，水质也非常好。用海口的自来水刷牙之后，口中有一种甘甜之感。海口的矿泉水，是天然矿泉水。“一饮天然矿泉水，方知海南人寿长。”海南的“椰树”牌矿泉水上，写着这样的话。海南岛被誉为“长寿岛”，据史料记载，海南岛历史上寿命最长的寿星是王公辅，活到130岁。据报道，海南省有百岁以上寿星390人，其中女寿星213人。但这一统计数字还不包括保亭、白沙、东方三个少数民族聚居区。当记者采访海南一位老寿星时，问她长寿的秘诀，她说：“我不知不觉就活了一百多岁！”这“不知不觉”，正是海南岛良好生存环境的写照。

令海南人自豪的是，在非典时期，海南凭借优越的地理环境和到位的管理，成为全国唯一的无疫区。

海南又是美食岛。

海南的海鲜真正够得上“生猛”。四周的海洋为海南提供了数不清的海产品。这里的蟹、鱼、虾、贝，摆满海鲜市场。马鲛鱼、石斑鱼，银光闪闪，鱿鱼的眼睛碧蓝，而海蟹、海虾都是活蹦乱跳的。

在海南，热带风味的水果很受欢迎。香蕉、芒果、凤梨、菠萝蜜、龙

海南特产

眼、木瓜，随处可见。冬日，国内市场上的西瓜大都来自海南。近年来，台商在海南建立农场，生产台农甜蜜桃、巨峰葡萄、“黑金刚”莲雾、香水菠萝、台湾菠萝蜜等台湾水果，由于种植及运输成本低，上市价格也低，很受大陆顾客欢迎。

海南的海产品

海南岛到处可见椰树亭亭玉立，迎风摇曳，人称“椰岛”。清凉的椰汁是甜美的天然饮料。用椰子还加工生产了一系列延伸产品，诸如椰奶、椰子糖果、椰丝、椰花、椰子糖角、椰子糕、椰子酱等。

海南还盛产咖啡豆。海南咖啡豆加工为炒咖啡、速溶咖啡、椰奶咖啡，相当畅销。海南的腰果和胡椒，也是特色农产品。

文昌鸡、嘉积鸭、东山羊、和乐蟹，是海南四大名产。

海南岛是无冬岛、旅游岛、环保岛、美食岛，一句话，是南海宝岛。

海南丰富的水果

海口的海滨

海南的魅力

海南岛能够吸引诸多“候鸟”，原因之一当然如李敖所言，那里气候暖和。

据说一位哈尔滨人戴着皮帽子、穿了皮大衣来到海口，下飞机之后汗如雨淋，赶紧直奔百货公司买单衣。我已经是“老经验”了。从上海飞往海口的时候，我特地准备了一个空包，下飞机时用来装一件又一件脱下来的衣服。在上海的时候，出租车里开着暖气空调，而到了海口，出租车敞开车窗玻璃。

在海南，夜间收看中央电视台的天气预报节目时，听到播音员报出一连串零下多少度的时候，倍感地处祖国最南端的海南岛的强烈温差。在寒潮频频横扫中原之际，海南充分显示了独特的魅力。正因为这样，在春节长假，这座南海宝岛游人蜂至，成为全国旅游最热的省份。

海南三九飘短裙。在海南岛，我们过的不是“春”节，而是提前进入夏日。此时此刻，哈尔滨的气温降到-20℃，而在三亚却要开冷气空调！三亚的气温，通常比海口要高三四度。虽说两地的距离只有二百多公里，然而中间隔着五指山，挡住了从大陆南下的冷空气，使三亚的严冬如同盛暑。固然，在北方也可以凭借暖气、暖空调过冬，那暖环境毕竟局限于屋内。然而，海南处于大自然的“大空调”之中，屋里屋外都是“暖气”。

海南岛的海岸线长达1 500多公里，其中一半以上是沙岸，有着漂亮而细软的沙滩。当今国际旅游者喜爱的阳光、海水、沙滩、绿色、空气这五大要素，海南岛的海滩都具备。海南岛东岸线从海口到三亚，就有六十多处可辟为海滨浴场。就旅游资源而言，海南岛完全可以与美国的夏威夷、泰国的芭堤亚、印尼的巴厘岛相媲美。正因为这样，海南省把自己的发展目标定位为：成为中国的旅游强省，亦将成为亚洲最佳、世界著名的国际性海岛休闲度假旅游胜地。

海口的世纪大桥

海口的新城区色彩艳丽

在海口，识别哪里是“候鸟”的“窝”，很简单：外墙挂着空调机的，大都是常住户——海南只装单冷空调；外墙不见空调机的，则可以断定是“候鸟”住的。当然，在三亚则不尽如此，三亚的冬日有时也要开冷空调。

到了海南岛，我明显感到这里的自来水水质优于上海。地下水、地下热矿水、饮用天然矿泉水这“三水”，是海南岛的天然宝贝。在海口有的小区，人们甚至“奢侈”地用矿泉水洗衣服、洗澡——那有什么办法，从自来水管里流进来的就是矿泉水！在海口的海甸岛，我还见到一个小区，家家户户都有两套自来水管，从其中的一套自来水管里流出来的是热气腾腾的温泉水——地下热矿水，因为这个小区拥有深井温泉。我问温泉水的价格，小区管理员的回答令我吃惊：“就是普通自来水的价格！”正因为这样，小区的居民们天天可以在家里泡温泉。

海口与三亚面对大海，是天然良港。湛蓝的海水，灿烂的阳光，地毯般柔软的沙滩，引无数游客成为“浪里白条”。我则喜欢在傍晚的时候，与妻一起在海边散步。海风轻轻抚弄着婆娑曼舞的椰子树。随意在海边海鲜摊的塑料白椅子上坐下，活蹦乱跳的鱼虾顷刻间成为盘中美餐，不论是花蟹、金枪鱼、沙丁鱼、鱿鱼、琵琶虾，都是那么的新鲜，再花五元钱来一扎刚榨的木瓜汁，真是神仙过的日子。

海南春来早，春节的时候，海南的水稻田里已经一片绿油油

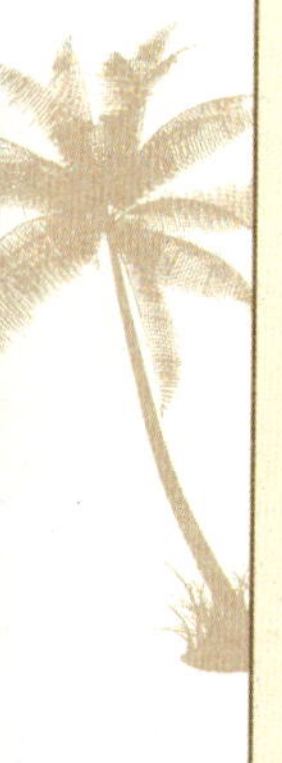

海南岛有海也有山。五指山是海南岛最高的山峰，整个山体均由花岗岩构成。长期的强烈侵蚀，使得山体起伏呈锯齿状，形成五座山峰依次排列，如同五指，故此得名。五指山是海南岛风景区，也是我国南部沿海的名山之一。山地最高，位于海南岛中央，然后一个台阶、一个台阶往下降，先是丘陵，然后是台地，最后是平原，而平原的边缘，镶着一圈沙滩，围着一层海浪。所以，海南岛的地形，像个大荷包蛋。

从最高的五指山，泻出两条大河——昌化江和万泉河。昌化江在昌化港入海，万泉河在博鳌入海。

短短几年，博鳌从小渔村崛起为海南现代化新城，“博鳌论坛”名闻遐迩，而宋庆龄祖籍所在地文昌市则成为中国新的卫星发射中心，为蓬勃发展的海南锦上添花。

海南人终生或与绿树相伴、或与山岭相偎、或与大海相依。四时花香，四面环海，山清水秀，风光绮丽。空气好、水好、再加上气候暖和、水果多、海鲜多，“候鸟”们怎不飞往海南岛？

顺便提一句，随着越来越多的“候鸟”飞往海南岛，使海南岛的人口统计成为难题：“候鸟”们往往只在海南岛购房，户口仍留“第一居住地”，这些人不在海南的人口统计范围之内。再说，“候鸟”们的飞来飞去，也造成海南岛人口冬季多，夏季少。

海南确实已经成为中国人首选的“第二居住地”。海南给“候鸟”们的生活增添了无限的情趣和乐趣，而“候鸟”们给海南带来了资金和商机。

作为“候鸟”，我也加入“新海南人”的行列。海南斑斓的生活图景，与海南作家的切切磋磋，给我的创作带来新的活力。书房里安放着两台电脑，我和妻在幽静的海南仍处于工作状态。

最小的省 最大的特区

从海南归来，偶然见到电视台的知识竞赛节目。

主持人问："中国面积最小的省是哪个省？"抢答："海南省。"

主持人问："中国面积最大的经济特区是哪里？"抢答："海南省。"

我猛然一拍脑瓜，这两道知识竞赛题，不正是最概括地勾出了海南省的特点：最小的省，最大的特区。

当然，还可以补充一句：海南岛是中国第二大岛。如果再补充几句，那就是：海南省是中国最南的省，是海洋面积最大的省。

最小的省，最大的特区，中国第二大岛，中国最南的省，中国海洋面积最大的省——这，便是海南的五大特点。

在海南，问起你从哪里来？倘若我说从上海来，他们就会说："哦，从内地来！"也有的说："哦，从大陆来！"在他们的眼里，上海是内地、是大陆。问起他们来，则说是"本地人"。

我饶有兴味地听那海南本地人讲海南话，难得听懂一两句。海南岛邻近广东，海南话却不同于粤语，而相近于闽南语（当然只是相近而已）。他们称甲鱼为"水鱼"，而称河鳗为"白鳝"。

海南岛本来不是岛，而是华夏大陆向南延伸的一部分。据考证，大约于人类出现的第四纪，历经地壳断陷、火山爆发、海侵海退以及冰川活动的频繁作用，使海面不断上升，陆地不断下降，这才与大陆分离，形成一道南北宽20~40公里，东西长80~100公里，海水深度为100~140米的海峡，把海南岛与华夏大陆分开。这个海峡就是琼州海峡。

海南岛的古称有三个：珠崖、琼州、琼崖。早在西汉的时候，就已经在海南岛设置珠崖郡。在一千多年前，把这里叫做海南。从此，海南岛这个名字一直延续到今日。

海南岛原本属于广东省。1950年4月30日，海南岛全岛解放。5月1日，设立海南行政公署，隶属广东省。

海口街道上的榕树

记得，1999年6月，当重庆成为中央直辖市的时候，重庆火车站挂出一条别具一格的欢庆标语："热烈欢迎四川省人民来重庆！"一时间，这句话传遍四川和重庆。因为重庆原本是四川省的省辖市，而成为中央直辖市之后，那就跟四川省平起平坐了。重庆成为中央直辖市，极大地推动了重庆的发展。

中共琼崖一大就在海口闹市的这条弄堂里召开

同样，在1988年4月，海南岛成立海南省人民政府，同时建立中国最大的经济特区。虽然海南岛没有挂出"热烈欢迎广东省人民来海南"的标语，但是海南岛此后的发展速度远远超过了以往。

海南岛的形状像一个大雪梨，总面积（不包括卫星岛）35 000平方公里。海南省位于中国最南端，北以琼州海峡与广东省划界，西临北部湾与越南民主共和国相对，东南和南边在南海中与菲律宾、文莱、马来西亚、印度尼西亚为邻。

海南的劳动妇女

海南省的行政区域包括海南岛和西沙群岛、中沙群岛、南沙群岛的岛礁及其海域。南沙群岛的曾母暗沙是我国最南端的领土。

正因为海南省是中国最小的省，全省电话只有一个区号——0898。我从海口打电话到三亚，就像打市内电话一样，不算长途。

海南岛建成了环岛高速公路。在海南岛的高速公路上，不设一个收费站，这也是别的省见不到的，给自驾车游海南的朋友带来莫大的方便。不过，海南不是不收高速公路的费用，而是平摊到汽油的成本里了。

海南“第一课”

对于一个第一次来到海南的游客来说，了解海南的第一站，那就是海南省博物馆。如果海南岛是一本书，那么海南省博物馆就是“序言”。

海南省博物馆是坐落在海口市国兴大道68号的宏伟建筑。对于国兴大道，我很熟悉，因为国兴大道是海口市区主干道，从海口美兰国际机场朝海口市区进发，经过南渡江上的琼州大桥，便来到国兴大道。国兴大道不光有新建的海南省博物馆大厦，而且还有中共海南省省委和海南省人民政府办公大楼、海南省图书馆、海南省体育馆、海南省文化广场……几乎都是这几年新建的大型现代化建筑，可以说是展现在游客面前的海口第一道靓丽的风景线。

尽管我多次来过国兴大道，可是我并不知道国兴大道这名字的来历，以为是“国家兴旺”之意来命名。直到我参观了海南省博物馆，方知是为了纪念王国兴而命名的。在海南省博物馆里，陈列着王国兴的照片以及事迹介绍：

王国兴(1894～1975)是黎族革命家，海南白沙县红毛峒人。1943年8月17日，和王玉锦等率领黎族、苗族人民举行武装起义（史称“白沙起义”）。1944年3月，任白沙县临时抗日民主政府副县长。1949年9月，以黎族代表身份出席在北平召开的中国人民政治协商会议。10月1日，在天安门城楼上参加开国大典。1953年5月，加入中国共产党。曾任海南黎族苗族自治区（1955年10月海南黎族苗族自治区改为海南黎族苗族自治州）第一任主席和第一任州长。1975年1月，在海口市病逝。

海南人民怀念王国兴，用他的名字命名海口的重要主干道。

海口还有一条白驹大道，那是以冯白驹（1903~1973）的名字命名的。在海南省博物馆里，也有着冯白驹的介绍：他是海南省琼山市人，海南琼崖革命武装和根据地创建人，被誉为“琼崖人民的一面旗帜”。历任中国工农红军琼崖独立二师师长，广东省人民抗日纵队琼崖独立总队总队长，中国人民解放军琼崖纵队司令员兼政委，中国人民解放军海南军区暨43军政治委员，中共海南区委第一书记，海南军区司令员兼政治委员，海南行署主任，中共广东省委书记处书记，广东省、浙江省副省长等职。

走进海南省博物馆，我仿佛在阅读一部关于海南的历史、地理、人文百科全书。

俊美的讲解员一身黎族服装，用清脆的声音首先说起海南省博物馆自身的历史。那是在1991年，一纸调令把47岁的郝思德“空降”到海南，筹建海南省博物馆。郝思德1963年毕业于北京大学考古系，毕业后一直在黑龙江文物考古研究所工作。从中国的最北端调到中国的最南端，郝思德全身心扑在海南省的考古工作中，扑在海南省博物馆的筹建工作中。在13年后的2004年末他退休时，由于他为海南省博物馆的筹建打下坚实的基础，海南省博物馆终于在这个时候开始动工，2008年11月15日正式开馆。

我注意到，海南省博物馆展示，1992至1993年郝思德主持发掘三亚落笔洞洞穴遗址，出土一批包括人牙化石、石骨角制品在内的文化遗物及大量哺乳动物化石。三亚落笔洞洞穴遗址的发掘，把海南岛人类活动的历史提早到一万年前，是目前发现的海南最早的人类活动的始点。

此外，1998至1999年，郝思德参加对西沙北礁、华光礁等地进行水下考古发掘的活动，他们发现水下沉船遗迹及遗物点14处，打捞出水文物1500余件，表明海南岛曾经是“海上丝绸之路”的重要一站。

海南乃天涯海角，是“天高皇帝远”的“荒蛮之地”，所以海南曾经成为历代朝廷放逐谪官之处。在博物馆，我看到用诸多图片、雕像展现北宋苏东坡在海南的谪居生活。唐朝名相李德裕以及宋朝名相李纲、李光、赵鼎、名臣胡诠，也相继遭贬而谪居海南。

在海南出生的最著名的历史人物当推明朝清官海瑞。海南省博物馆以醒目的地位向观众介绍海瑞的生平。

博物馆里另一显赫的历史人物是冼夫人。我见到一座横刀立马的巾帼

海口正在修复20世纪30年代的骑街楼，见证海口的历史

英雄的高大雕像，那便是南北朝岭南地区俚人领袖冼夫人。她是高凉太守冯宝之妻，不仅武艺高强，而且深谙韬略。她佐冯宝平息广东地区汉越冲突，增进民族和解，并招引海南岛各族部落归附隋朝，统一海南。隋文帝册封冼夫人为谯国夫人，夫人卒于仁寿二年(602年)，时年91岁。周恩来总理曾赞誉冼夫人为“中国历史上第一位巾帼英雄”。

给我留下深刻印象的是博物馆展示的海口老照片——骑街楼。说明词指出：

> 民国十三年（1924年），海口酝酿从琼山县分出，设立海口市政厅。拆掉明代初年修建的海口所城，将5～6米宽的石板路扩建成能够行驶汽车的街道，大兴土木，扩大城市。在此前后，南洋华侨于中山路、博爱路、新华路、得胜沙路等地兴建中西合璧的骑楼建筑八百多栋，沿街商铺林立，成为民国时期海南岛上最繁华的、最具南洋风情的建筑街区。

博物馆还用海口骑街楼一条街的模型、人物雕像，表现当年海口之繁华，大有南国“小上海”的意味。

海口老照片——当年骑街楼里的马来西亚归侨

骑街楼是南洋的建筑风格。在南洋马来西亚、新加坡一带，阳光强烈又降雨频繁，有了骑街楼，可以为行人遮阳光避风雨。当年，很多海口人前往马来西亚一带经商，赚了钱，就在海口建造起南洋风格的骑街楼。

我曾经多次来到海口新华北路、中山路、博爱北路一带，看到过那里成片的骑街楼。2013年秋日，在参加海南省作家协会“走进阳光地带”活动时，又一次来到那里。这一回，我看到“海口骑街楼旅游集散广场”正在兴建，许多骑街楼经过整修，面目一新，再现20世纪二三十年代海口的繁荣景象。在海南作家陪同之下，还曾走进一幢经过整修的三层骑街楼，见到里面的房间高而宽敞，阳台很大，一派大户人家风范。那里如今成了一家马来西亚风味餐馆的所在地。

海南省博物馆里有一组高大的雕像，那是1950年4月解放海南岛时的中国人民解放军战士群雕。旁边有一屏幕，滚动播放着中国人民解放军乘坐木帆船横渡琼州海峡、解放海南岛的激烈战斗场面。在海南当地的琼崖游击纵队的配合下，红旗插遍海南岛的山山水水，从此海南岛的历史，翻开了新的一页。

1988年，经全国人大审议批准，海南省正式从广东省分离出来，成为一个省，同年成立经济特区。海南岛又进入崭新的发展阶段。

海南省博物馆生动展示，海南岛从一万年前人类活动的遗迹到改革开放的今日历史进程，同时还展示海南岛的民族、文化、科技、自然风光，使每一个观众从中读懂海南的“序言”，了解海南省的概貌。

正因为这样，海南省博物馆值得一游，那是了解海南的“第一课”。

目击往日的海南

我跟海南结缘，始于20年前的1993年。我那次去海南，是因为海南涌现的“房地产热”……

自从建立海南省，辟为经济特区，海南岛如同释放出巨大的原子能，射出举世瞩目的璀璨光芒。改革开放的惊雷，唤醒了沉睡的海南热土。海南岛在几年前还是一片农村景象，一下子平地冒出了许多高楼大厦。

我结识了许多海南外地人。当时，大批民众随着开放的热潮涌入这个绚丽的绿色宝岛。他们来自五湖四海，在海南岛我听到各种口音，内中有熟悉的“阿拉阿拉”声，也有不少人操北京口音或者四川、湖南话语。当时，在海南手持“大哥大”哇啦哇啦呼叫着的，大都是外地人。外地人涌入海南，给海南岛注入了一股强大的活力。

在海口，“椰子节”、“三月三”之类的标语牌随处可见。商业广告之中，除了画着“天然椰汁”易拉罐外，最常见的要算画着千姿百态小洋楼的房地产广告了。海南岛正处于房地产的开发热潮之中。据告，当时海南的房地产开发公司，有一千多家。在海南流传这么一句话：“如果从树上掉下一个椰子，打着三个人，内中一定有一个是房地产商。”

到达海口之后，我试着给一位三年未见面的朋友打电话。那是一位小伙子，名叫萧乐，大学毕业之后，在北京某中央机关工作了几年。我因工作关系在北京结识了他。当时他的生活紧巴巴的。他和新婚的妻子——一位女记者，借住在别人家中。因为那人出国去了，就把空关的公房暂借他俩栖身。每天他和妻子分别骑自行车，急匆匆地赶路，要花一个多小时，才来到机关上班。

我从北京回到上海，也就跟他没有什么联系了。1992年金秋的一天，忽地接到一个来自海口的长途电话。一听，是萧乐的声音。我以为他出差海口，不料，他说自己已经落脚海口，并告诉我电话号码，我随手记了下来。

这一回，我来到海口，便拨了这号码……从电话耳机里传出来的是他妻子的声音，原来他俩“雁南飞”，双双在海口安家落户。她告诉我，他开车去广西北海做地皮生意了，马上会回海口。

我很惊讶，他怎么会做起地皮生意来了呢？我本以为他是在海口的党政机关工作。

翌日，他打电话来，说是已经从北海回来，马上要到泰华宾馆来看我。

他来了，又令我吃了一惊：他驾驶着一辆乌黑锃亮的奥迪轿车来了，车上坐着他的妻子。他说 ，那车是他自己的！在1993年的时候，在中国拥有豪华私家车的人并不多。

他，一米八几的个子，穿一身银灰色西装，系一根天蓝色领带，显得很潇洒。显然，出于礼节，他不穿T恤。

他跟我长谈着自己“下海”的经历：两年多以前咬咬牙，横下一条心，辞掉了北京的公职，凑足了买飞机票的钱，就一头扎进“海”里。起初，日子过得艰难，差一点淹在“海”里。几沉几浮，他学会了“游泳”。如今，他已是一家房地产公司的副总经理了。

他驾着自己的轿车，陪着我周游海口。我见到漂亮的崭新的高级别墅群，其质量远远超过了上海的那些花园洋房。这些高级别墅，都是最近几年雨后春笋般冒出来的。一幢幢搭着脚手架正在建设中的高楼大厦，表明海口的房地产业正在大规模铺开。怪不得，海口云集了那么多的房地产商 。

我和妻在1993年3月飞往海南岛，是应姚笛先生之邀。也真巧，姚笛竟然也是一位房地产商——房地产巨商！

作者与姚笛先生（右）合影

2005年我们乘坐的海口购房车上写着每平方米1758元！

烂尾楼里的“居民”

姚笛，原是上海电影乐团指挥，曾为一百多部电影配乐，是颇有造诣的艺术家。然而，就在他的指挥生涯日渐推向巅峰之际，他出人意外地“下海”了！

这位在舞台上指挥若定的音乐家，手势利落，线条清晰，动作干脆、果断，在面对人生的抉择时，也是那样富有魄力，虽说生活的旋律远比五线谱难以捉摸。在上海文艺界，姚笛是最早“下海”者之一。那是在1984年，他居然甩开上影乐团指挥的艺术宝座，辞去公职，赴香港经商，确实要有足够的勇气。且不说，一旦失败，“海”中覆舟不堪设想，光是闲言碎语就足以装好几箩筐。说实在的，那时候在艺术家的眼中，有几个看得起商人呢？仿佛商人总是沾着孔方兄的铜臭，会玷污艺术天堂的圣洁。

据姚笛夫人回忆，当姚笛走向罗湖桥头之际，口袋里只有两千多港币。

刚到香港，阮囊羞涩的他，来回步行走过那长长的隧道。漫漫隧道，除了他之外，只有那无家可归的乞丐。走着，走着，他仿佛失去了指挥家的潇洒。

在一位热心的企业家的帮助下，姚笛终于走出了困境。

姚笛这么说及自己最初的“创业史”：“当时，我组织到一批棉纱，想转卖给香港一家颇具盛名的大公司，该公司一直未露面的总裁就是香港纺织大王唐翔千的胞弟唐仑千先生，他了解到此事后，立即见我，当证实我就是中国有名的指挥家姚笛时，当场就订货，又签下了一百万元支票给我，并对一旁着急的会计说：‘不要说一百万，就是一千万，姚笛先生也不会跑，我很放心！’这一宗生意就让我赚了十万多元，既安定了我在香港的生活，又为我以后的事业打下了基础，第二年就赚了一百多万。”

就这样，姚笛开始“发”起来。当房地产热在中国大陆兴起，他敏锐地注意到这是“大发”的好机会，便投入到房地产商的行列，以至成为中国的房地产“大腕”之一。

他毕竟是一位艺术家，经商之道不同于众。用他自己的话来说，那就是“商艺结合，以艺带商，以商养艺”。他兼艺术家、企业家于一身，在香港组建了ATC交响乐团，组建了中华艺术贸易公司。

如果说，那长长的隧道是五线谱，那一个个脚印是音符，他奏出了一支成功之曲。

他的企业日益发展。他把目光投向处于改革开放热潮中的“阳光之岛”，在这个绿色宝岛筹建了海南荣爵房地产开发有限公司，任董事长兼总经理。

他选中了海口海甸岛迷人的海滨，筹建高达17层的大厦——海景花园。大楼处于海口的黄金地点，面向大海。楼前有花园，楼内有游泳池及商业中心。

他经商，但声言不做商人。他在上海文艺界工作多年，深知艺术家生活的艰辛，深感艺术家的贡献与他们的报酬悬殊倒挂，所以他立志以商养艺。尤其是作为音乐皇冠上的明珠的交响乐，高雅而和者甚寡，知音寥寥。不论中央交响乐团还是上海交响乐团，都入不敷出，景遇惨淡。

这一回，趁他的海景花园奠基典礼暨荣爵房地产开发有限公司开业典礼在海口举行，他特地邀请了上海文艺界的朋友前往助兴，同时作疗养性的旅游。

那天上午，姚笛匆匆从香港飞来，走上用木板临时搭成的主席台。年近花甲的他，已经显得有点发胖。出席这样的盛典，他居然没有刮胡子！他的头发也有些凌乱。他笑笑道："太忙了，顾不上理发，真不好意思。不过，虽说这么一来，缺少了点企业家的派头，却是艺术家的风度！"

到了傍晚，在出席开业典礼的时候，他的头发上喷满"摩丝"，显然刚刚理过发，倒是标准的企业家派头。

据曹鹏先生告诉我，出于"以商养艺"的初衷，姚笛刚刚给了曹鹏先生麾下的上海交响乐团以一笔慷慨的赞助。

巧真巧，就在开业典礼上，逐一报出来宾的姓名，在报了我的名字之后，一位正坐在我身旁的来宾，猛地拍了一下我的肩膀。我端详了他，一位六十上下西装革履的人物，不相识。可是他笑眯眯的，仿佛是我的老相识。他递给我的名片上，印着"姜希文"，头衔是"台商独资晋亿国际企业有限公司海南房地产公司执行董事长、高级工程师"。哦，又一位房地产商！

他向我娓娓道出往事，使我大有天下真小之感：原来，1959年，当我在北京大学上三年级的时候，曾经常向北京的一家报纸投稿，责任编辑便是他！当时，他还曾来学校看过我。一晃，34个春秋飞逝，想不到我们竟在这里见面……

他还说起一桩我不知道的往事：新学期，我搬了宿舍，又因忙于给别的报纸写稿，也就和他失去了联系。他有一回在访问茅以升先生时，茅老提起我的文章，说是应该多多鼓励、扶植青年作者。于是，他在报上登了启事，寻找叶永烈，仍未能和我取得联系。他大笑道，今天在这里喜相逢！

在欣喜之余，我问起他怎么会从北京来到此地？怎么会成了房地产商？又怎么成了台商？

原来，他本是清华大学建筑系毕业生。海南建省时，他作为国家干部，从北京调到海南岛工作。后来，他下海了。建筑系毕业的他，对于房地产自然是行家里手。正巧，他的一位台湾亲友前来海南岛投资，于是，这位高级工程师也高就成了台商房地产企业的执行董事长了……

在海南岛自从结识了那么多的房地产商，我也就特别注意那里的房产。纵穿这“阳光之岛”，我发觉，一座座崭新的小楼，如一串串珍珠戴在青山绿水的项间，璀璨夺目……

柳暗花明又一村

阳光、蓝天、白云、海浪、沙滩、椰林、绿草、鲜花，海南岛给予人们的视觉感受是美丽的。然而，在这热带风光的迷人景色中，却夹杂着视觉的疮疤，犹如在优美的旋律中，夹杂着刺耳的杂音。那就是千疮百孔、龇牙裂嘴的烂尾楼。

烂尾楼，又叫“半拉子楼”，或者“半拉子工程”。

世界上规模最大、最为“壮观”的烂尾楼群，当数中国海南省省会海口市。

烂尾楼是房地产泡沫的纪念碑，也是警示碑。海口市政府宣布，在2005年已经有90%的烂尾楼得到解决，在2006年年底之前将全部消灭烂尾楼。幸亏我在2005年冬来到海口，在街头巷尾还能拍到了许许多多烂尾楼的照片——这只是残存的一部分的烂尾楼，可见当年海口的烂尾楼群是何等的“壮观”！我拍摄的那么多海口烂尾楼照片，足以出一本海口烂尾楼“专题影集”：

在海口宽广的滨海大道之侧，新建的汽车南站斜对过，我走访了“海口第一高”烂尾楼——高达40多层！

我发现，在“海口第一高”烂尾楼旁边，还有许多高层烂尾楼，组成了“烂尾楼群”。我沿着满是污泥、撒满垃圾的小路往里走，见到这些烂尾楼的底下六层的许多阳台，居然晒着衣服。细细一看，许多拾荒者住在里面！烂尾楼成了他们的“免费旅馆”。还好，在烂尾楼里没有电梯，要不，在十几楼、二十几楼也会住满拾荒者。

在海口金融中心区，我拍摄了一幢外墙贴好白瓷砖的烂尾楼。我惊讶地发现，这座烂尾楼许多窗口之侧，还挂着空调机！大门之上，挂着

"广基大厦"四个字。但是，"基"字已经掉了"土"，"厦"字已经掉了"厂"。这四个字是用铜做的，当年镀了金，金光闪闪，相当气派。如今，变成近乎黑色。两个月之后，我路过那里，"广基大厦"四个字只剩下一个"广"字。不言而喻，那三个字被拾荒者撬下卖钱去了。

"广基大厦"底层，同样住着拾荒者。一个夜晚，堆在那儿院子里的垃圾突然起火，浓烟滚滚。不久，响起了消防车的鸣叫声……

烂尾楼所在的地段往往不错。我见海口好几幢烂尾楼的底楼开起商店来，有的商店还高挂彩色招牌。甚至有一幢烂尾楼的底下六楼，开起了像模像样的旅馆来，真的成了"半拉子楼"。倘若旅客不抬头往上看的话，恐怕不知道住的是未完工的烂尾楼。出现在我的"专题影集"中这样的"半拉子楼"照片，成了"海口特色"。我不知在烂尾楼底层开商店、开旅馆的人，事先有没有征得烂尾楼楼主的同意？

一连串沉重的数字，令人透不过气来：

据统计，截至1998年底，海口市的烂尾楼达446幢！此外，海口空置商品房达360万平方米，闲置土地达三千公顷。面积不到全国4%的海南岛，"烂尾楼"的总面积却占到了全国"烂尾楼"的10%！海口市积压的房地产总量占海南全省的78%、全国的7.8%！海口市80%以上的商品房变成了"烂尾楼"。

数字还显示，从1993年到2003年，海南房地产业的沉淀资金达到了650亿元，相当于海南建省以来社会投资总额的三分之一还多。

据说，海南到香港、东南亚招商，好话说尽，好不容易把人家给请来了，但一看一大堆烂尾楼便拂袖而去，再也不来了。

烂尾楼，海南岛房地产滑铁卢之役的痛苦记忆。

由于负债累累，海南发展银行也因此而倒闭，而海南的经济伤了元气至今未恢复。

烂尾楼凝固了多少泪水，也凝固了多少教训。1998年年底，在海南考察的朱镕基总理见到一幢幢灰黑色、孤堡幽灵似的烂尾楼时说道："农村不像农村，城市不像城市！"

海口的"特色风景线"——烂尾楼，引发我的思索。探索烂尾楼形成的原因，可以引出一系列反思。

我庆幸在海南岛房地产最热的1993年能够来到那里，"躬逢其盛"，因而今日面对海口众多的烂尾楼，也就有了更加强烈的对比感。正是1993年，成为海南岛房地产由盛到衰的转折点。海南岛众多的烂尾楼，就是从1993年开始"烂"的。

海南岛的房地产狂潮，是从1988年开始兴起。对于海南来说，那是历史性的一年，是海南发展史上的里程碑。1988年4月13日，七届全国人大一次会议通过了建立海南经济特区的决议。从此，海南岛脱离了广东省，成为独立的省——海南省，而且成为中国第五个经济特区。

自1980年中国建立第一个经济特区——深圳经济特区之后，相继建立了珠海、厦门、汕头经济特区。海南成为最后一个经济特区，也是面积最大的经济特区。

海南虽然是最大的经济特区，但是原先的经济基础较差。海南岛是一个海岛，在历史上开发较晚，又长期封闭，工业基础非常薄弱，工业化程度很低。据统计，1952年海南全岛十人以上的工业企业只有三百多家！此后的三十多年中，国家对海南的投资主要集中在国防建设和原料生产上，对工业的投资很少。直至1988年建省的时候，海南的工业总量在一、二、三类产业中所占的比重，在全国排倒数第三，只比西藏、青海略高。

然而，1988年对于海南来说，是双喜临门的岁月：既建省，又成为经济特区。这双喜临门，一下子把海南推到了中国经济发展与改革开放的浪尖之上！

海南岛，顿时成为全国关注的焦点，成为媒体炒作的重点。一时间，“海南热”席卷中国。由于国家给经济特区以优惠政策，“海南热”也就成为投资热。仿佛海南岛成了金矿山，谁都希冀在那里拿到一桶金。

全国各地十万人涌向海南岛。各行各业的人都来到海南开公司。

为了迎接大量涌来的资金和人员，一大批工业区、开发区在海南岛诞生了。海口市新辟了金盘工业开发区、港澳国际工业园、海南国际科技工业园、海口保税区、海南扶贫工业园等好多个工业区，在海口市以外新建了著名的洋浦开发区，还有老城工业开发区、桂林洋开发区、清澜开发区等。海南省要成为“工业强省”。

然而，海南毕竟是工业基础非常薄弱的地方，一下子建立如此众多的工业区、开发区，就像一个瘦弱的孩子一下子面对豪华大餐，吃不了也消化不了，投资回报并不看好。于是，大量的资金涌向房地产业。

那时候，海南经济特区的前景被描绘成无比美妙的画卷，仿佛这里在大开发中，需要大量的豪华写字楼、高层商品房、高级宾馆。于是，海南的房地产业，成了“刨一个坑就能挖一桶金”的高回报、快回报暴利业，成了最佳投资途径。

千军万马齐聚海南房地产业。仿佛有地就能建房，建房就能赚钱。海口、三亚地价飞涨，房价也迅速上涨。投资商通过各种关系买海南地皮。

一时间，海口、三亚成了搭满脚手架的城市，仿佛在那里开展一场造房子比赛，开展一场“商品房运动”。海南房地产业处于无序失控的状态。

我正是在房地产业大红大紫、火热朝天的时候来到海南。记得，当时海口的房价，已经达到每平方米建筑面积五六千元。海边的房子，更是达到一万元。在1993年，海口的房价大大领先于其他城市。

就在海南的房地产业达到疯狂的时候，在1993年、1994年一下子从沸点跌到冰点。其中的原因有二：

一是严重违反了经济规律，供需关系严重失调。海南是一个经济落后地区，老百姓收入微薄，没有多少人买得起商品房。外来的人口也毕竟有限。在短时间里大批造楼，问津者寥寥，便使大量的楼房严重积压。

二是从1993年起，中央政府实行宏观调控，紧缩银根，严控资金，严防呆账坏账，一下子对发疯的海南房地产业进行釜底抽薪。

海南狂热的房地产业终于在1993年下半年急刹车。不过，正以疯狂速度前进的海南房地产业一下子还刹不住，仍在高速前进中驶过1994年。到了1995年，海南房地产业跌入低谷。

面对市场清冷和资金短缺，海口四百多幢在建楼盘停工了。这些大楼，成了“半拉子工程”，成了烂尾楼，成了泡沫经济的黑色标志。

据统计，海南建省办特区之初，1989年房地产投资仅3.3亿元人民币，1990年后房地产投资开始急剧膨胀。到了1993年和1994年投资分别比1990年增长14倍和13.9倍，连续两年超过57亿元人民币，处于难以节制的疯狂状况。

1995年，海南房地产“泡沫”破裂，当年投资比上年下降49%。1996年又比1995年下降42%。1997年比上年下滑53%，投资不足八亿元。

又据统计，在海南房地产业恶性膨胀时，介入房地产开发的企业有五千多家，如今在工商部门取得资质的企业不足四百家，不到当年的十分之一。

轰轰烈烈的“十万人才下海南”局面，成了历史的泡影。“十万人才”烟消云散。许多期望在海南房地产业捞取暴利的投资者，亏了血本，欲哭无泪，烂尾楼成为他们心酸、苦涩的记忆。

有人至今仍把海口那满目疮痍的烂尾楼，归罪于中央政府1993年的宏观调控。其实，如果中央政府不在1993年关紧银行大门，海南的烂尾楼还会增加几百幢！

房地产业的大起大落，严重打击了海南经济。原本打算成为改革先锋的海南经济特区，从此大伤元气。在五大经济特区之中，海南远远滞后于深圳。

尽管如此，海南建省以及成为经济特区，毕竟对海南的经济发展起了重要的促进作用。

对于海南来说，泡沫房地产的教训太深了。有人笑称海南是中国房地产业的“黄埔军校”，只是付出的学费太昂贵了。

丑小鸭变成小天鹅

如果说，烂尾楼是冰块，那需求就是气温。随着气温的回暖，海南烂尾楼这冰块终于日渐消融。

在我的海南烂尾楼“专题相册”里，有这么几幅照片：

2005年9月，我在海口金融区见到一幢八层的灰黑色的烂尾楼，尽管四周堆满垃圾，但是可以看出，这座楼的造型相当漂亮。它不是常见的火柴盒式的四四方方的楼，而是圆锥形，像一块切开的西瓜，那圆弧面是它的正面。据说，这原本是准备开设在金融区的一座高档餐馆，由于资金不足，不幸夭折，成了烂尾楼，一“烂”就是十多年。

过了两个月，2005年11月，我从东莞来到海口，路过那里，惊奇地发现，这座烂尾楼周围的垃圾不见了，烂尾楼也被打扫得干干净净，楼的四周正在搭脚手架。这意味着这座“漂亮”的烂尾楼要起死回生了。于是，我在同样的角度，又拍摄了这座烂尾楼。

又过了两个月，2006年1月，我又来到海口。当我再度路过那里时，这幢烂尾楼已经被脚手架整个围住，起重机在来回吊运，楼里传出一闪一闪的电焊光。我赶紧拿出数码相机。当我把镜头对准复建中的烂尾楼时，这才发现，烂尾楼长高了，从原先的8层，变成了12层！显而易见，那上面的四层，是最近加上去的。

短短的四个月间，我就亲眼目击了这幢烂尾楼柳暗花明的历程。我用相机形象地记录了这一历程。当它“脱”掉脚手架时，一定会“粉墨登场”，变成一幢色彩艳丽、面目一新的楼房。到了那时候，如果我不出示我的烂尾楼“专题相册”，谁都不会相信，这美丽的新楼，曾经是一座面目狰狞的烂尾楼。

其实这幢烂尾楼“割掉”烂尾，正是海口房地产业复苏的标志。在海口国贸、世贸、金贸这“三贸”为核心的金融区，如今在阳光下熠熠生

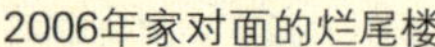

2006年家对面的烂尾楼

2012年家对面的新楼

辉、彩色外墙的新楼，90%是经过续建、精心“化妆”的烂尾楼！

海口触目惊心的烂尾楼群，引起群众的愤慨，也引起中央的重视。那灰黑色的烂尾楼，尽管面目狰狞，毕竟还是用金钱堆成。废弃在那里，听任风吹雨打，那银行的呆账，或者企业、个人的投资，终究是建设的资金。

如何启动烂尾楼，把死楼变活楼？

1999年7月，国务院考虑到宏观经济的趋势向好，把灾情最重的海南确定为全国处置积压房地产的试点。国务院批准了《处置海南积压房地产试点方案》，给予续建烂尾楼以诸多优惠政策。海南省政府成立了处置积压房地产工作领导小组以及处置积压房地产办公室，决定采取一系列措施，救活烂尾楼。

在每一幢烂尾楼背后，几乎都有一个资金黑洞和一团剪不断理还乱的债务。烂尾楼的盘活，“死马”活起来，使那些亏了血本的投资者多少得到一些回报。对于重新注入资金，盘活烂尾楼的新投资者而言，由于烂尾楼大都处于很好的地段，买下之后只要进行“化妆”而已，“短、平、快”，很快就可以回笼资金。另外，海口市通过补贴开发企业土地出让金的办法，降低商品房成本，实行政府限价。为吸引企业投资盘活“烂尾楼”，海口市积极帮助房地产权益企业申领中央财政专项补助资金。这么

这幢由烂尾楼改建而成的楼房非常漂亮

海口“绿色佳园”里花木茂盛

一来，吸引了不少新的投资商。

另外，由于烂尾楼续建之后，成本低，售价也低。很多经过“化妆”重新上市的海口烂尾楼，每平方米建筑面积售价只有1 500元。海口市还规定，买烂尾楼改建的商品房，购房者可以免契税。这么一来，也就吸引了许多购房者，尤其是上海、浙江的购房者。

有人愿意投资续建烂尾楼，有人愿意购买续建之后上市的烂尾楼，海南的房地产市场开始复苏，烂尾楼这块“坚冰”开始融化。

烂尾楼里有黄金。烂尾楼甚至还招来了专程前来看楼、买楼的开发商。烂尾楼这冷馒头变成了香饽饽。

这样，原本是烂尾楼连片成群的“三贸”金融区，就像我亲眼见到的那幢烂尾楼一样，迅速改变面貌。龇牙裂嘴的烂尾楼，在短短几个月内就面目全新，闪亮登场。丑小鸭变成了小天鹅，丑女变成了天使。

经过几年的消融，海口烂尾楼已经大为改观，已经售出85%。当然，由于海口是泡沫经济的重灾区，还余下不少烂尾楼有待投资者续建。另外，已经售出的烂尾楼，也要经过一段时间的准备，才会动工。

售出的烂尾楼之中，有一部分是由海口市政府收购，改造成为安置房、解困房。

有些只造了几层而未完成主体结构的烂尾楼，由于图纸不全，建筑资料不明，无法续建，只得拆除。也有的烂尾楼过分密集，要部分拆除，变为公共绿地。

烂尾楼，见证了海南改革开放的一段曲折历史，见证了海南房地产业一段痛苦经历。善于从挫折中汲取教训，海南的房地产业才会走上稳健的发展之路。

海口印象

冬日，从上海飞往海口，刚下飞机，迎面扑来的便是一股热流，这里气温28℃！在上海，即便开空调，也未必能够达到这么高的气温，何况这里整个大自然都洋溢着这暖洋洋的风。

海南春来早。在海口街头，我见到许多穿着背心、飘着短裙的姑娘。不过，一旦遭遇寒潮来袭，这里也降温，但最多也就是长袖衬衫之外再套件外衣罢了。冬日在上海，我家门窗紧闭，而在海南，我洞开门窗。

海口与三亚，一南一北，像两颗明珠嵌在海南宝岛，人称海南“双城”。

可以用这么几个数字勾勒“双城”的概貌：海南岛的总面积是3 400平方米，海南省的总人口是803万。海口市的人口是162万，而三亚市的人口是50万。

发源于海南白沙县南峰山的南渡江，是海南第一大河是海南岛的“母亲河”。海口地处南渡江的入海口，因而得名海口。

海口远景

热闹的海口老街

海口火车站

海口西区新楼林立

海口海滨彩色步行道

我在2005年来到海口时，与1993年第一次来到海口时的情形已经大不相同：经国务院批准，从2003年元旦起，琼山市并入海口市，成为琼山区。琼山市原本是与海口市东南相邻的大市。由于琼山市并入海口市，一下子使海口市辖区的面积扩大了十倍，人口增加近一倍，GDP占海南全省的70%以上。

这么一来，海口市作为海南省的省会，有了大城市的架势，有点像夏威夷的首府火努鲁鲁。应当说，把琼山市并入海口市，是相当重要的决策，促使海口市更加迅速的发展。海口市下辖四个区，即琼山区、美兰区、龙华区、秀英区。

海口有很好的文化积淀。我来到位于海甸岛的海南大学——海南省的最高学府，不仅树木蓊郁，环境优雅，而且具有相当规模。

海口的古迹五公祠、海瑞墓、秀英炮台，表明了这座城市具有悠久的历史。

海口跟大陆只隔着不宽的琼州海峡，彼此联系紧密，如今连火车都能用渡轮来回摆渡，在海口可以买到通往全国各地的火车票。我去过海口火车站，虽说离市区远了点，但那是一个崭新的建筑，非常漂亮。

海口的长途汽车站原本在海府路，是一个使用了多年的车站。从2005年12月起，启用了位于南海大道的南站，新建的候车大楼相当气派。那里的长途汽车除了开往岛内各市县之外，我也见到开往南宁、深圳、广州的长途汽车——跟火车一样，渡海而行。

海南岛毕竟是海岛，最便捷的交通工具是飞机。作为空中枢纽的美兰机场，离市中心大约半小时车程。机场大楼也是新建的。虽说规模远不如上海的浦东机场，但是飞往北京、上海、广州、深圳的航班也相当频繁。2008年我来到美兰机场的时候，发现候机楼经过扩建，面目一新。

海口北面临海。海口市区像个“曰”字，沿着海岸线铺开。东面是老城区，中部是新城区，西面是漂亮的海滩区。三条东西向的主干道，自北往南分别是滨海大道（东段叫长堤路）、秀英路（分秀英东路、秀英中路、秀英西路）和南海大道。南北主干道，自东往西分别是海府路、龙昆路（分龙昆南路、龙昆北路）、丘海大道和秀英大道。

值得顺便一提的是，海口的路，往往沿海岸线或者河流而建，所谓东西或者南北走向只是大概而言，不像北京的路那样东西、南北泾渭分明。

另外，一条东西向的海甸河，把北面的一大片市区切成了岛中之岛，叫海甸岛。海南大学就坐落在海甸岛上。海甸河的入海口很宽，新建了世纪大桥，总投资达六亿多人民币。世纪大桥位于龙昆北路的向北延长线上，跨越海甸河入海处，北引桥与海甸岛五西路平接，全长2 600多米，桥面宽30米，六车道。

就市容而言，东面的东门、西门、博爱路那一带旧城区，实在难以恭维。脏、乱、差，三者齐全。旁若无人地吞云吐雾，随地吐痰的情景随处可见。作为商业街的解放路，尚可。最为繁华的明珠广场，倒是不错。不论是海南第一百货，还是明珠商场，都相当整洁、上档次，有点类似上海的徐家汇商圈，尽管就规模而言远远不及徐家汇。

沿着滨海大道自东往西行车，过了龙昆北路的立交桥之后，进入中部城区，眼前新楼林立，街道宽敞而整洁，类似于上海浦东新区。这里的世贸、国贸、金贸这“三贸”，是金融新区的中心。高楼密集于此。

过了秀英港，沿着海岸线是西部漂亮的海滩。西秀海滩和假日海滩是其中最著名的海滩，游人颇多。这一带高楼不多，大都是两三层的别墅和四五星级宾馆。我来到豪华的海南新国宾馆，那是一家五星级宾馆，坐落在假日海滩西侧。

海口的公共汽车大都是新车，宽敞明亮。

海口当地的话，我一句也听不懂。海口人说话，尾音很长。如今海口外来人口骤增，南腔北调皆有。外来人口大致分四部分：一是外来的经商者、投资者；二是“候鸟”——在海口购房过冬；三是旅游者；四是打工者——前来海口打工的，许多来自海南省农村，也有一些从岛外来此打工。

海口最大的缺陷是缺乏大企业、高科技、大工厂、名牌产品。这里最著名的企业是椰树集团。不过，光是靠椰树牌椰子汁、椰树牌矿泉水，毕竟难以支撑起海南经济。光靠旅游也不行。2006年春节黄金周，海南省的旅游总收入也不过十二亿，其中海口只二亿。台湾跟海南一样都是海岛，

海口的朝霞

台湾的经济是海南无法企及的，关键就在于海南缺乏大规模经济实体。

海口人的收入不高，物价却不低。且不说众多的旅游者“炒”高了海口饭店的价格，就连超市里的商品也比上海贵。海口的家具也贵。我看了一下，大部分商品来自岛外，其中以广东和福建的产品居多。外地产品加上运费，价格当然高。海南工业不发达，许多商品要依赖岛外。这里便宜的是出自本岛的热带水果，诸如木瓜、莲雾、芒果、香蕉、凤梨等。

海口不大堵车。趁着遭遇红灯的工夫，出租车司机抓紧时间数钱。我问道：“生意怎么样？”司机回答说：“也就春节前后这一个月最红火。这时候海南的游客最多。到了夏天，生意可就惨了！”在海口，本地人有自行车、摩托车，不大“打的”。出租车的扬招客，绝大多数是外地游客。正因为这样，出租车司机的收入，与旅游的旺淡紧紧挂钩。

海口最便宜的还是房子。正因为这样，外地人在海口置业甚多。在夏日的夜晚，海口许多新楼的灯光稀稀拉拉。春节前后，这里大楼的灯光密度迅速增加。很多业主是“候鸟”，进入严冬才“飞”来海口。

业主们的口音南腔北调，来自五湖四海。其中最多的是“阿拉上海人”，其次是东北人。来这里的广东人，大都是生意人，而不是“候鸟”，因为海峡对岸的广东气温比海南略低，大可不必到海南来避寒。

在“候鸟”之中，以退休老人居多。忙碌的年轻人只是趁春节休假来这里玩几天，而老人们则在这里度过整个冬天。

进出电梯，可以见到各色人等。头上戴着用旧报纸折成纸帽的是装修工；拿着崭新的扫把、畚箕，端着新铁锅的是刚刚入住的新业主；拎着装了青菜、海鲜的塑料袋的，显然已经开始在这里过日子了；悠闲地空手踱进踱出的，则是老住户。

春节前我去海口的万绿园。在大门口，遭到了十几个人的堵截。他们手里拿着花花绿绿的纸头硬要塞给我。一看，全是春节期间各旅行社的广告，有环岛游、三亚游、博鳌游以及海口一日游，价格都比平日贵了许多，甚至翻了两三倍。

我漫步海口旧城，那里显得格外拥挤。旧城的街道本来就窄，各种各样的年货摊占满人行道，甚至还摆到马路上。除了各种春联、新年招贴之外，到处是一盆盆小橘树，鲜黄而小巧的橘子在绿叶的衬托之下，十分显眼，再加上讨“大吉大利”的口彩，所以几乎家家户户都买上一两盆。在新城，万绿园那里办年货博览会。我去看了一下，在宽敞豪华的展览馆里，一家家临时搭成的小摊在销售各地的土特产，其中以福建货居多，顾客三三两两。在万绿园的另一侧，是上海羊毛衫展销会，进进出出的顾客倒是相当多。

春节前最热闹的要算板桥海鲜广场。那里是海口规模最大的海鲜市场，虽然那里地处海口市东边海滨，有点偏远，很多人仍赶来。春节前是鱼价最贵的时候，石斑鱼从平时的20多元一斤猛涨到50多元一斤，而在三

海口板桥海鲜广场附设海鲜市场

亚春园海鲜城，我一问，竟然贵到120元一斤！我也去过海口旧城东门市场的鱼市，那儿以干的海货为主，诸如鱼鲞、鱿鱼干、虾米之类，顾客相对来说要少，价格也只比平时贵几成。

潮润的风

从上海来到海口的翌日，我差一点摔了一跤：冬日，海口的早上，比上海亮得晚，七时还黑乎乎的。我起床的时候，妻还在睡。为了不吵醒她，我没有开灯。我穿了一双从上海带来的布底拖鞋，走出卧室，来到客厅。就在这时，我脚底一滑，人朝后仰。幸亏我反应快，马上用双手扶墙，总算没有摔跤。倘若当时向后跌倒在地，后脑勺重重地摔在地砖上，脑震荡或者骨折是不可避免的。

我赶紧开灯，这才吃了一惊：地上全是水，仿佛下过一场雨！不光地上“铺”了一层水，就连卫生间的瓷砖上也挂满豆大的“汗珠”。

这是怎么回事？我来到阳台之后，就明白了：在朦胧的晨光之中，我依稀看到白茫茫的雾！

原来，由于海口气候暖和，我打开了所有的门窗。然而，位于海滨的海口气候潮湿，饱和的水汽在夜间凝结在地砖上，所以弄得地上全是水。正因为这样，在海口家家户户不铺地板，只铺地砖，地板遇潮很容易变形。后来我在博鳌的五星级索菲特大酒店的餐厅里，见到铺着地板，但是那地板已经明显呈波浪形了。

我拿出照相机，拍摄那地面上全是水的客厅，很快就发现，镜头上也蒙了一层水珠。

开了房门，走廊上的地砖也仿佛刚从水里捞出来似的。逆光望去，上面清晰地印着一个个鞋印，可以得知谁家今早有人出去或者进来。

下了楼，我见到轿车司机正在忙着擦去车窗玻璃上的水珠。虽然昨夜没有下过雨，椰子树的叶尖上在滴着水珠。

我遇上清洁工小林，她是本地人。她告诉我，遇上有雾的日子，在太阳下山之后，一定要把朝东南或者朝南的门窗关上，防止潮湿的东南风进屋。

尽管清晨雾蒙蒙，到了中午，蓝天上飘着一团团洁白的云，家中的潮

雾锁海口

海口，起雾的夜

气也随着烟消云散，地砖上的水不翼而飞。我抓紧机会拍摄外景。到了下午，则是艳阳高照，万里晴空。这应了一句气象谚语：“早上乌云涨，下午晒死老和尚。”

我查阅了气象资料，据称：“海南岛全年湿度大，年平均水汽压约23百帕（琼中）至26百帕（三亚）。中部和东部沿海为湿润区，西南部沿海为半干燥区，其他地区为半湿润区。”

气象专家指出，与内地不同，海南秋冬季节的雾主要为辐射雾，即夜间地面辐射冷却，使空气达到饱和产生的雾。它的特点是范围小、高度低、密度稀薄、能见度好。琼岛四面环海，海风常吹，也使得上空的雾气消散得较快。

吃一堑长一智。自从那次险些滑了一跤之后，我赶紧去买了防滑底的塑料拖鞋。另外，也注意在傍晚把朝东南的阳台的落地窗关小。从此，再也没有发生地砖上出水的“险情”。

我还注意到，尽管海南岛空气潮润，但是像那样使地砖上冒水的日子并不多见。我在海口一个月，只遇上两回而已。其实，上海在黄梅季节里，也有类似的潮湿日子。

湿润、温暖，霉菌活跃。农历除夕的前一天，从超市买了一包八宝饭，随手放在厨柜里。除夕时拿出来打算放进蒸锅，却发现已经长满白毛，只得赶紧丢进垃圾桶。

潮湿的气候，也使我受益。在上海，每到冬日，我年年脚后跟因干燥而皲裂。我笑称这是因为我的名字“永烈”（永裂）造成的。到了海南岛，就不裂了。从海口回上海才两三天，又开裂了。

在海口的日子久了，渐渐发现气象规律：那个朝东南的阳台风一大，翌日必定晴天。当然，发雾的日子，也发生在东南风劲吹的日子里。

海南岛雨量分配不均匀，冬春干旱，夏秋雨量多。虽说海口潮湿，春节前后我在那里一个月，时阴时晴，或者是夜间下短暂的雨，折叠伞居然一直没用过。

海南的风是潮润的。北大化学系出身的我在离开海南时，在屋里的每个角落放置了防霉剂。我关上门窗，只让一扇小窗留些许小缝。房子空关了将近一年，当“候鸟”再度光临的时候，屋里没有一星霉迹。然而，比我高几层的一位“候鸟”的家，却在空关之后地板上出现一团又一团扇面大小的霉斑，后悔当年没有读化学系！也正因为出于防霉的考虑，我没有买牛皮、羊皮沙发，而是买橡胶木做的沙发式椅子。

椰树处处迎风立

不论在海滨、公园、马路两侧还是河边湖畔，海南岛处处是椰子树。正是因为海南岛盛产椰子，所以海南岛被称为“椰岛”，而海南省的省会海口也就被叫做“椰城”。

通常，一座城市拥有自己的市花，而海口市、三亚市则把椰子树称为“市树”。也有的城市的市民评选出自己的“市树”，比如北京的市树是扁柏、福州的市树是榕树、南昌的市树是香樟……市树以树为形象，通常这些树不开花。如此这般，很多人以为椰子树也不开花。

其实，椰子树也开花。谁都知道椰树结椰子。椰子是果实，椰树不开花，哪来椰子呢?

不过，见过椰花的人，确实不多。那是因为椰子树又高又大，那铁扇公主的铁扇般的树叶迎风招展，把椰花遮住了。椰花是一串串米白色长花穗，最长的可达两米。也有人见到过椰子树上垂下的米白色长花穗，只是不知道那就是椰树的花。倘若不是当地朋友告诉我，我也不知道那竟然是椰花！

椰花开过之后，结下的果实便是椰子。

椰子有着坚硬的外壳，用科学语言来表达，即属于“坚果类”植物。

椰子正因为有着坚硬的外壳，可以漂洋过海，在许多海岛繁殖。

椰子树是多年生的棕榈科常绿乔木，是典型的热带植物，喜欢温暖，原产东南亚。据说，海南岛的椰树，最初是从越南传入。正因为这样，椰子在海南俗称“越王头”。椰子古称“胥邪”，在中国已经有两千多年的历史。

椰子树的叶子像巨大的孔雀羽毛，迎风招展，这种只能在热带生长的漂亮的树木，成为热带的象征，热带的风景树。在中国，椰子树成了海南岛的象征。海南省的名牌企业，就叫“椰树集团”。

在海南岛，椰子树最多的地方，是宋庆龄的故乡——文昌县，人称“海南椰子半文昌”。中国唯一的椰子研究所就设在文昌县文城镇。从文昌清澜港跨海，来到东郊椰林，那里有占地6 800亩的“椰子大观园”，种植了各种各样的椰子树。那里居然有一幢二层楼房全用椰树建造，曰“海南第一椰楼”。在离椰楼不远处，有一棵与众不同的椰树，在主干上生出对称的两枝，人称“椰树王”。

椰树栽种六七年才开始开花结果，盛产期20年以上，寿命达80年之久。每年秋天是椰子收获的旺季。不过，椰树四季花开花落，果实不断，一棵椰树上往往同时有花朵、幼果、嫩果、老果，可谓“四世同堂”。

一棵椰子树一年可以结几十个椰子。我在海口散步时，常见人行道上有从椰树上掉下的椰子。海口以椰树作为行道树，所以人行道上三天两头有坠落的椰子，实在不足为奇。

椰子汁很解渴。在海南岛，我很喜欢喝椰汁。通常两元钱一个椰子。在旅游点，则是五元钱一个。海南人家来了客人，就拿起长长的带钩子的竹竿，从院子里的椰子树上勾下椰子待客。海南农民还练就了爬椰子树的本领。尽管有的椰子树高达二十米，他们双手半抱树干，双脚一收一蹬，三下五除二就窜到树梢，摘下椰子。难怪外地人见了非常惊奇，说：“海南有一怪，爬树比猴快。”

据海南的朋友告诉我，椰子现摘现喝最好喝，而且最好是中午摘、中午喝，因为那时候的椰子最甜。当然，千里迢迢运到上海、北京的椰子，在海南人的眼里，早已经成了“隔夜茶”了。

椰子汁甘甜解暑，而且富含蛋白质、脂肪和多种维生素，是上好的天然饮料。

其实，喝椰汁仅仅是椰子小小的用途。椰子全身都是宝：椰肉含有36%的脂肪和大量蛋白质，可以做椰蓉、奶油；椰壳可烧制成活性炭、椰雕工艺品；椰子外衣是高级床垫、有机肥等优质纤维原料；椰根煮水可治

树上的椰子

甘甜的椰子汁

疗炎症。

在海南岛，人们常说：“一代种树三代富。”椰树成了海南农民的“摇钱树”、“发财树”。海南岛年产椰子约二亿个，椰子直接销售收入三亿元人民币，相关产业收入上百亿元，近百万农民依赖椰子产业为生。

也正因为这样，印度人称椰树为“宝树”，斯里兰卡则叫椰树是“生命之树”。

椰子成了海南岛的瑰宝。如今，海南居然有“椰子节”！在1992年4月3日至7日，海南举办首届“海南国际椰子节”。此后，每年3月下旬或4月上旬，都举办“海南国际椰子节”。

从海南岛回来，我像许多游客那样，买了许许多多用椰子制成的特产：椰奶粉、椰子糖、椰子片。对了，还有一个用椰子壳雕成的可爱的娃娃脸。

在海口吃海鲜

一到海南岛，就听说四大名菜：“文昌鸡、嘉积鸭、东山羊、和乐蟹。”从小在海滨城市温州长大的我，对鸡、鸭、羊没有太大的兴趣，只爱吃海鲜。海鲜的第一要素是鲜。海南岛四周环海，刚刚捕获鱼虾就立即上市，这里的海鲜是名副其实的“鲜”。用海南人的话来说：“鱼吃游的，蟹吃爬的，贝吃鲜的，虾吃跳的。”我到了海口，便寻食海鲜。

最初，我住在海口琼苑宾馆。令我惊讶的是，在菜单上从头看到底，不见海鲜。询问服务员有无海鲜，她指了指海鲜饭——那是在饭上面浇了点海鲜的盖浇饭。她说，在海口要吃海鲜，要到专门的海鲜店里才行。

当地朋友告诉我，海口不乏“鲍翅燕”海鲜酒家。鲍即鲍鱼，翅即鱼翅，燕即燕窝。那是高档海鲜酒家，价格不菲。他介绍我和妻前往海口城东板桥路，可以领略一下海鲜大排档的风味。不过，那里白天休息，只开夜市。于是，在一天傍晚时分，我和妻打的前往板桥。司机一听去板桥，就知道是去吃海鲜，一路上跟我谈“海鲜经”。他说：“你要记住，‘大鱼吃头，小鱼吃肉’。”他的意思是大鱼的鱼肉太粗，不好吃，只能买鱼头炖了吃，而小鱼的鱼肉则又嫩又鲜。

来到那里，夕阳照在一块巨大的招牌上，自上而下写着“板桥海鲜广场”六个红色大字。那儿的停车场已经车满为患，马路上人来人往热闹非凡。

板桥海鲜广场确实是一个巨大的广场。据说原先这里就是海口海鲜的集散地，露天的。后来铺了塑料顶棚，成了个相当于两三个足球场那么大的室内市场。

我一进大门，就见这个海鲜广场一分为二，左边是海鲜市场，右边是海鲜大排档。顾客先到海鲜市场购买海鲜，然后来到海鲜大排档，做成一道道菜。

就在我环顾四周之际，一位小姐迎了上来。她是海鲜大排档的服务员，姓陈，愿意做“导购”，陪我和妻选购海鲜。她说，有她这样的本地人陪同，小贩不会漫天要价。于是，在陈小姐的陪同下，我进入海鲜市场。那里一排排、一行行几百个摊位，每个摊位都摆满塑料盆，真的是鱼会游、蟹会爬、贝张口、虾会蹦。这里的石斑鱼、黄鱼、马鲛鱼，银光闪闪；对虾比手指还粗；鱿鱼的眼睛碧蓝；扇贝碰一下，马上合起……也有许多海鲜，是我从未见过的。一种看上去像面包的蟹在水中游来游去，当地人叫“面包蟹”；一种外形像蛏子却露出黄色肉柱的，一打听才知是小象拔蚌。鲳鱼是我熟悉的，而这里的鲳鱼是金黄色的，叫金鲳鱼，则是我未曾吃过的。外形像蚯蚓的，我认得，那是又鲜又嫩的沙虫，生长在海滨沙滩。我当即点了一斤。小贩很细心地把一条条沙虫翻过来，洗去细沙，再放进塑料袋。

买好许多海鲜，分别装在一个个塑料袋里。然后，陈小姐带领我们走进海鲜广场的另一半——大排档。这里放着一排排圆桌，每张圆桌四周放

厨师当场烧菜

板桥海鲜市场

炒熟的沙虫成了美味

煮熟的海蟹

着八九把塑料沙滩椅，或粉红色、或橙黄色、或者蓝紫色，坐满顾客。圆桌之间，隔三差五有一个用白瓷砖矮墙隔开的长方形的池子，那里炉火正旺，一位位厨师正在烹海鲜、炒海鲜、炸海鲜。陈小姐把我和妻领到她的排档，在一张圆桌旁坐定，然后拎着那些塑料袋交给池子里的姐妹，由她们洗净、切细，再由厨师烹调。

这时候，我观看邻桌，桌边放着液化气钢瓶，桌子正中安放着火锅，火锅四周摆满各种炒菜，七八个人吃得正欢。

也就在这时候，手里端着盘子，盘子里放着花生、腰果、酸菜以及木瓜汁的小贩，不断上前，向我推销这些零食、饮料。海南岛盛产木瓜。我要了一扎木瓜汁，现榨的，只要五元钱。

没多久，陈小姐送来了炒好的海鲜，味道确实鲜美，尤其是沙虫，又嫩又脆。每盘菜只收加工费五元。

这里是大众化的海鲜城，塑料棚下灯火通明，人声鼎沸，烟雾腾腾，香气阵阵。我约摸估计了一下，顾客在千人上下。

春节前夕，我和妻再度来到板桥。那天我们有备而来，带了两个很大的手提袋，满载海鲜而归，放满了冰箱。由于海南海鲜新鲜，即便是一锅白水，撒几片姜，放入鱼片一滚，便得一锅鲜汤。长子一家来海南与我们共度春节，几乎天天吃海鲜。

靠山吃山，靠海吃海。在海南吃海鲜，是一大口福。

探访火山口

海口这名字，令人联想到的是大海、白浪、沙滩，却很难想象，火山也是这里的特殊景观。

提起火山，给人的印象总是远离城市。我在美国夏威夷游览火山口，要乘好久好久的车。然而，海口的火山口却在离市中心十五公里的地方——海口市西南的秀英区石山镇。据说，在全世界，火山口离一座大城市这么近，海口是唯一的。

正因为这样，海口市把石山镇一带的火山群作为重要的旅游资源，加以开发，在那里建起了一座规模宏大的公园。

我从地图上查到，在石山镇那里，有一座"火山口国家森林公园"，而海口的老百姓则称之为"火山口公园"，到了那里，见到大门口挂着中华人民共和国国土资源部颁发的黑底金字牌子，方知正式的名称叫"海南海口石山火山群国家地质公园"，上面还写着"中国国家地质公园"。大门口的另一块金属牌子是全国旅游景区质量等级评定委员会颁发的，上面写着"国家级旅游景区"以及四个"A"字。这两块牌子，表明了这座"海南海口石山火山群国家地质公园"的身价——国家级的。

我游历了这座寓科学、景观与休闲于一炉的公园，觉得名副其实，无愧于大门口那两块"金字招牌"。

看得出，这座公园经过精心设计，布局合理，让游客由浅入深感受火山的魅力。

一进公园，便是一条长廊，叫做"石山风景路"。在这条路上，安放着

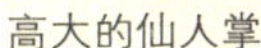

高大的仙人掌

火山口呈漏斗形下陷

错落有致的粗大的六棱石柱（也有少数是五棱的），这种六棱石柱是火山爆发时喷出的玄武岩浆遇冷收缩后形成的。我在浙江临海也见到过这种火山六棱石柱，漫山遍野，非常壮观，只是没有海口石山的火山六棱石柱那么粗壮。

长廊里展出的另一种火山石，是火山喷发时的岩浆形成的蜂窝火山石，红褐色，里面有许多细孔，宛如泡沫塑料。

仿照六棱石柱的形状，在长廊之后，设计了一个六角形的中心广场。广场的六角形回廊，用红褐色的火山石砌成。这个广场，成为公园的中心。

值得一提的是，整座公园的道路全部用蜂窝火山石铺成，平整而防滑。

走过中心广场，沿着用蜂窝火山石铺成的台阶，缓缓登山，渐入佳境。所登的这座山，叫做马鞍岭，是火山喷发形成的，这座突兀而起的火山锥，同旁边一座火山锥形岭连在一起，形成“凹”状，看似马鞍，得名马鞍岭。马鞍岭是石山火山群中海拔最高的——222.8米。

据地质专家考证，海南岛北部是火山密集地带，一百万年以前这里不断发生火山爆发，火山岩浆凝成的玄武质岩石、火山渣、火山弹、熔岩饼、火山角砾和火山碎屑不断堆积，形成3 000多平方公里的熔岩台地，上面分布着大大小小多座火山锥。历经沧海桑田，至今海口的石山镇和永兴镇一带，仍保存着34座外形基本完好的死火山口，形成火山口群。

马鞍岭火山是世界上保存得最完整的死火山口之一。马鞍岭火山最后一次的喷发时间距今约13 000年至30 000年。

这里被国土资源部定为国家地质公园，据说原因有三：

其一，海口火山群是我国新生代地堑——裂谷型基性火山活动遗迹的典型

火山喷发时的岩浆形成的蜂窝火山石

代表，马鞍岭、雷虎岭区域属国家重要的地质遗迹，最具观赏性和代表性；

其二，一百平方公里范围内的海口火山群，34座形态各异、保存完整的火山和三十多条熔岩隧道，实属国内罕见，堪称天然火山博物馆；

其三，海口火山群是全国唯一位于省会的城市火山，也是全国唯一具有热带海岛特征的火山。

这座火山口公园的另一特色是在公园内种植了各种各样热带雨林植物，使游客在观赏火山的同时，也置身于热带雨林之中。

到了半山腰，我看见一座小石庙，据考证是清道光四年建的。小石庙的拜台上立着三个神石碑，即“土地神”“山岭神”“风雨神”。这座小石庙为什么要立这三神石碑？一个流传颇广的神话故事，解开了谜底：

在很久以前，一位仙女下凡漫游琼州。她看到马鞍岭一带久旱不雨，颗粒无收，人民贫困，十分难过。于是她回奏玉帝，愿下凡人间，造福尘世。玉帝准奏，赐她金谷一穗、山羊一对。仙女下凡之后，同勤劳的农夫春腾结为恩爱夫妻，日牧山羊，夜宿石洞。

一日，凶狠的火神劫持仙女于火山口附近。勇敢的春腾奋起同火神死战，发誓灭火救妻。玉帝深为春腾的决心所感动，指点他灭

这种六棱石柱是火山爆发时喷出的玄武岩浆遇冷收缩后形成的

海拔222.8米的马鞍岭的顶峰。这里也是海口的最高峰，海口的制高点所在地

火法术。

春腾奔往五指山，向土地神借得参天宝树，削成扁担；向山岭神借得红泥，制成水桶；向风雨神借得神水两桶，挑来灭火。春腾挑着神水，跋涉来到马鞍岭。狞恶的火神发现了，变着法儿钉住两个水桶，让春腾再也挑不动。春腾气急之下，拿起扁担打在火神的脖子上，火神哇哇直叫，败下阵来；春腾拎起两只水桶，往火里泼水，顿时风雨大作，灭了火势，救出了仙女。那两只水桶也就变成两座头尾相顾、形似马鞍的火山口双岭。

自此之后，那里再也不受火神的侵害，漫山肥羊，遍野果香。当地百姓为感谢帮助春腾战胜火神的土地神、山岭神、风雨神这三神，就在火山口主峰下建置石庙，年年祭拜。

火山口路标

我从小石庙再往上攀登，到了马鞍岭火山口边沿。火山口呈漏斗形下陷，口径达130米，深69米。沿着用火山石铺成的台阶，一步步走到漏斗底部，终于见到当年的火山口。如今，虽说火山口草木茂盛，但是仍可以见到当年火山喷发之后岩浆所形成的陡壁以及深坑。

从火山口拾级而上，便到了海拔222.8米的马鞍岭的顶峰。这里也是海口的最高峰，海口的制高点所在地。站在顶峰，不仅可以俯瞰海口城，也可以远眺琼州海峡。至此，游览这火山口公园，也达到了最高潮。

在火山口公园里，我见到一座石碑上，刻着这么一句话："保护地质遗迹就是保护地球历史档案。"

我想，这句话也是这座公园的主题词。

古炮台沧桑

我在海口打的，说是去秀英炮台，司机惊讶地说："去那里呀，有什么好看的？！我就住在秀英炮台附近，却从未进去过。"

尽管现今的年轻人对历史不感兴趣，期望感受海口历史文化底蕴的我却专程前往拜访。

海口不像三亚，三亚有山，鹿回头所在的鹿岭就相当高，而海口市中心无山。在海口海秀中路旁，有一个小山坡。秀英炮台就建造在市中心这个难得的制高点上——虽说只是一个二三十米高的小山坡。往日，小山坡上住着农家，那里叫秀英村，而四周是农田。如今，小山坡上有一条坑坑洼洼的公路，参差不齐的低矮旧屋，而四周则矗立起远远高于小山坡的密集新楼，那里已经成了海口的金融区和高档住宅区。

上了小山坡，就见到一座四四方方用城墙围起来的古城堡，大门上方写着"秀英炮台"四个大字。这里的游览门票每人10元，跟三亚天涯海角的门票65元相比，算是很便宜的了。走进大门之后，便有一种冷清感，因为除了我和妻之外，不见别的游客，跟天涯海角游人如潮相比，实在反差太大了。

1950年，海南解放后，海南军区即派部队驻守炮台，这里后来成了海南军区油库。

又一尊德国生产的大炮

当年的指挥所

当年操练场旁建起了陈列室

秀英古炮台盘根错节的古树

1994年，秀英炮台被公布为海南省级文物保护单位。

1999年，海南省政府对炮台进行保护性修缮，对外开放，使秀英炮台成为爱国国防教育基地。

冷清也有冷清的好处，我可以静静地、细细地参观，不受任何干扰。从秀英炮台的文字说明牌上得知，那是在1890年，清政府为了抵御法军入侵，命令各军严防沿海各口岸。两广总督张之洞来海南岛视察海口形势后，下令建造秀英炮台。炮台建筑在离海岸约二百米的小山丘上，面向大海，居高临下，遥控着整个琼州海峡。有大小炮台五座，拱北、镇东、定西为三大炮台，振武为两小炮台。五尊大炮均购自德国克虏伯炮厂。炮台东南侧设有指挥室，背后有操练场和营房。

我逐一参观了五尊大炮，拍摄了许多照片。我甚至还穿过坑道，进入炮位，仔细观察。确实，在一百多年前，清朝能够在这里建造如此规模宏大的炮台，表明了中国人民反抗外敌的坚定意志。秀英炮台与广东的虎门炮台、上海的吴淞炮台、天津的大沽炮台并称中国古代四大炮台。在这四大炮台之中，秀英炮台是保存最为完好的。

大炮四周，是浓密的榕树。那垂下的帘子似的榕须，表明这榕树与炮台同龄。

秀英炮台在建成之后，由于法国侵略军未曾登陆海口，也就未曾开火。不料在半个世纪之后，倒是派上了用场：那是1939年2月10日凌晨，日本侵略军“台湾混成旅团”约数千人，在三十余艘舰艇和五十余架飞机的掩护下，在海口强行登陆。炮台的国民党守军约250人开炮还击，使日军未能在这一带靠岸登陆。后来，日军在海口天尾港登陆，分兵包抄秀英炮台，秀英炮台陷落。炮长陈起纲等十余人负伤，炮手陈才章、号手凌兵等十多人殉难，血洒古炮台。这是秀英炮台建成之后，唯一的一次战斗，也是最壮丽的一页。

我赞叹秀英炮台的大炮历经沧桑保护如此之好，却意外得知，这五门大炮都非原物，而是仿造之物。原来，在1958年“大跃进”中，清朝的大炮居然被拆去“大炼钢铁”！在那头脑发热的年月，才会做出如此荒唐之举。在海南建省之后，1994年，海南省政府把秀英炮台列入省级文物保护单位名录，修缮古迹，照原样重铸大炮，使秀英炮台终于恢复原貌。

我在秀英炮台漫步，隔着青砖砌成的古城墙放眼望去，炮台之外是一个崭新的世界。海口金融区的高楼，或鲜黄，或湖绿，在蓝天白云的衬托下，展现了一幅21世纪的画卷。隔着一道城墙，如同隔着一个多世纪。两个时代，两种景象。在现代化的高楼群中保存这样一个古炮台，也就保存了一个时光的对比坐标。正因为这样，在我看来，秀英炮台的意义不止是那几门大炮，不止是那上了年岁的老树。

当我在寂静中参观了大半个炮台之后，总算听见几句人声，见到几个人影。参观者大都是中老年人。其实，拥挤在天涯海角、海底世界、热带植物园的年轻人们，也值得跨过古城墙，来秀英炮台一游。人们在这里可以穿越时间隧道，回到炮声隆隆的岁月。历史会告诉你，今日的一切来之不易。

浮雕再现了当年清朝政府决定建造秀英炮台的一幕

五公祠怀古

在海口市区的东南角海府路上，“五公祠”三字赫然入目。五公祠是海口第一古迹，也是海南省第一古迹。五公祠的门票与三亚的名胜天涯海角、鹿回头同价，足见其声望。

步入五公祠大门，最初觉得有点狭窄。走过一段弯曲巷道，眼前豁然开朗，湖水涟漪，小桥通幽，亭台楼阁，错落有致。

所谓“五公”，乃唐朝名相李德裕，宋朝名相李纲、李光、赵鼎，名臣胡诠。祠内不仅立有五公牌位，而且还有五人塑像。

五公受到海南人的尊崇，建祠纪念，是因为五公皆为正直敢言之人，得罪权贵，遭到贬谪，放逐海南。在古代，琼岛海南是蛮荒之地，驱逐之所。

李德裕雕像

李德裕（787~850），字文饶，真定赞皇（今河北省赞皇县）人，幼有壮志，苦心力学，尤精《汉书》、《左氏春秋》。穆宗即位之初，禁中书诏典册，多出其手。历任翰林学士、浙西观察使、西川节度使、兵部尚书、左仆射，并在唐代文宗大和七年和武宗开成五年两度为相。主政期间，重视边防，力主削弱藩镇，巩固中央集权，使晚唐内忧外患的局面得到暂时的安定。因党争失利，初贬荆南次再贬潮州，大中二年再贬崖州（治所在今琼山区大林乡附近）司户，次年正月抵达。大中四年正月卒于贬所，终年63岁，逝后被封太尉，赠卫国公。李德裕在琼期间，著书立说，奖善疾恶，备受海南人民敬仰，生前代表作有《会昌一品集》《左岸书城》《次柳氏旧闻》等。

李纲（1083~1140），北宋末、南宋初抗金名臣。字伯纪，福建邵武人，民族英雄。宋徽宗政和二年进士。历官太常少卿。宋钦宗时，授兵部侍郎、尚书右丞。靖康元年金兵侵汴京时，任京城四壁守御使，团结军民，击退金兵。但不久即被投降派所排斥。宋高宗即位初，一度起用为相，曾力图革新内政，仅75天即遭罢免。绍兴二年，复起用为湖南宣抚使兼知潭州，不久，又罢。多次上疏，陈抗金大计，均未被采纳。后抑郁而死。著有《梁溪先生文集》、《靖康传信录》、《梁溪词》

李纲雕像

李光（1077~1159），字泰发，又名泰定，晚年自号“体物居士”。北宋崇宁五年进士，历任太常博士、右司谏、吏部尚书、参知政事等职。为人坦荡忠诚、疾恶如仇。绍兴十一年冬遭贬建宁军节度使，琼州安置，殃及家人，全家俱罪，藏书万卷俱焚为灰烬。后再贬昌化军（今海南省儋州市）编管。谪琼时携幼子李孟传，居琼十一载。绍兴二十八年复任左朝奉大夫。翌年行至江洲（今江西省九江市）卒，归葬姜山，朱焘为其题写墓碑。孝宗即位，追封资政殿学士，谥庄简。生前代表作有《读易详说》。

李光雕像

赵鼎(1085~1147)，南宋政治家、词人。字元镇，自号得全居士。解州闻喜（今属山西）人。徽宗崇宁五年进士。曾任河南洛阳令、开封士曹等职。南渡后，累官至尚书左仆射同中书门下平章事兼枢密使。他荐任岳飞、韩世忠等爱国将领，有效地组织了军事力量以抵御金兵。他反对和议，遭到秦桧等人的打击、陷害。绍兴八年，出知绍兴府。不久，贬潮州，又移吉阳军（今广东崖县）。卒前，自书“身骑箕尾归天上，气作山河壮本朝”。忠义凛然，为人所钦仰。孝宗时，谥忠简。

赵鼎雕像

胡铨雕像

胡铨(1102~1180),南宋政治家、文学家，字邦衡。庐陵（今江西吉安）人。建炎二年进士，此科由高宗策士，胡铨答策万余言，授抚州军事判官，转承直郎。绍兴五年，兵部尚书吕祉荐，赐对，升枢密院编修官；八年，上疏反对秦桧主和，乞斩王伦、秦桧、孙近，而且指责高宗。秦桧认为“狂妄凶悖”，于是下诏除名，贬昭州。由于朝臣营救，改监广州盐仓。十二年被劾，又贬新州，十八年又被谪移吉阳军。直至秦桧死，才得徙移衡州。孝宗即位，复奉议郎。历官至权兵部侍郎。由于始终反对和议，与朝廷政见分歧，于是力求去职。归庐陵，从事著述。卒谥忠简。

五公祠始建于明朝万历年间，清光绪十五年(1889年)进行重修，后又经1954年、1974年、1984年多次修整，面貌一新，成为海南的旅游胜地。

五公祠的主体建筑，是一座两层红色木楼。我抬头一看，在木楼中央高悬一匾，上书“海南第一楼”五个大字。这座木楼，充其量高不过十几米，在当年已是“海南第一楼”，足见那时候海南之落后。今日海口二三十层的大楼比肩而立，幸亏有这块“海南第一楼”的横匾，留下了一个历史的尺度。

五公祠内海南第一楼

红色木楼大厅楹柱上一副对联，读来令人感慨万分：

只知有国，不知有身，任凭千般折磨，益坚其志；
先其所忧，后其所乐，但愿群才奋起，莫负斯楼。

这副对联充分表达了后人对于五公的钦佩与敬仰之情。

五公祠主楼东侧，是苏公祠。这苏公便是宋代大文豪苏东坡也，他的知名度远远高于五公。一身无媚骨的苏东坡，与五公一样，也遭贬谪。在宋绍圣四年（1097年）6月，苏东坡被贬来海南昌化军(今海南省儋州市中和镇)。在路过琼山时，曾在金粟庵客居二十多天。直到三年之后，苏东坡才遇赦北归。后来海南人为了纪念苏东坡，建苏公祠。所以，五公祠与苏公祠应合称为“六公祠”。

五公祠与苏公祠是海南最有历史文化价值的古迹。在这里怀古思今，足见海南地位的巨大变化：当年的放逐之地，如今成为华夏的旅游胜地、投资宝地。在追溯海南岛翻天覆地的变化时，五公以及苏东坡那种刚直不阿的品格，忧国忧民的精神，“生年不满百，常怀千岁忧”，仍是值得我们永远继承的。

与秀英炮台相比，五公祠的游客要多得多。五公祠是各旅游团游海口时必到之处。其实，两处古迹都给人生以启示，同样值得游览。

在去五公祠时，我路过海口东湖，顺便来到那里的人民公园。人民公园照理是休闲之处，我却意外在那里见到冯白驹将军的纪念碑和浮雕像，邓小平同志还题写了碑名。

冯白驹是海南琼山县云龙镇人，1926年在海口加入中国共产党。他是海南的红色领袖。他创建了琼崖游击纵队和五指山革命根据地，担任中国人民解放军琼崖纵队司令员兼政治委员。在海南解放之后，他担任中共海南区党委第一书记，海南行政公署主任，海南军区司令员兼政委。1957年冬，当广东省开展“反地方主义”运动，他被诬为“地方主义头子”，受到错误的处分。“文革”中他受到残酷迫害，于1973年含冤逝世。直至1983年，中共中央为他平反昭雪，恢复名誉。

历史现象往往会重演。冯白驹是当代的“五公”。他的纪念碑，是当代的“五公祠”。

历史是一面镜子，启示未来也警示未来。正因为这样，即便在旅游之城海口，我也总喜欢寻访历史的脚印。

走访海瑞墓

对于我来说，海口最值得一看的古迹，便是海瑞墓。在海口众多的古迹之中，我第一个前往拜谒的，便是海瑞墓。

海瑞墓在海口市西南，处于东西向的主干道海秀中路与南海大道之间，南北向的主干道丘海大道之侧。我从海口金融区打的到海瑞墓，一个起步价就到了。

在海瑞墓的大门口，我便见到一长方形石碑，上面用金字镌刻：

海瑞墓

中华人民共和国国务院
1996年11月20日公布
海南省人民政府立

从这一碑文，显示了海瑞墓的重要历史地位。

海瑞是古人，是四百多年前的明朝人，然而如今一提起海瑞，人们的第一反应却是“文革”！

在40多年前，1965年11月10日，一篇署名姚文元的“宏文”《评新编历史剧〈海瑞罢官〉》在上海《文汇报》发表，从此揭开了“无产阶级文化大革命”的序幕。使中国人民生灵涂炭的十年浩劫，由此开始。

也正因为这样，海瑞的名字居然与20世纪60年代所进行的“文革”紧紧相连。作为“文革”史的多年研究者，我在海口细细参观海瑞墓。

那天骤雨刚过，格外晴朗，海瑞墓在青天之下，越发显得庄严肃穆。大门两侧围墙上的十个蓝色大字，体现了对海瑞的敬仰之情：“精诚在天地，公论在人心。”

海瑞是中国历史上著名的清官。海瑞死后，安葬在海口，因为海瑞是海南琼山市府城镇金花村人。在2003年，琼山市并入海口市，所以如今也可以说海瑞是海口人。府城镇原本是琼州市政府的所在地，如今成为海口

作者在海口海瑞墓，背后为“扬廉轩”

市区的一部分。

海瑞生于明正德九年（公元1514年）。四十岁那年，海瑞中举，成为进士，踏上宦途。他最初在福建、浙江为官。后调云南，任户部云南司主事。

海瑞为人正直，秉公执法，惩办权奸，为民请命。他敢于平反冤狱，深得民心，有着“海青天”的美誉。

海瑞敢说真话，主持正义，在宦海之中两度被罢官：

明世宗宠信方士，妄求长生不死之药，荒废朝政，无人敢谏。在明世宗嘉靖四十五年（公元1566年），海瑞冒死上书，

海口海瑞墓

自备棺木，上奏《治安疏》，震惊朝野。海瑞被罢官入狱，直至世宗死后获释。

隆庆三年（公元1569年），海瑞任右佥都御史，钦差总督粮道巡抚应天十府。他在任内曾主持疏浚吴淞江、白茆河，大力推行“一条鞭法”，遭到张居正等人的反对，被革职为民，在琼山老家闲居长达十六年！

万历十四年（公元1586年），明神宗起用海瑞，出任南京都察院右佥都御史，仍力惩贪官，翌年病逝于南京，终年七十有三。死后，海瑞的财物只有俸银八两、旧袍数件而已！神宗赐祭八坛，赠太子少保，谥号忠介。出殡那天，南京城里万人空巷，商者罢市，农者辍耕，哭奠者百里不绝。

海瑞墓园始建于明万历十七年（公元1589年）。当时，皇帝派海瑞同乡、好友许子伟专程到海南监督修建的。据说，当海瑞灵柩运至现墓地时，抬灵柩的绳子突然断了，人们以为这是海瑞自选风水宝地，于是将其就地下葬。

海瑞陵墓格局与杭州的岳坟相似。海瑞墓用花岗石砌成，高三米，圆顶，原墓前分别立着海安和海雄两人石像。据说，海瑞无子，这两人是跟随海瑞多年的仆人。

我注意到，海瑞墓园中有一池，取名“不染池”；海瑞坐像之后有一亭，名曰“扬廉轩”；轩后则有“清风阁”，陈列海瑞事迹。这“不染”、“扬廉”、“清风”，无不颂扬了海瑞为官的清廉精神。

作为清官典范的海瑞，仍对今日中国的贪官有着警示作用。海瑞精神长存，海瑞墓的“不染池”、“扬廉轩”、“清风阁”值得人们一游。

横渡琼州海峡

上中学的时候，就从地理课本上知道，海南岛与广东省的雷州半岛之间，隔着琼州海峡。后来，一次次飞往海南岛，从空中看过琼州海峡。特别是2008年1月上旬，出席了北京书市之后，我从北京飞往海口，那天天气晴明，琼州海峡像一块硕大无比的碧玉静静躺在那里，蓝中带绿，在阳光之下泛着粼粼波光。从飞机上俯瞰琼州海峡，毕竟如同走马观花。飞机只花了几分钟，就掠过了海峡。

我很想“下马观花”，细细体验横渡琼州海峡的感受，便来到海口市西区的秀英港，那里有渡轮往返于海峡两岸。到了那里，当地朋友说，你不如到南港去乘火车渡轮，不仅可以同样横渡琼州海峡，而且还可以观赏火车过海峡的壮观场面。于是，我和妻便从秀英港打的，沿着宽广的滨海大道，前往更西面的南港。南港位于海口市远郊的长流镇，是离海口火车站最近的一个港口。南港隔着琼州海峡跟对岸的北港遥遥相对。北港属于广东省湛江市徐闻县的海安镇。

往日，海南岛的火车只能囿于岛内行驶。从2004年12月5日起，随着粤海铁路的正式通车，结束了海南岛火车不出岛的历史。粤海铁路是我国第一条跨越海峡的铁路通道，也是进出海南的第一条钢铁动脉。由铁道部、广东省和海南省合资修建，1998年8月开工，北起广东省湛江市，穿越雷州半岛，跨过琼州海峡，到达海口，然后穿越海南岛，直至南端的三亚市。

我来到南港码头，远远地就看见白色的庞然大物，不言而喻，那便是火车渡轮。渡轮的船头写着“粤海铁2号”。另一艘“粤海铁1号”跟它一样大小，此刻正在对岸北港。这两艘对开、往返于琼州海峡两岸的巨轮，是我国自行设计、建造的首批跨海火车轮渡。使我感到亲切的是，这两艘“海上巨无霸”是由上海江南造船厂建造的，从黄浦江畔驶抵这里“上班”。这两艘万吨轮长165米、宽22米，排水量达13 400吨。

船票每张37元。我和妻通过人行栈桥上了船。船总共五层，底层载火车，二层有很大的甲板载汽车，二层和三层的客舱载旅客，四层是船员休息室，五层为驾驶室。上了船，遗憾地得知，由于没有火车到达，这班船只载汽车。一辆辆汽车通过汽车栈桥驶进二层甲板停车场。其中除了货车、轿车之外，主要是从海口驶往全国各地的大客车，如驶往广西桂林、南宁，四川成都，浙江台州以及广州、珠海等等。大客车上船时，旅客要下车，所以客舱里的许多旅客来自大客车。通常，二层的甲板可以装载五十辆汽车。

站在船舷望出去，南港码头两侧筑有两道长堤，像伸出两只长长的手臂抱着港口。那是防波堤，当大风大浪袭来的时候，可以保证停泊在码头的轮船安全。琼州海峡风大、浪大、涌大，一年6级以上8级以下的风有36天。普通的渡轮遇上6级以上的风就无法横渡琼州海峡，火车渡轮比普通的渡轮大得多，抵抗风浪的能力也强得多，在一年之中停航的日子从36天缩短为10天，最大限度保证了海南岛与大陆之间的交通畅通。

汽笛鸣过之后，“粤海铁2号”启航了。巨轮从两道防波堤中间驶出港湾，防波堤顶端高高的灯塔像挺立的哨兵向巨轮致敬。今天风平浪静，“粤海铁2号”如履平地一般航行在湖绿色的琼州海峡。海南岛渐渐远去，消逝在天际。海连天，天连海，除了船尾那道白花花的浪迹之外，琼州海峡是那么的安静。这时，船尾那面迎风猎猎的五星红旗，在灿烂的阳光下成为最耀眼的亮点。

琼州海峡宽约二十公里。经过近一小时的航行，前方出现了北港码头。那里港区模式几乎跟南港一样，也是两道防波堤，一个火车渡轮专用码头。

下船之后，我向北港码头的工作人员打听，什么时候渡轮会载火车？“下午五时那班船会载火车。”一位穿藏青色制服的小姐回答说。一看手表，还有将近三小时，我和妻便决定到徐闻县城走一趟。那位小姐告诉我，县城颇远，离北港大约有十八公里。

“乘什么车？”我问。

“乘‘三脚猫’呗！”她答道。

上海人常常把懂一点技术却又不精通的人称为“三脚猫”。然而，在徐闻县，却把三轮摩托车称为“三脚猫”。这里没有正儿八经的出租车，下面漆成红色、上面装了个绿色顶蓬的“三脚猫”，就成了这里富有特色的出租车。花了十五元车费，乘上“三脚猫”，直奔徐闻县城。沿途，见到密集的香蕉园，见到高高的槟榔树，也见到刚刚收下的成堆的红色大辣椒。

徐闻县位于中国大陆的最南端，三面环海，北面与雷州市交界。正因为这样，徐闻县所在的这个与海南岛相对的半岛，便以雷州命名，称为雷州半岛。徐闻县城只有七万人口，几条街道而已，然而令我惊讶的是，满城皆是“三脚猫”，在街道上飞快地穿梭。

当年，中国人民解放军解放海南岛的时候，从徐闻县出发，乘坐机帆船越过了琼州海峡。徐闻县的灯楼角，成了渡海作战的纪念地。如今，随着海南经济的起飞，徐闻县成为前往海南的水路要津，年客流量500万人次、车流量50万辆次、港口吞吐500万吨。尤其是粤海铁路建成之后，给徐闻县的经济发展注入强大的活力。

依然是乘坐“三脚猫”，从徐闻县城返回北港码头。

这一回，我乘坐的是“粤海铁1号”，跟“粤海铁2号”一模一样。上船的时候，我就注意到渡轮底舱的尾部跟码头上的铁轨——火车栈桥相接。上船不久，我有幸目击了列车上船的全过程，拍摄了几十幅照片。

上了船，我选择了三层尾部正中，那里如同观礼台一般，成了观看列车上船的最佳位置。到了那里，我才明白，所谓“火车过海”，其实火车头是不过海的，过海的只是列车的车厢。因为火车头太重，大可不必运来运去，所以火车头只是“这边送，那边接”而已，两岸都安排了两个火车头——电气机车接送列车。另外，电气机车并不直接跟列车相连，电气机车与列车车厢之间装了长达几十米的像平板车那样的“隔离车”。倘若没有这“隔离车”，电气机车在推运车厢上船时，会驶上火车栈道，过重的电气机车会压坏火车栈道。

码头铺着八根、四对铁轨。船舱里同样也铺着八根、四对铁轨。火车终于出现了。这时的列车已经分切成两段，由两部电气机车沿着中间的两对铁轨缓缓地推入“粤海铁1号”底层。“粤海铁1号”最多可以同时装载40节车厢，每个车厢可载重达到80吨。这一回的列车只有20节车厢，分成两截之后，每一段是10节车厢。列车被推入船舱，“切”掉前5节车厢，电气机车拉着所剩5节车厢往外退，退到远处道岔口，再由电气机车沿着外面两对轨道推向船舱。这样，在渡轮的底层，20节车厢排成四排，每排5节车厢。完成任务之后，电气机车驶离码头。我注意到，所有的火车乘客都在车厢里，并不需要下车。也正因为这样，倘若乘火车横渡琼州海峡，只能呆在底层船舱的车厢里，远不如我站在“观礼台”上看得那么清楚。我看了一下手表，列车上船的整个过程，大约二十多分钟。

这时，二层的甲板也装满了待渡的汽车。

汽笛声又响了，“粤海铁1号”满载列车、汽车、旅客，朝海口驶去。

天渐渐黑下来。在客舱里，我翻看着数码相机拍摄的照片，仿佛重温着刚才列车上船的全过程。

在实现火车渡海之后，下一步，便是投资126亿元人民币建造跨越琼州海峡的大桥，让火车通过跨海大桥越过琼州海峡天堑。到了那时，海南岛将与雷州半岛连成一体，天堑变通途，海南的经济将更快腾飞。

列车进入中间两条轨道

列车沿着中间两条轨道进入渡轮

三亚，东方的夏威夷

如今从海口前往三亚，海口的长途汽车站已经从海府路的东站，移至南海大道的南站。南站的候车楼是新盖的。海口与三亚之间的来往旅客很多，直达车（中间不停任何站）通常每十五分钟一班，高峰时段十分钟一班。直达车分两种，豪华车与普通车，豪华车票价高于普通车。

海南岛建成环岛高速公路，分东线和西线。从海口到三亚，汽车行驶在东线高速公路上，经过琼海、博鳌、万宁，三个半小时就到了。

从海口到三亚，也可以乘坐火车。火车是沿着海南岛的西线行进。不过，火车站离海口市区颇远，而且班次不像长途汽车那么频繁，所以很少有人乘坐火车从海口前往三亚。海南岛的铁路不像台湾那样密集。我在台湾前往各个城市，主要靠乘坐火车。

从2005年起，海南省政府与铁道部共同投资100多亿元打造海南东环城际快速铁路。届时人们搭乘快速火车从海口前往三亚，所需时间将从三个半小时缩短至70分钟。三亚是著名热带滨海旅游城市，一年四季游客不断。海口作为多数岛外游客进入海南的第一站，打造接连三亚的快速通道无疑对两地的开发十分有益。

如果从岛外到三亚，除了乘坐火车横渡琼州海峡之后从海口到三亚，很多人乘飞机飞往三亚凤凰国际机场。

我带了矿泉水上了从海口到三亚的长途汽车，想不到，一上车服务小姐就给每位乘客免费发了一瓶海南的火山岩矿泉水。由于一路上不停车，豪华车上还设有厕所。上了车，就开始放录像。两部电影看完，三亚也就在眼前了。

虽说我在1993年曾经到过三亚，那时候三亚只有二十万人口，留给我的是一个模糊的小城印象。三亚今非昔比。如今人口激增到五十万，已经可以算是中等城市了。除了三亚河东商品街一巷至十三巷那一带还是当年的旧城区之外，三亚以崭新的面貌出现在我的眼前。

海口位于海南岛的北端，海口市区是沿着北面的海岸线横向展开的，我形容为“曰”字形。三亚位于海南岛的南端，西面临海，市区是沿着西

隆冬的三亚亚龙湾海滩

面的海岸线展开的，我形容为“日”字形。

跟海口相比，三亚显得小。三亚正儿八经的商业街只有一条，那就是从北向南纵贯市区、与三亚河平行的解放路。三亚出租车起步费也比海口便宜。

划船也富有乐趣

三亚在古代先后被称为振州、崖州、崖县。由于两条小河由东、西而来在此交汇入海，形同“丫”字，“丫”的谐音是“亚”，于是就叫“三亚”。那两条小河以及汇流之后的河——这“丫”字形的河，也就被叫做三亚河。三亚在1984年建市，1987年升为地级市。由于鹿回头是三亚的著名景点，三亚简称“鹿城”。三亚的市树为酸豆树，市花为三角梅。

尽管海口是海南省的省会，然而三亚在海内外比海口享有更高的知名度，对旅游者更具魅力、吸引力。我例举两个数字，就足以说明问题：

三亚的海鲜大排档也很火爆

三亚的房价如今远远超过了海口，甚至是海口的两三倍；

2006年春节黄金周，海南省全省的旅游收入十二亿，海口只占两个亿，而三亚占了九个亿。

就连中国电影百年大型联欢会、世界小姐选美活动，也都选择在三亚举行。

春节期间，三亚宾馆的价格比平时翻了几倍。在2008年春节，亚龙湾很多五星级一线海景度假酒店客房的平均价格达每间夜5 500元，最高达到9 100元！飞往三亚的航班全部全价。即便如此，来自四面八方的旅游者仍向三亚“扑”来。三亚，成为全中国春节旅游最热火的城市。

小小三亚，为何如此吸引人们的眼球？

三亚有四大天然的优势：

第一，三亚是中国最南端的城市，也是地处热带的城市（海口地处亚热带）。在寒潮频袭的春节，在三亚却只穿短袖、短裙，可以穿泳衣下海；

第二，三亚的海不仅碧蓝，而且透明度很高（海口海水也蓝，而透明度相对要差），所以在三亚不仅可以游泳，而且可以潜水，观看海底世界；

第三，沙滩雪白（海口沙滩是黄色的），而且沙很细，沙滩宽。

三亚海滩

第四，这里空气洁净。三亚的空气质量在全世界城市之中都名列前茅。

当然，这里随风招展的椰子树、丰盛的热带水果以及丰富的海鲜，也为三亚添分。

三亚被誉为“东方夏威夷”。确实，三亚是中国的夏威夷。曾经游过夏威夷的我，要指出重要的一点：夏威夷海滩上的沙不是当地的，而是从澳大利亚运来的！夏威夷是火山岛，岸边只有黑褐色的火山岩细屑，没有沙。三亚的沙滩是纯天然的，是天生丽质，不是“人造美女”。

正因为这样，三亚市政府把三亚市定位为“国际旅游城市”。三亚市的建设，都围绕着这样的目标进行。三亚市变得富有美感，富有现代感。

天涯海角、鹿回头、三亚湾、亚龙湾、大东海、南山佛境、海中西岛……老景点增添新意，新景点创立新境界。面目一新的一连串景点，构成三亚旅游的亮点。白天，阳光下的三亚湾海滩充满画意；夜晚，彩灯装饰的三亚河畔充满诗情。

三亚，像磁石一般吸引着海内外游客。这座南海之滨的小城，正在迈向国际化的通途，正在兴旺的旅游业支撑之下不断出奇制胜。

夜的河，昼的桥

“先生，给你‘河景房’！”在三亚，总台小姐把房门钥匙交给新来乍到的我。据她介绍，这房间在最高的第十一层楼，面对三亚河，景观极佳，故名“河景房”。

上了楼，我刚放下行囊，便来到窗口，宽广的三亚河缓缓从眼前流过，果真是观看河景的好地方。三亚是南北长、东西短的长方形市区，三亚河从北至南纵贯整个市区，把三亚市区分切成河东与河西两大块。宾馆坐落在河东，而我的房间朝西，正对三亚河。三亚固然以美丽的海景吸引海内外游客，而三亚河的迷人河景也独具魅力。

我的目光沿着波光闪烁的河面扫描，便见到一百多米处有条巨龙横卧于清波之上。定睛细瞧，巨龙背上，有许多行人来来往往。原来那是一座步行桥。不过，这座步行桥别具一格：上海城隍庙的九曲桥，是在水平方向弯弯曲曲，像一条匍匐前进的蛇。那样的桥不稀奇，在很多地方都能见到。然

波浪般起伏的步行桥横跨在三亚河上

而，三亚河上的这座步行桥，却是在垂直于河面的方向弯弯曲曲，高高低低，像一条腾飞的龙。这样奇特的桥，我头一回见到。

老人倚老卖老时经常挂在嘴边的一句话是：“我走过的桥，比你走过的路还多！”我虽不敢夸这样的口，不过，我见识过的桥，确实不少。大桥通常以规模宏大取胜。我所居住的上海以及常去的美国旧金山，都以桥多、桥大而著称。旧金山的海湾大桥，长达8.25英里，亦即13.2公里！从旧金山市区东北部，跨越了海湾，到达东岸的奥克兰。海湾大桥分为上下两层，均为五车道，上层往旧金山，下层往奥克兰。我每每被海湾大桥的雄伟壮观所折服。三亚河上的步行桥，长不过245米，宽只4米，跟气势宏大的旧金山跨海大桥、上海黄浦江的跨江大桥相比，“小玩艺儿”而已！然而，三亚河上的步行桥却以小巧精致、造型独特吸引我的目光，同样使我折服。

三亚河上的新风桥

蓝白相间的月川桥也别具一格

这座步行桥只有一箭之遥，我理所当

夜幕下的三亚河

然前去踏看。

下了楼，眼前就是一条车水马龙的柏油路，叫河东路。河东路沿三亚河铺筑。穿过河东路，便是沿河的人行道。这人行道有几十米宽，铺着大块平整的彩色地砖。枝叶繁茂的榕树像一把把巨伞，挡住了热带的骄阳。白鹭不时掠过河面。在这里漫步，河光、浓荫、花香、鸟语，令人陶醉。就连这里的垃圾箱，也颇其美感，要么做成桔黄色的扇贝形状，要么是紫白相间的花螺，既体现这座海滨城市的特色，又给河景增添了色彩。

信步而行，转眼之间就来到步行桥。这座钢结构的桥，总共只有三个桥墩。倘若在桥墩之间铺上平板，那就平淡无奇。妙就妙在桥面波浪起伏，行走其间，时而上坡，时而下坡。一边行走，一边观赏河景。这座桥的定位是景观桥，这景观桥的含义是双重的：行走于桥上固然可以观景，而桥本身又成了景观。你站在桥上看风景，看风景的人又在楼上看你，你我都在风景之中。

三亚美不胜收，我早出晚归览胜景，宾馆纯粹成了过夜之处。在浓重的夜色中，我拖着疲惫的双腿上了楼，窗外迷人的夜景使我精神为之一爽：三亚河两岸亮着两排彩灯，勾勒出河的轮廓线。对岸高楼的霓虹灯光倒映在河面上，使三亚河成了流光溢彩的锦缎。在最显眼处，步行桥桥侧的绿色萤灯大放光芒，桥身上一盏盏红灯笼闪射红光，在河水中又形成一道波动着的灯桥。三亚人用“夜的河，昼的桥”形容步行桥，可谓恰如其分。

从三亚朋友那里得知，这座桥是在2004年6月1日建成的，造价为四百多万，只相当于上海市中心一套稍大的房子的价格。

我开始注意三亚的桥。横跨在三亚河上的另一座桥——月川桥，是很普通的曲拱钢桥，但是用蔚蓝与白色相间油漆，仿佛蓝天白云，也仿佛碧海白浪。这样色彩的大桥不多见。

我还发现，三亚的桥头两侧，配以主题广场，使河、桥更美。比如月川桥头建有月川广场，而潮见桥之侧建有公园式的鹿回头广场。

三亚，除了“天赋”的蓝色大海、白色沙滩、热带椰林之外，在城市建设中充分注意美感。天生丽质再加上几分粉黛，三亚更加妖娆多彩，楚楚动人。

请到天涯海角来

一首《请到天涯海角来》传唱四方，成为前往三亚天涯海角的欢迎曲：

请到天涯海角来，这里四季春常在
海南岛上春风暖，好花叫你喜心怀
三月来了花正红，五月来了花正开
八月来了花正香，十月来了花不败
来呀来，来呀来，来呀来，来呀来，
来呀来，来呀来，来呀来，来呀来。

请到天涯海角来，这里花果遍地开
百种花果百样甜，随你甜到心里外
柑桔红了叫人乐，芒果黄了叫人爱
芭蕉熟了任你摘，菠萝大了任人采
来呀来，来呀来，来呀来，来呀来，
来呀来，来呀来，来呀来，来呀来。

天涯海角是三亚第一号景点。没有到过天涯海角，就等于没有到过三亚。

我像许多旅游者一样，在中午到达三亚，下午便直奔天涯海角。

那天气温29℃，白云在蓝天舒卷，我和妻都换上短袖衬衫，戴了遮阳帽，一副盛夏打扮。

天涯海角离三亚市中心二十多公里，公路的路况很好，漂亮的白色路灯杆如同整齐的仪仗队站在两侧。天涯海角位于三亚的西北郊，跟凤凰机场在同一条路线上。

由于天涯海角名气太大，就连景区所在的镇也叫天涯镇。天涯海角其实也就是依山向海的一大片海滩。那山叫马岭山，那海便是南海。

这一回重游天涯海角，我发现景区扩大了许多，增加了许多雕塑，绿化面积也大了，变得更加漂亮。这里新辟“天涯物寨”、“天涯漫游区”、“海上游艇俱乐部”、“天涯画廊”、“天涯民族风情园”、“天涯历史名人雕像”等景点。当然，门票的价格也涨了，每人65元。进了大门之后，有电瓶游览车可以代步，每位乘客的车票为15元。

三亚湾的海滩是一片平滩，而天涯海角的沙滩显得更宽，而且有许多岩石突兀而立。这些巨岩经过千百年来海浪冲刷，磨平了棱角。在一处十多米的巨岩上，刻有“天涯”两字，在另一块更加高大的岩石上，刻有“海角”两字，天涯海角之名，便由此而来。

细细考证起来，则可以追溯到唐朝，著名文学家韩愈所写的《祭十二郎文》，内中有一句：“一在天之涯，一在地之角。”后人据此延伸，成

“天涯”这两个字，形象地勾勒出三亚的地理位置

巨岩上的“海角”两字

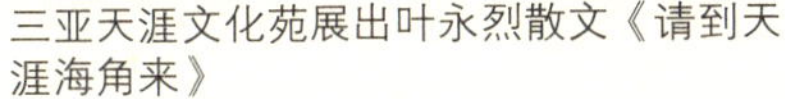
三亚天涯文化苑展出叶永烈散文《请到天涯海角来》

南天一柱

了成语“天涯海角”，用来比喻极其遥远的地方。

海南处于中国的最南端，当年是穷乡僻壤、遥不可及的所在。正因为这样，这里成为流放的场所。海口的五公祠以及苏公祠，便是唐、宋“逆臣”们被贬到海南的纪念地。“五公”之一的唐代宰相李德裕，曾经在海南写下这样的诗句：“青山似欲留人住，百迎千道绕郡城。”“一去一万里，千之千不还；崖州何处在？生度鬼门关。”“五公”之一的宋朝名臣胡铨叹道：“崎岖万里天涯路，野草荒烟正断魂。”这些诗句，正是当年遥远、荒凉的海南岛的写照。

三亚处于海南岛的最南端。古人来到这南端的南端，面对无际无涯的大海，顿生天之涯、海之角的万分感叹，天涯海角成为这片海滩的最确切、最传神的名字。

如今，刻有“天涯”、“海角”的两块巨岩，成为天涯海角景区人气最旺的地方。游人来此，必定要留影存念。1993年我曾在此留影，而这一回重游旧地，依然留影。只是要拍照的人实在太多，那里“你方唱罢我登台”，游人们排队等候，挨个儿上前拍照留影。

其实，在天涯海角的另一巨石上，还刻有“海判南天”四字，游人们并不太注意。那是清康熙五十三年（1714年）钦差大臣苗曹汤巡边至此，勒石镌字“海判南天”，这是天涯海角最早的石刻。

在“海判南天”石刻对面，有一尊高约七米、雄峙于大海的圆锥形巨石，上面刻有“南天一柱”四个大字。那是清宣统元年（1909年）崖州知州范云梯题刻。

“天涯”二字，史载为清雍正年间崖州知州程哲所题；“海角”二字旁无署名，据说是清末文人题写。

漫步天涯海角，穿梭于蓝色的海洋、白色的沙滩、绿色的椰子树之间，是穿了花花绿绿海滩衫的游人。色彩鲜明的花布做成短袖、短裤，成了这里的流行衫。

我注意到，沙滩上有一堆矿泉水空瓶。那是游人们喝完矿泉水之后，自觉地放在一起，便于清洁工运走。

今日天涯海角不再荒凉，成为华夏大地的明珠，成为旅游的热土。倘若当年被流放到海南岛的“五公”和苏东坡来到今日天涯海角，也许也会唱起《请到天涯海角来》！

三亚归来不看海

徐霞客踏遍华夏大地，曾感叹道：“五岳归来不看山，黄山归来不看岳。”套用他的话，“三亚归来不看海”。

头一回去三亚，随着旅游团走马观花。后来几次去三亚，与妻组成“自由团”，以一张三亚地图作为“导游”，兴之所至，漫游三亚。好在三亚是一座小城，看了几眼地图也就烂熟在胸，何况这里的出租车起步价也便宜，爱到哪里就到哪里，一天工夫就转遍了三亚各个角落。

在全方位“扫描”之后，我选择了重点。我最喜欢的去处，便是三亚湾。

三亚市的地形，像一只高统长靴伸进了湛蓝的南海。长靴的靴面，也就是市区的西面，与南海亲密接触——那一带就叫三亚湾。

三亚湾长达20公里，一路上碧海蓝天，沙滩细软，椰树成林，绿色如茵。在三亚的地图上，沿三亚湾海岸画出长长的一条绿色地带，标上四个富

亚龙湾的海滩沙白海清

有诗意的字："椰梦长廊"。这"椰梦长廊"，正是三亚美的精华所在。

与"椰梦长廊"平行的，是宽敞平直的海滨柏油马路——三亚湾路。

那天我前往别处，车过三亚湾。记得，出租车沿着东西向的新风街往西驶到尽头，朝北一转弯，进入三亚湾路。我才瞄了一眼，一下子就被三亚湾的美景迷住了。好在车沿着三亚湾路行驶，我在车中观看"椰梦长廊"，宛如电影中长长的横移镜头一般。无穷无尽的椰林，无边无涯的大海、艳阳、白浪、银滩、翠草，构成了一幅色彩明快的热带海滨风情画。

于是，从别处回来，我干脆在三亚湾跳下车，在地毯般柔软的沙滩上漫步，在椰林下呼吸着来自海洋的潮润空气，细细地、静静地观赏着。

这时候接近中午了，太阳格外强烈，三亚湾畔的色彩反差变得很大，落在白色沙滩上的椰子树影，黑白分明。坐在椰子树荫里欣赏大海，有一种清凉感。我注意到，大海与蓝天倒是几乎融为一色，化为一体。晴空飘逸着白云，碧海翻腾着白浪，仿佛成了相对的镜像。此时除了那些在大海中游泳的"浪里白条"之外，海滩上游人不多。

饥肠辘辘，我不得不离开三亚湾去吃中饭。一路上，司机听说我还想再来三亚湾，就告诉我，下一次来，最好去海月广场。

在傍晚时分，我来到海月广场。那是在"椰梦长廊"的中点处，迎宾路与三亚湾路的交叉口。那里矗立着四星级金凤凰大酒店的金黄色大厦。

海月广场依海而筑，一道圆弧形的铁栏杆伸进大海里，仿佛一轮明月正从海面冉冉升起。"海月"二字便是取自唐人张九龄诗《望月怀远》中千古名句："海上生明月，天涯共此时。"广场正中是由红花、黄花和常青灌木组成"蝶恋花"图案。

这时，太阳渐渐西沉，大海处于强烈的逆光之中。站在海浪中的钓鱼者，被点点波光所包围，成为黑色的剪影。海月广场上那摇曳多姿的柳树雕塑以及一排排椰树，也都成了黑色的剪形。沙滩上的游人多了起来，在逆光下变得影影绰绰。游人的步履缓慢，走三步停两步，甚至久久地伫立，显然在欣赏此时此刻大海的美景。在椰子林里，我见到树干间系着吊床，人们悠闲地躺在吊床上，凝视着大海。

游人们在等待最壮观、最美丽的时刻。三亚湾朝西，是观赏日落的最佳场所。正因为这样，三亚湾的游人以傍晚最多。无限好的夕阳染红了整个海面，染红了整个天空，壮丽地溶化在海水之中，意味着又一个白昼画上了句号。

在三亚，可以从鹿回头公园那山顶上看到日出海面的第一缕阳光，可惜那时候公园尚未开门；在南岛、亚龙湾也可以看到日落，但是从那里要摸黑返回市区。正因为这样，方位好而又在市区的三亚湾，成为三亚观赏日落的最佳所在。

只要是晴明之日，天天都可以在三亚湾看到日落。然而，我却偶然遭遇不平常的一幕：一天下午，我在友人陪同下登上海滨新楼最高的第29层。那里的阳台是俯瞰海景的绝妙场所，广袤的三亚湾尽收眼底。突然，乌云翻滚，狂风大作，一场豪雨倾泻而下。这时，镜子般的海面变成了绉纱，瓦蓝的海湾变成了一幅灰黑色的水墨画。渔舟在风雨中摇摆动荡。不过，三亚的雨非常爽快，说下就下，说停就停。转瞬之间，风定雨收，阳光甫露，一道弯弓般的彩虹挂在三亚湾。我赶紧拿出数码相机，摄下这难得的三亚湾之虹……

就在这时，灵感的闪电一闪而过，“三亚归来不看海”闪过了我的脑海。

登临鹿回头

在三亚，跟天涯海角齐名的景点，是鹿回头。天涯海角是海景，而鹿回头则是山景。

在三亚市区南面，有一个突出于南海与大东海之间的半岛，名叫“鹿回头半岛”。在这半岛之上，有一座海拔285米的山，叫做“鹿回头岭”。

在“鹿回头岭”之巅，有一座“鹿回头公园“，而在“鹿回头岭”脚下、临春河之畔，则有一座“鹿回头广场”。总而言之，在那一带，什么都冠上“鹿回头”之名。

“鹿回头”这名字，来自一个美丽动人的神话。大约因为“鹿回头”太出名了，所以关于“鹿回头”的神话有许许多多不同的版本。在这里，我只能选择一个最使我感动的版本：

相传在古时候，五指山有一个残暴的峒主，想得到一副名贵的鹿茸，强迫黎族青年阿黑上山打鹿。

有一次阿黑上山打猎时，看见了一只美丽的梅花鹿，正被一只斑豹紧追，阿黑用箭射死了斑豹，然后对梅花鹿穷追不舍。

阿黑紧紧追赶了九天九夜，他翻过了九十九座山，趟过九十九条河，从五指山一直追到三亚湾边上的珊瑚礁上。

前面是碧波万顷的茫茫大海，后面是紧紧追赶的猎手，梅花鹿已走投无路，便索性站立不动，转回头来凝望那位猎手。就在猎手搭箭弯弓，准备射箭的时候，只见眼前电光一闪，刹那间一团白色的烟雾遮住了他的视线。

当浓烟散尽之后，梅花鹿不见了，站在黎族小伙子跟前的是一位美丽的黎家姑娘，她含情脉脉地向着猎手走来，向他倾诉心中的衷情。

原来这位姑娘是天上的仙女下凡人间。青年猎手阿黑为这位姑娘的真情所感动。两人海誓山盟，结为百年之好。峒主知道这一消息，从五指山赶来，要讨伐阿黑和鹿姑娘。这时，鹿姑娘请来了一帮鹿兄弟，把峒主打得落花流水，狼狈逃窜，滚回五指山。

于是，姑娘和阿黑在她回头的地方安居乐业、繁衍子孙，过着幸福美好的生活。

后人便把这地方以“鹿回头”相称。三亚市也因此别称“鹿城”。

充满浪漫色彩的“鹿回头”神话，吸引了无数远方游客，其中也包括我，一定要到“鹿回头”一看究竟。

到了“鹿回头半岛”，便要登“鹿回头岭”。早年，游客是靠双脚登山，徒步登山大约要半个多小时。后来，山上开辟了公路，可以乘汽车上山。然而，上山的汽车越来越多，小小的山头停不了那么多的汽车。于

今日三亚鹿回头

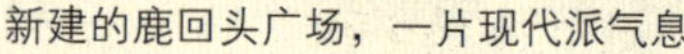

新建的鹿回头广场，一片现代派气息

鹿回头留下美好的传说

是，山上建起了缆车。不过，这缆车不是通常的那种有轿厢的、吊在半空中的缆车，而是像井下矿工们所乘的坑道车。一个又一个船形的座舱安装在传送链条上，每一个座舱坐一位旅客，在链条的驱动下慢慢沿着轨道上山。大约过了四五分钟，我就来到了山顶。

鹿回头岭的山顶公园最精彩的景点有两处：

一是"鹿回头"巨型石雕。石雕正中是一只回头凝望的神鹿，在神鹿回头的那一侧，站着楚楚动人、脉脉含情的鹿姑娘，而另一侧则站着英俊勇猛的黎族小伙子阿黑。石雕高12米、长9米、宽4.9米，气势雄伟地屹立在鹿回头岭上。石雕的作者是林毓豪先生，他曾经创作过广州城雕"五羊"，这一回花了四年时间精心创作了这一巨作。

二是瞭望台。站在那里，三亚的高楼大厦尽收眼底，湛蓝的三亚湾以及横卧清波的凤凰岛就在眼前。天气晴明之日，甚至可以看见三亚湾对岸的天涯海角、三亚凤凰国际机场。可以说，"登鹿岭而小三亚"。这里是三亚的制高点，是俯瞰三亚全城的最佳所在。

在我看来，乘缆车下山，比上山要富有快感。那种冲刺而下的惊险，那种转弯时的差一点被甩出去的感觉，仿佛是在乘坐迪斯尼的过山车。

天下第一湾——亚龙湾

在中国，五星级、四星级宾馆如此高密度地一家挨着一家云集于一条马路的两侧，“星”光璀璨，恐怕非三亚的亚龙湾莫属。

那条马路，是亚龙湾的主干道，叫亚龙湾路。这条马路静悄悄，两边除了一棵棵椰子树之外，清一色全是豪华大宾馆。在马路边上，竖立着蓝底白字的指示牌，密密麻麻写着一连串大酒店的名称。

自西向东，拥立着十六家“星”光闪闪的大宾馆：“希尔顿”、“万豪”、“喜来登”、“高尔夫球会”、“凯莱”、“红树林”、“五号别墅”、“天域”、“皇冠假日”、“天鸿”、“金棕榈”、“仙人掌”、“环球城”、“海底世界”、“康年•爱琴海”、“假日酒店”。此外，还有“丽思•卡尔顿”、“铂尔曼”、“香格里拉”、“美爵”等高星级大宾

三亚希尔顿饭店海滩

馆正在兴建之中，抢滩登陆亚龙湾，加入这“星”光大合唱的队伍。

亚龙湾的豪华宾馆不仅多，而且大，好多家都拥有五六百套客房。据统计，亚龙湾目前已经拥有七千多套客房，很快就要向“万套客房”进军。这里如今每年接待的旅客已经达数百万之多。除了通常的客房之外，好多酒店还另建别墅，供游客度假之用。比如，“丽思•卡尔顿”酒店除了设有417套客房，还有33座含有私家泳池的别墅。

我是经过一次“搬家”，才“搬”进了亚龙湾。

那是2008年的春节前夕，长子一家从台北飞抵三亚，我和妻从海口来到三亚，起初我们在三亚湾五星级的凯宾斯基酒店（Kempinski Hotels）订了两套客房，住在那里。

凯宾斯基酒店，一百多年前创建于德国。这家国际名牌酒店落户三亚，选择了号称三亚“地王”的天价地块。这一地块位于三亚湾海坡西南端、大兵河出海口，和天涯海角风景区相隔咫尺，是三亚湾剩下的少有的临海一线地。这家酒店总投资七亿人民币，总建筑面积达四万平方米，位于三亚湾的尽头，是三亚唯一的一家拥有自家封闭式海滩的宾馆。

凯宾斯基酒店的环境堪称一流，面朝湛蓝无边的大海，棕榈、椰林与沙滩构成一幅热带风光图。然而由于开业不久，客房里有一股明显的油漆味，我的小孙女受不了，我们在那里只住了一晚，不得不赶紧退房。这家酒店很客气，派车帮助我们“搬家”，搬到了30公里外的亚龙湾，住进了五星级的喜来登（Sheraton）酒店，在那里欢度春节。

我庆幸这次“搬家”，使我得以细细品味亚龙湾风情——倘若不是住在这里，只是匆匆前来旅游，就不会有深切的感受。尤其是喜来登酒店位于亚龙湾路的中段，散步时可以顺便走访左邻右舍，欣赏、比较各家星级大宾馆的不同建筑风格，倒是别有情趣。

我发现，亚龙湾酒店的全称，差不多都带有“度假”两字。比如，喜来登酒店的全称是“三亚喜来登度假酒店”。又如，“三亚希尔顿度假酒店”、“凯莱度假酒店”、“假日度假酒店”、“环球城度假酒店”、“天鸿度假酒店”、“金棕榈度假酒店”、“仙人掌度假酒店”等等，

这么多带有“度假”两字的高级酒店汇聚亚龙湾，是因为在1992年经国务院批准，在这里建立“亚龙湾国家旅游度假区”。也就是说，国务院对亚龙湾的定位，就是国家级的“旅游度假区”。这一定位是根据亚龙湾的特色而定的，因为亚龙湾并非交通枢纽，也非政治、经济、文化中心，这里是一片“国色天香”的美丽海湾，在这里兴建那么多豪华大宾馆，是供人们旅游度假的，所以这里的宾馆几乎家家都带“度假”两字。

亚龙湾天生丽质，东、北、西三面环山，南面捧着一个弯月形的海湾。这里海滩的沙，格外的细，格外的白。这里的海水，明净见底，可以看见十米深处的游鱼！

亚龙湾可贵的是热带海洋性气候，全年平均气温25.5℃，冬季海水最低温度22℃，适宜四季游泳。亚龙湾全年日照时间2 563个小时，每年近300天艳阳高照，堪称“阳光海湾”。亚龙湾的海湾面积达66平方公里，可同时容纳十万人嬉水畅游，数千只游艇游弋追逐。

正因为亚龙湾独具天赐，博得了“天下第一湾”的美名。

全国政协副主席、香港著名实业家霍英东先生被亚龙湾的美色所陶醉，他说：“亚龙湾美丽的海滩，香港没有，日本没有，印度尼西亚的巴厘岛不及，只有夏威夷同属休闲型，但亚龙湾的阳光、海水、沙滩、高山、空气五大旅游要素优于夏威夷，亚龙湾可以建成亚洲最理想的度假胜地。”

1992年，联合国世界旅游组织秘书长萨维尼亚克对亚龙湾进行考察后，写下这样的评价：“亚龙湾具有得天独厚的自然条件，银色的沙滩，清澈的海水，绵延优美的海滨，未被破坏的山峰和海岛上有原始粗犷的植被，这是一个真正的天堂。”

正因为这样，从国务院在1992年批准建立“亚龙湾国家旅游度假区”之后，亚龙湾腾飞了。这里建起滨海公园、豪华别墅、会议中心、豪华宾

海水格外透明

馆、度假村、海底观光世界、海上运动中心、高尔夫球场、游艇俱乐部，使亚龙湾成为国际一流水准的旅游度假区。

我在亚龙湾各宾馆之中漫游。

我发现，这些大宾馆确实“大”。就拿我所住的喜来登酒店来说，是世界著名的连锁酒店，我在纽约住过喜来登酒店，占地面积不及亚龙湾喜来登酒店的十分之一。就拿大堂来说，亚龙湾喜来登酒店的大堂有足球场那么大，这是别的喜来登酒店无法相比的。客房也大，起码有60平方米，而且还有很大的阳台。就连底楼的走廊也有十来米宽。我来到邻近的希尔顿酒店，那里的情形跟喜来登酒店差不多，什么都“大”。

这些大宾馆的建筑风格，不仅彼此不同，而且跟自身的连锁店也不同。比如，亚龙湾的喜来登酒店装饰着褐色的方木梁、方木柱，这是其他喜来登酒店所见不到的风格，在我看来，倒是跟台湾日月潭涵碧楼的建筑风格有些相近。特别是游泳池，池水与边沿持平，显然是模仿涵碧楼游泳池的设计。希尔顿酒店则以米黄色的外墙，配以灰蓝色的屋顶，形成自己特殊的风格，跟其他希尔顿酒店连锁店全然不同。亚龙湾的万豪酒店（Marriott），是以天然原石与暖色调木质材料相间装饰，也与万豪在世界各地的连锁店不同。

亚龙湾兼容并蓄，海纳百川：

环球城大酒店那非洲城堡式的建筑，不同于众，是亚龙湾唯一的非洲主题酒店；

红树林度假酒店展现东南亚海岛风情；

五号度假别墅是由一幢幢巴厘岛式的别墅组成；

仙人掌度假酒店以墨西哥建筑风格装修，体现玛雅文化特色；

天域度假酒店则是美国夏威夷式建筑；

华宇皇冠酒店处处洋溢着浓郁的中国风，被誉为亚龙湾内的“紫禁城”……

我一边欣赏不同风格的亚龙湾各家高星级酒店，一边突发奇想：我从这次的“搬家”得到启示，如果你不怕麻烦的话，在亚龙湾住宾馆，不妨一天“搬”一次，多住一家新宾馆，多一分新鲜感。

各家大宾馆都拥有自己的一段海滩，供旅客下海游泳。此外，还有自建的游泳池。其中以希尔顿酒店的阶梯式游泳池最令人喜爱，游泳池一级一级逐步下降，伸向海滩。每一级之间设有白色凉亭、躺椅，供旅客在游泳之余休憩。

在亚龙湾，我见到“百花谷”招牌，起初以为是一家宾馆，经人介绍方知那里是亚龙湾唯一的商业街。这条商业街掩映在绿树丛中，分上、下两层，有点像美国旧金山渔人码头的商业街。底层既有采蝶轩那样的高档中式餐馆、老北京饺子馆那样的小吃店，也有考菲鸟咖啡吧、哈瓦那比萨小食店、乐美颂地中海餐厅那样的异国风味，还有超市。上层则有一条回廊连接各店，那里有着各种名牌服装店以及海南工艺品商店。

亚龙湾的游玩之处，首屈一指的是海底世界。除了游泳、游艇之外，那里最刺激、最新鲜的旅游项目是穿潜水衣下海，在清澈的海水中与鱼虾为伍。值得顺便提一句的是，那里的一家宾馆也叫海底世界。住在那里，下海就更方便了。

喜来登酒店对门，是亚龙湾高尔夫球会。球场依山临海，是高尔夫球爱好者必去之处。那里同样也设有宾馆。下榻于亚龙湾高尔夫球会宾馆，打起球来，更加尽兴。

在亚龙湾，还有一个值得一提的去处是蝴蝶谷。那里是中国目前最大并且配置最完美的生态蝴蝶公园，是以蝴蝶文化为主题，集科普、观光、休闲为一体的生态旅游景点。中国名蝶——喙凤蝶、金斑喙凤蝶、多尾凤蝶和高山绢蝶，世界名蝶——巨型翠凤蝶、猫头鹰蝶、银辉莹凤蝶、太阳蝶、月亮蝶，济济一堂。在那里，我惊叹于蝴蝶之美，那么多姿，那么多彩。我的照相机，在那里不停地“咔嚓”。

亚龙湾，如今群“星”灿烂，不仅因为有那么多高星级宾馆齐聚这里，还因为世界小姐大赛在这里举行。在喜来登酒店，我见到墙上挂着许许多多世界小姐参赛选手的彩色倩照，因为喜来登酒店是世界小姐总决赛指定入住酒店，群星荟萃于此。

作者夫妇在三亚蝴蝶谷

白衣观音 凌波伫立

到美国，必去纽约哈德逊河口乘船观赏自由女神像。右手高举火炬，左手持《独立宣言》，高达93米的自由女神像屹立在名叫自由岛的小岛上，已经成为美国的标志性雕像。

如今，在三亚南山的一座小岛上，也矗立起一座标志性雕像，比美国自由女神像还高，达108米。那便是足踩万顷波涛的观音雕像。那座小岛被叫做观音岛。

自由女神像是法国在1876年赠送给美国的独立100周年礼物。经过一个多世纪风雨的洗礼，1984年被列为世界文化遗产。

三亚南山海上观音雕像则是新建的，在2005年4月24日隆重举行开光大典。

汽车从三亚市中心出发，向西北方向行驶，大约40分钟左右，过了著名的天涯海角景区，再向西，便是南山。南山踞南海之滨，形似巨鳌，古称鳌山。翻过一个山坡，一座高大、洁白的观音雕像，便跃入我的眼帘。

到达南山迎宾馆，敞开的大堂正对海上观音雕像。大堂之侧，有一排望远镜，供游客观看南山海上观音。我用望远镜眺望，那海上观音一身雪白，头戴宝冠，身披璎珞，足踏莲台，端庄秀丽，高高玉立于湛蓝的三亚湾，人称“白衣观音”。

在我看来，三亚南山海上观音与纽约自由女神虽同为女性，但是最大不同在于，海上观音全身白色，在蓝天之下，碧海之上，显得格外突出、耀眼，而自由女神一袭蓝中带绿的长袍，与天海一色。

其实，自由女神原本闪耀着金属的光芒。1885年6月，自由女神雕像分装成210箱，由法国的一艘轮船在美军军舰护航下运到纽约港。开箱时，人们见到一块块在法国铸造好的青铜部件。在自由岛上建好27米高、由花岗石混凝土制成的基座之后，竖立起120吨的钢铁骨架，再把一块块青铜部件组装在钢铁骨架上，于是一座金色的自由女神铜像就矗立在纽约哈德逊河口。然而在潮润的海风吹拂下，自由女神雕像很快就变得灰暗，近乎黑色，后来又由黑变绿，变成蓝中带绿。青铜表面变暗，那是铜氧化变成黑色的氧化铜。此后变绿，则是在水汽、二氧化碳侵蚀之下，变成碱式碳酸铜$Cu_2(OH)_2CO_3$。家中的铜器产生“铜绿”，其实就是这个。在欧洲，我见到许多这样绿色的雕像，还有哥特式教堂那绿色的尖顶，都是青铜表面形成一层碱式碳酸铜的缘故。

倘若三亚南山海上观音雕像也沿用纽约自由女神雕像的模式，采用青铜铸造，那海上观音雕像将变成“青面獠牙”。通体雪白，方能体现观音的高洁形象。如何建造这样一座白色的高大雕像，是一个难题。尤其是雕像坐落在海面之上，在热带含有盐分的潮润、高温空气的包围之中，保证雕像不受腐蚀，保持洁白，显然是一道难题。

在南山迎宾馆住下，已经是傍晚了。宾馆的一幢幢小楼，沿山坡而建。从山坡走进小楼，已是二楼，我往上一层，住在三楼。用卡片电子钥匙打开房门之后，惊喜地发现，窗口遥对海上观音。推开落地窗，是一个宽敞的阳台，摆放着两把藤椅。我和妻放下双肩包，便坐到阳台上去，迎着习习海风，打量着踏涛而立的海上观音，仿佛观音就在身旁。

入夜之后，海上观音在众多灯光的照耀下，在黑丝绒般的夜幕衬托之中，那纯白色的观音，益发突出，亭亭而立。

据称，这座白衣观音的形象，是依据现存台湾故宫博物馆的宋朝大画家张胜温的《法界源流图•梵像篇》中一尊观世音菩萨的画像塑造的。白衣观音雕像的设计师，乃胡建宁先生。也真有缘，我早在1987年，便在上海龙华古寺结识胡建宁先生。龙华古寺乃“上海第一寺”，这座江南名刹始建于唐朝嗣圣四年。我家就在龙华古寺附近，我曾经在那里采访过主持心智法师，也在那里拜见过上海佛教协会会长明旸法师。经心智法师介绍，我访问了胡建宁居士。记得，当时他正穿着工作服，一身泥灰，正在龙华古寺修复一座佛像。他是上海人，年轻时曾师从上海著名画家颜文梁学习绘画，又在著名雕塑家张充仁麾下学习雕塑。他的长辈是虔诚的佛教徒，在佛化家庭影响下，他拜苏州灵岩山方丈妙真法师为师，受五戒，成为居士，刻苦钻研佛教艺术。当时，我用黑白胶片为他在修复中的佛像前拍摄了一张工作照。没有想到，他经过多年潜心研究，成为中国首屈一指的佛教艺术专家，成为上海佛教协会副会长，应海南之邀受命设计白衣观音雕像……

翌日清晨，早餐之后，我和妻便在南山迎宾馆大堂那里乘坐游览电瓶车，朝海上观音进发。电瓶车驶下山坡，先是来到宽敞的6万平方米的观音广场。这里可以容纳5万游客。观音广场正对白衣观音。无论你站在广场的任何一个地方，对面的白衣观音仿佛一直用慈祥的目光注视着你。观音广场竖立着十方塔林，蔚为壮观。最引人注目的是，在广场正中，在绿树丛

三亚南山观音雕像

中，有一只巨大的白色佛手，手心朝天。站在佛手正前方看过去，白衣观音恰恰“站”在佛手之上。那里成了游人最喜爱的摄影点。

电瓶车从观音广场驶向白衣观音雕像。雕像坐落在直径120米的观音岛上。我问当地朋友，是不是原本就有这个观音岛？他们告诉我，观音岛是一个人工岛，叫金钢洲。那里原本有一个礁石，便以礁石为基础，填海造岛。

当地朋友由此说起了白衣观音雕像选址南山、选址海上的由来：

最初，在1993年，一位名为释永寿的和尚给当时担任中共海南省委书记的阮崇武写信，建议在三亚亚龙湾拨地数百亩，修建“南国寺”。由于亚龙湾已经另有规划，不适合在那里修建规模宏大的寺院。几经商议，最后决定选址南山：

原因之一是南山一带有山有海，未曾有大的建设规划，佛寺依山傍海乃是绝佳选择；原因之二是唐代高僧鉴真曾先后五次东渡日本未果，第五次在海上遭遇飓风，漂流到三亚的南山，休整一年多，并在南山建造大云寺传法布道。鉴真因此被称为“南山宗”。鉴真第六次东渡日本，获得了成功，成为中日友谊使者，所以南山与佛教有“缘”。1991年，日本高僧孝司曾专程前来到三亚南山，凭吊鉴真当年晒经的“晒经坡”。

既有地理优势，又有历史渊源，于是确定在南山建寺，把“南国寺”改为“南山寺”。

新建的“南山寺”，要求具备宏伟的气势，是“世界级、世纪级”的佛教文化工程，其标志性建筑便是巨型观音雕像。

最初，观音雕像规划建在南山之上，后来改为建在海上，原因同样有二：

原因之一是海中正好有一礁石，可以扩大为人工岛；原因之二是据佛教经典记载，观音曾立下十二大愿，其中第二愿为“长居南海愿”。观音曾出巡南海救苦救难，被称为“南海观世音”。

同样是既有地理优势，又有历史渊源，于是确定把巨型观音雕像从南山之上移至南海之中，成为海上观音，成为名副其实的“南海观世音”。

从观音广场到海上观音，中间是280米长的大桥，名曰“普济桥”。电瓶车驶过宽广的普济桥，在白衣观音雕像前停下。这时，我仰首观瞻白衣观音，充分体会到雕像又高又大。我不由得记起，第一次去上海的时候，父亲叮嘱我，在南京路上仰首观瞻当年的“亚洲第一高楼”国际饭店时，务必把帽子戴紧，不然帽子会掉下来，这叫“仰观落帽”。上海国际饭店的高度为83. 8米，而白衣观音雕像高达108米，幸亏三亚炎热，我未戴帽，不然“仰观落帽”，那帽子要落到海里！

记得，在美国纽约参观自由女神雕像，是从进入底座开始的。自由女神雕像的底座高46米，像高47米，所以自由女神雕像的高度称93米。自由女神雕像的底座，是美国移民史博物馆。走访美国移民史博物馆之后，在自由女神雕像内乘坐电梯可以抵达第10层，再沿旋梯爬12层，方可到达女神像顶端皇冠处的观景台。

白衣观音雕像的底座高30米，分为地下一层，地面六层。进入底层大厅之后，给我金碧辉煌之感。那里是“海上圆通宝殿”的所在，宝殿里的金色佛像光彩耀人。在“海上圆通宝殿”的圆形顶部，则投影观音硕大的彩色图像，加重烘托了那里的佛教气氛。在圆通宝殿里，我见到8根粗大的圆柱，每根圆柱直径为1.5米，高21米，2 500吨重的白衣观音雕像就是由这8根圆柱承载。

我从底层圆通宝殿乘坐电梯到第四层，看到那里四壁密密麻麻地排列着诸多金色观音雕像。那是由信众供奉的，从底层至第四层，总共有九万九千九百九十九尊金色观音雕像。

从第四层至第六层，无电梯，只能靠双脚拾级而上。来到第六层，是露天的平台，那里是莲花宝座的所在，可以看到巨大无比的白衣观音的脚——佛脚。佛脚纯白色，一只佛脚就高达3米，每一个脚趾比单人沙发还大。很多人在这里抱着白衣观音的脚趾留影，名曰“抱佛脚”。

我沿着莲花宝座走了一圈，发觉总共有六只佛脚。原来，白衣观音雕像采用“一体三尊”，即分为正北、东南、西南三面像。从南山看过去，是正北面像，而乘坐游轮从海上看过去，则可以看到东南、西南像。据称正北面像手持经箧，象征智慧；东南面像手持莲花，象征和平；西南面像手持佛珠，象征慈悲。整尊观音像三面三头三肩六足，但从每一面观看都是完整的一头双肩双脚像。

我也去“抱佛脚”。我特意用手指敲了一下佛脚，听见发出金属的声音。通常，都说白衣观音是用“白色合金”建造。这“白色合金”究竟为何物？有人说是钛合金。钛固然耐腐蚀，但是钛很贵，这么巨大的雕像若用钛合金的话，成本会很高。其实，白衣观音雕像用的是厚度为两毫米的优质不锈钢板，固定在坚牢的钢架上。自由女神雕像用的是青铜，事先在法国翻砂铸造而成。白衣观音雕像则不同，是在现场锻打而成，再吊装拼合。按照不锈钢的本色，观音雕像应是银光闪闪。这“银色观音”变为白衣观音，是在观音雕像吊装拼合完成之后，在表面喷涂了一层白玉色高分子涂料。这涂料以及不锈钢板，都具备耐腐蚀的性能，而内部的钢架非常坚牢，所以白衣观音雕像不仅不会像自由女神雕像那样在海风中锈蚀变色，而且能够抗击14级强台风。

大约由于我所住的南山迎宾馆近在咫尺，而且是一早就乘宾馆的电瓶车直达海上观音，所以在我游览时游客不多。当我返回宾馆时，沿途迎面而来的大批游客如同潮水一般，因为很多游客是从三亚市区赶来。看得出，南山海上观音如今已经成了三亚新的热门景点。尤其是这里与三亚第一名胜天涯海角相邻，与天涯海角连成同一游览线路，给游客带来很大的方便。

南山海上观音是三亚新建的景点，不论是选址、规划、设计、建造，都是第一流的，而且充满浓郁的东方色彩。越是民族的，越是世界的。白衣观音，屹立海上，吸引着四方游客。我注意到，向南山海上观音投来惊奇、敬佩、爱慕、友善目光的，内中有不少“目”里转动着蓝色的眼珠。

三亚火爆的“旅游房产”

2006年2月，我从海口来到三亚。我很惊诧地发现，在三亚几乎见不到烂尾楼，与海口截然不同！

我走遍三亚，只在三亚河的三亚大桥之侧，拍摄到两幢九层高的烂尾楼，收入我的海南烂尾楼“专题相册”。这两幢烂尾楼属于正在大开发之中的三亚“时代海岸”楼盘。倘若我晚些时候去三亚，恐怕就拍不到这两幢仅存的烂尾楼。

其实，在20世纪90年代的海南房地产泡沫时期，三亚受灾不亚于海口，也是重灾区。三亚的烂尾楼也比比皆是。据统计，三亚当时的烂尾楼，多达120多幢，建筑面积达102万平方米。虽说就绝对数字比海口少，但三亚毕竟是小城市，按照人口比例计算，烂尾楼并不少于海口。

三亚的烂尾楼最集中的地方，是在著名风景区鹿回头山上，那里“轰轰烈烈”建起了五十多幢别墅，名叫“鹿园度假村”。后来由于资金不足，市场惨淡，只得半途而废，成为烂尾楼。这些烂尾别墅，曾经被当地农民用来养牛养羊。前来鹿回头旅游的人见了，笑称“三亚牛羊住别墅”。

三亚的烂尾楼“坚冰”比海口融化快，是因为三亚的房地产业从2000年起就开始回暖了。三亚的房价飞快上涨，迅速超过了海口。房价涨了，烂尾楼就一下子被抢光。

最为典型的事例是三亚最高的烂尾楼，摇身一变成了海景豪宅！

这个烂尾楼，名叫三亚台亚国际航空广场，在1992年动工，1996年停工，由一幢31层的主楼和一幢11层的副楼组成，停工时主体完工，部分已进行外装修。

在2002年，三亚市政府公开拍卖这幢烂尾楼，两度流拍，最后被广东联华国际有限公司以3 730万元的价格买下。

广东联华国际有限公司把这幢烂尾楼定位为产权式豪华海景酒店，取了一个响亮的名字“三亚擎天半岛”。经过两年的续建，烂尾楼以新面孔亮相在三亚湾。“三亚擎天半岛”先后在北京、上海、三亚三地盛大开盘，每平方米建筑面积售价高达一万多元！

鹿回头山上的五十多幢别墅烂尾楼，也以近四千万元人民币的价格被一家公司买走。这家公司嫌原设计房型不好，何况别墅的造价并不高。他们把烂尾别墅全部拆除，重新设计，房价超过了“三亚擎天半岛”！我在鹿回头山上，拍摄了新建的红顶黄墙的山间别墅。

三亚能够很快走出烂尾楼的阴影，房地产业在三亚重振元气，捡回信心，这是因为三亚的自然条件得天独厚。三亚地处中国最南端，一片热带风光，三亚的“东方夏威夷”之誉，吸引了来自全国各地的购房者，房价也就随之上涨。因为谁都明白，夏威夷是美国房价最高的地区之一。不言而喻，自然条件不亚于美国夏威夷的三亚，也会成为中国房价最高的城市之一。

根据自身的特殊自然条件，根据三亚市政府对三亚的城市定位“国际旅游城市”，三亚提出了崭新的房地产概念：“休闲产业”，“旅游房产”。

三亚“河景房”也很漂亮

这就是说，三亚的商品房的主要销售对象不是本地居民，而是全国各地以至全世界各地前来“休闲”、“旅游”的人们。也就是说，三亚的商品房主要是卖给海内外的休闲者、旅游者。组合居住、旅游、度假、商务、养老等多种因素，形成三亚全新的度假投资置业方式。

休闲，旅游，已经日益成为时尚。诚如著名未来预测学家格雷厄姆•莫利托所言：“休闲是新千年全球经济发展的五大推动力中的第一引擎”，“一个以休闲为基础的新社会有可能出现——休闲社会”。

期望前来三亚休闲、旅游的人越来越多，参加旅游团甚至自驾车前来三亚，是现在中国的许多家庭能够承受的，而在三亚购房进行休闲、旅游的人，则很多是高收入阶层。众多的高收入者看中三亚的房子，三亚的房价当然大涨。

据三亚媒体报道：“经过数年沉寂以后，三亚房地产市场自2000年以来开始全面复苏。在这个阶段，得益于三亚独特的资源优势，三亚房地产投资规模成倍增加，房地产价格一路攀升——三亚房地产市场正处于需求大于供给的卖方市场——海景房尤其成为市场追逐的宠儿，一线海景房从2000年的每平方米建筑面积三千元上涨到2005年的每平方米建筑面积八千元。”

报道中所说的三亚一线海景房的价格，已经“过时”。我在2008年1月前往三亚，那里的一线海景房早已突破万元大关，甚至涨到每平方米建筑面积两万多元！

在这样的高房价之下，三亚的烂尾楼成为房地产商们你争我夺的对象，理所当然迅速从人们的视线中消失。

三亚的房地产业，走过泡沫沼泽。

我没有参加旅行团，在三亚可以自由行。这样，我除了游览三亚的名胜之外，还在三亚参观了许多楼盘——如果跟团，那是无法看那么多三亚新楼的。

刚到三亚，我不明白三亚的商品房的“一线房”与“二线房”。所谓“一线房”，就是面对大海的房子，又叫“海景房”；所谓“二线房”，也就是不在海滨的房子。三亚的“一线房”的价格，远远高于“二线房”。

我先看三亚的“一线房”——“碧海•蓝天”。

“碧海•蓝天”，一个富有诗意的楼盘的名字。“碧海•蓝天”在三亚的名气很大，以至三亚地图上都标着它的名字。

“碧海•蓝天”在三亚市区西北角，处于三亚湾中段，金鸡岭路与滨海路交汇处，地理位置很不错。我乘出租车沿着三亚湾畔的“椰梦长廊”向北，一路上我的左侧一直是成排的椰子树、白沙滩和湛蓝的三亚湾。

远远的，我就见到紧靠大海有好多幢淡黄色的高楼，在蓝天的映衬之下显得格外耀眼。确实，“碧海•蓝天”这名字不虚传。

“碧海•蓝天”的售楼处就在小区的大门口。这个售楼处比一个篮球场还大，足见生意的兴隆。“碧海•蓝天”拥有十来幢高层住宅楼。虽说“碧海•蓝天”自称“距三亚湾海边仅五十米”，其实是指的第一排房子。如今第一排的房子早已经卖完。投资客愿意抛出的第一排房子，每平方米建筑面积的房价都在一万元以上，越高越贵，最高达一万三千元。

售楼小姐领着我去看房。她告诉我，现在正出售的大楼，是在最后面一幢，离海有三百多米。我上去看了一下，发现家家户户都有一个特别大、特别长的波浪形观景阳台，十多个平方米，站在那里可以远眺三亚湾。另外，在朝西的卧室里，从窗口也可以看见海湾。这，正是“碧海•蓝天”的卖点——海景房。在这幢大楼里，八层的房子每平方米建筑面积售价为六千元。由此往上，每层每平方米建筑面积售价加一百元层次费，越高越贵。往下，则每层每平方米建筑面积售价递减一百元。由于生意火爆，这幢三十多层的大楼已经大部分售出，所剩无几。售楼小姐在带领我看楼的时候，她的手机响了好几次，都是已经看过房的客户跟她讨价还价，或者约定签订购房合同的时间。她的声音都已经有点嘶哑了。她告诉我，有的客户一买就是几套，还有人一下子买了五十套！显而易见，投资客看中了这里的商品房。

“碧海•蓝天”的老总彭小斌来自湖南长沙。他在2000年策划这一项目的时候，当时三亚的房地产市场正刚刚开始复苏，他对“碧海•蓝天”房价不敢有过高的奢望，以为理想的价位最好能达到每平方米建筑面积二千

海景房“碧海•蓝天”

元。现在，“碧海蓝天”的售价已超过每平方米建筑面积六千多元，新的期房要涨到每平方米建筑面积八千元。连彭小斌自己都看不懂了！

“碧海•蓝天”的价格接连攀升，还由于三亚市政府已下文不再批建一线海景公寓，现有临海公寓成为绝版，奇货可居。

我走访的第二个楼盘，是三亚著名的“时代海岸”商品房。

“时代海岸”不像“碧海•蓝天”直接面对三亚湾，而是位于三亚河和三亚湾之间，但也可以充分观览海景。“时代海岸”的规模要比“碧海•蓝天”大，定位为“按国际标准规划打造的热带滨海度假港”。整个社区总占地约34万平方米，总建筑面积超过50万平方米，集休闲、度假、商务和娱乐等多功能于一体。“时代海岸”包括高层住宅、别墅、酒店式公寓、五星级酒店、休闲健康城、游艇名车俱乐部、写字楼、大型购物广场、风情酒吧街、海鲜街、大型游乐场等。“时代海岸”曾被建设部授予“中国旅游度假地产成功开发典范”的称号。

我两度来到“时代海岸”。那里的售楼处，热闹非凡，一张张桌子旁坐满了人，在进行紧张的购房谈判。

从售楼小姐的谈话中，我得知两个令人惊讶的信息：一是前来购房的，99%是外地人、外国人，其中以上海人最多；二是已经建成的三幢高层住宅楼，只剩一套，其余全部售出。目前正在销售的是一年半之后才能入住的期房。

我希望实地看一下所剩的那一套现房。带我看楼的是一位售楼先生。他用手机呼来一辆电瓶车——由于社区大，这里看房要乘坐电瓶车！

“时代海岸”的大门口，像一个雕塑展览会，两边是十几座戴着斗笠、手捧鲜花的女郎坐像，中间是喷泉，喷泉四周是八位仙女的雕塑和八头大象的雕塑。

电瓶车带我来到第三幢高楼，售楼先生领我来到第29层。那里是一套复式的顶层住宅——目前唯一尚未售出的房子。这套房子建筑面积为270平方米，单价为每平方米建筑面积13 400元人民币，总价为361万元人民币。我问售楼先生，是不是由于总价太高，未能售出？他摇头说，这套房子原本是保留房，最近才决定出售，已经有几位客户表示了购房意向，很快就要成交。有的客户，就是不计价格，要买最大、最豪华的房子，而这么大的复式房，每幢楼只有一套，相当紧俏。

我问起物业管理费。售楼先生说，每平方米建筑面积每月收管理费两元一角。我又问，业主不住期间，物业管理费是否减半？他摇头说，那只是海口的“促销手段”。我们这里的房子那么热卖，当然也就不必采用这样的“促销手段”。

顺便提一下，“碧海•蓝天”也没有这样的“促销手段”。另外，海口的烂尾楼续建的商品房，免征契税，而在三亚没有这种优惠。

我走访的第三个三亚典型楼盘，是位于三亚河畔的椰河湾公寓。

这个楼盘只有一幢高层大楼，与“碧海•蓝天”、“时代海岸”那样的大型社区不同。但是，这幢大楼偎依在三亚河畔，那座景观桥——步行桥就在它的脚下。大楼面前是宽广的三亚河西路，人称那里是三亚的“外滩”。椰河湾公寓四周，商场林立，是繁华的市中心。

走进椰河湾公寓的售楼处，只有一位售楼小姐坐在那里看报，显得很悠闲。我一问，才知道已经进入尾盘，目前只剩下一套大房子，其余全部售完。另外，底层的商铺还有些许剩余。

我请售楼小姐带我去看那套尚未出手的大房子。椰河湾公寓总共21层，那套大房子在19楼。这套房子景观极佳，总共有七个阳台，其中四个可以观赏三亚河，叫“河景阳台”，另三个可以远眺三亚湾，叫“海景阳台”。这套房子建筑面积为260平方米，单价为每平方米建筑面积6 080元，总房价为157万元。这里的物业管理费为每平方米建筑面积1.2元，业主不在期间减半收费。同样是唯一剩下的尾房，应当说，椰河湾公寓这套房子远比“时代海岸”复式房合算。

我还走访了三亚一些位于市区的“二线房”，价格虽然要低些，但是环境、景观远不如“碧海•蓝天”、“时代海岸”和椰河湾公寓。

我是以普通购房者的身份，走进三亚许多楼盘的售楼处，以求我的采访能够了解最真实的情况。我总是说我来自上海，姓杨（其实我的妻姓杨）。不过，在“时代海岸”和椰河湾公寓的售楼处，我还是被他们认出来了，“你不是作家叶永烈先生吗！”

我注意到，三亚房地产业在最近几年走出困境，迅速发展，在于三亚打出了“中国的休闲之都”、“东方的夏威夷”、“国际度假港”的招牌，把销售对象瞄准为全国各地以至世界各地的“休闲者”、“旅游者”、“度假者”。一大批有钱又有闲的人被三亚所吸引，成为三亚房地产的追捧者、购买者、投资者。

看来，三亚的房价还可能再度上涨，因为美国夏威夷的房价相当于三亚的七八倍。三亚房价的上涨，也带动了海口房价的上涨。海口在消化了大批烂尾楼之后，房价也会慢慢的爬升。房地产泡沫时代将成为海南的过去。新一轮的房地产热潮，正在海南掀起……

翡翠山城

海南朋友说：“不到五指山，枉到海南岛。”可是，我到海南岛多次，却没有去过五指山。这一回，在三亚亚龙湾度过除夕，听说从三亚乘长途汽车可以直达五指山，路上用不了两小时，我当即决定在大年初一去五指山。上午，从亚龙湾打的到三亚长途汽车站，买到九时前往五指山的车票，就上车了。车上座无虚席。我和妻因临时买票，只得坐到最后一排。往前看去，最前面的几排座位上露出一头金发，显然“老外”们是早早就预订了车票。

起初，汽车沿着东线高速公路行驶，又快又平稳。大约半小时后，离开高速公路，往西转入普通公路——中线公路。这水泥公路非常平整，挺不错。不过，汽车开始上山，左拐右弯，我在座位上不时“左倾”，不

五指山市虽然很小，马路却很宽敞，而且绿树成荫

时“右倾”。此刻中国北方天寒地冻，而这里山间满目苍翠。就在这左摇右摆中，汽车进入一座小城。从路标得知，这里是五指山市。

五指山市是一座山城，街道坡路颇多。大街两侧，像电线杆那么高的大树浓荫遮天，给小城镶上动人的翠绿色。城市虽小，却很干净，而且马路宽广。只是正值春节，大部分商店都紧闭店门，显得有点冷清。

我在五指山市散步时，遇到这五位可爱的小朋友，他们摆好姿势让我拍了一张照片

过了一座大桥，便到了五指山市长途汽车站。下车之后，分不清东南西北的我在车站打算买一张地图，却被服务员告知，只有海南省地图，没有五指山市地图。服务员笑着说，五指山市才两三条街，还要地图干什么？！

步行街成了一条绿色长廊，成了“天然氧吧”

走得匆忙，我并未在这里事先订好宾馆。下了车，我见到车站斜对过有一家“通什国旅宾馆”，就走了进去。一开口，我就念错了字，总台小姐告诉我，这通什的“什”字不念“十”，而念“杂”。五指山市原名“通什”，曾是海南黎族苗族自治州的首府。“什”在黎语中是田的意思。“通什”，也就是“肥沃的田地”之意。1987年1月25日撤州建市，即通什市。2001年8月18日，改名为五指山市。五指山市位于海南岛中南部，五指山的腹地，东南邻保亭县、西接乐东县、北连白沙县和琼中县。现在，五指山市总人口十一万人，其中市区人口五万，农村人口六万。其中少数民族占66%，主要是黎族和苗族。在三亚，春节期间一房难求，而五指山市的宾馆随到随住。

在步行街之侧，有亭翼然

我和妻在这座幽静的小城住了下来。没有来这里之前，以为五指山市是山区，一定很冷，其实这里平均海拔316米，气温跟

三亚相差不大，大约只低两三度而已。我们只花了十几分钟，就走完了市中心的主干道。然而，我们却花了一个多小时，沿着跟主干道呈“十”字形垂直的南圣河两岸缓缓而行，细细观赏。

河宽百米的南圣河，发源于保亭县境内的峨隆岭林区，河水清冽，明净的河面一尘不染。南圣河呈“∩”流经五指山市区。长途汽车站在南圣河北岸，汽车驶过的那座七孔拱桥，当地人叫“大桥”。在大桥西边五百米处，有一座四孔拱桥，当地人叫“中桥”。

南圣河畔的“华彩乐章”，就在大桥与中桥之间，尤其是河的南岸。在南岸桥头，我见到一块花岗石上刻着“步行街”三个红字，下方有一块金属铭牌，上镌一面欧盟旗帜，下方写着“此步行街广场在欧盟的援助下重建”。原来，这一工程是“欧盟援助亚洲城市项目”之一，由意大利埃威利诺省、海南省旅游局、英国柴郡政府组成的国际组织共同在五指山市实施，于2007年6月竣工。

通常，步行街大都是繁华的商业街，而南圣河南岸的步行街却是市民的休闲街。步行街沿河岸而建，宽度为十二米。一眼望去，步行街是一条绿色的走廊，四十多棵粗壮的榕树如同一把把巨伞撑在河边，一绺绺两米多长的咖啡色的榕须，在微风中轻轻摇曳。浓荫撒在用不规则的大理石片砌成的地面上。大理石以红、黑为主色调，这正是体现了黎族的传统色彩。用大理石拼成的十二生肖图案，穿插其中，龙腾虎跃，使步行街生机勃勃。一边是南圣河波光闪耀，一边是大榕树亭亭如盖，漫步其间，如同生活在“天然氧吧”之中，令人神清气爽。在步行街中段，有亭翼然，突出于河岸之外。坐在亭中，抬头见到河面上高高的喷泉，北岸五颜六色新建的楼房，我仿佛听见这座“翡翠山城”崛起的脉搏。十年前，这里还曾是海南省唯一的国家级贫困县，如今正蒸蒸日上，日益繁荣。

南圣河西段，有一小岛，成为河中明珠。那里辟为植物园，花繁叶茂，鸟语果香，也是游人乐而忘返的胜地。

走累了，见到一家“杭州小笼”餐馆，就踱了进去。这是一对中年夫妇开的餐馆。先生正忙于做小笼，女店主则招呼我们坐下，迅速端上热气腾腾的两屉小笼。每屉十个鲜肉小笼，只卖三元。我和妻又各要了一碗绿豆粥和一个茶叶蛋，各为一元。两人总共只花十元，就吃了一顿不错的点心。小城的物价低廉，由此可见一斑。这里度假村的豪华客房，每天房价不超过二百元，跟三亚亚龙湾的宾馆每天房价一千多元（春节期间甚至涨到每天四五千元），相差甚远。

“我爱五指山”

我爱五指山，我爱万泉河，
双手接过红军的钢枪，海南岛上保卫祖国，
啊五指山，啊万泉河，
你传颂多少红军的故事，你日夜唱着红军的赞歌。
我爱五指山的红棉树，红军曾在树下点篝火。
我爱五指山的红石岩，红军曾在石上把刀磨，
我爱红军走过的路，我沿着山路上哨所。
我爱万泉河的清泉水，红军曾用河水煮野果，
我爱万泉河的千重浪，红军在这里把敌人赶下河。
万泉河流水向大海，我沿着河边去巡逻，
啊，五指山，啊，万泉河，
红色的江山我们保卫，红军的钢枪永在手中握。

李双江演唱的这首《我爱五指山》，勾起无数人对五指山的向往。到了五指山市，我最关心的当然是一睹五指山的真容。

然而，我发现，五指山市这市名很容易误导外地的客人，以为这里就是五指山。其实，五指山市地处五指山西南山脚，离主峰还相当远。也正因为这里地处山脚，所以气温高，年平均23℃。

五指山旅游分为两种途径：一是登山，乘车前往五指山主峰半山腰，上山步行三小时，下山步行三小时，我不去，因为一则这必须早上出发、下午才回来，二则来回步行六小时，太吃力；二是乘车前往水满乡，那里有专门的“五指山遥望点”以及热带雨林，我选择了这一途径。

在五指山市长途汽车站，有中巴前往水满乡，中巴一天三班，开车时间为9:00、12:40、16:00。当我和妻来到那里，正好有一辆小巴的司机在揽客，小巴可坐五人，已经有三位贵州旅客上了车，正缺两位旅客，见到我们答应上车，都乐了。小巴往返，每人40元。

从五指山市到水满乡，38公里。小巴沿弯弯曲曲的山上公路行驶。这

山上公路虽说只有一个车道，但是用水泥铺得相当平整。据司机告诉我，原本这里只有一条坑坑洼洼的土路，汽车跳跳蹦蹦驶过之后，红土飞扬。2002年4月，国务院总理朱镕基来此视察，指示应当改善五指山地区的交通，才有了这条水泥公路。花了将近50分钟，终于到达水满乡。

下了小巴，买了50元门票，改乘电瓶游览车，在导游小姐的带领下，这才到达“五指山遥望点”。那里竖立着一块岩石，上镌“五指山”三个大字。

五指山有五峰，山体呈西南-东北走向。只有站在正北方向又与山体有相当距离的“五指山遥望点”，才能完整地同时看到五座山峰。明代海南诗人丘浚的《咏五指山诗》，用这样的诗句形容五指山：“五峰如指翠相连，撑起炎荒半壁天。”

在五峰之中，最高的是第二峰，海拔1867米，比泰山还高300多米。第一和第二峰以及第三、第四、第五峰之间，依次相连，但是第二峰和第三峰之间却被深涧所切断，无路可通。

不过，我去的那天，天气不好，主峰云遮雾罩，却更显得神秘莫测，仿佛云从脚下生，人在太空游。据导游小姐说，整个冬日都是如此。春、夏、秋三季，特别是秋季，可以清楚看见五指山的五个山峰。

关于五指山，流传着各种各样的传说。其中，流传最广的故事是这样的：

从前，海南岛上没有五指山的，那儿是一块平原。那么，五指山是从哪里来的呢？

据说，很久以前，在这块平原上，居住着一对夫妻，男的叫阿立，女的叫邬麦。他们生了五个儿子。那时候，他们什么工具也没有，就用木棍当锄头，用石头当刀斧，用平原上的野生禾的种子来种植。一家七口人不分昼夜地干活，只能开垦半亩荒地。

有一夜，邬麦和孩子们在茅屋里都睡着了，只有阿立翻来覆去睡不着。深夜，当他昏昏沉沉睡去，梦见一个白胡子老人站在他的面前，对他说：“在你们家附近埋着一把宝锄和一把宝剑，你把这两件宝贝挖出来吧。宝锄会帮助你摆脱贫困，只要你把宝锄高高举起，喊一声‘挖’，荒地就立刻会变成良田；宝剑会保你一家平安，要是坏人来伤害你们，你把宝剑举起来挥动一下，叫一声‘杀’，坏人就会人头落地。”

第二天一早，阿立把梦中的事告诉家人，他们听了个个都很兴奋，便拼命在茅屋的周围挖起来。挖呀！挖呀！一直挖到中午，大儿子突然"哎哟"叫了一声，从土里拿出一把黑油油的宝锄和一把发亮的宝剑。阿立按照白胡子老人的话，高高举起宝锄，叫了一声"挖"，果然，一大片荒地都变成了良田。从此以后，他们一家的生活过得很幸福。坏人也有眼红的，想霸占他们的土地，但听说阿立手中有宝剑，谁都不敢来侵犯。

过了许多年，年老的阿立死了，五个儿子遵从母亲的嘱咐，在埋葬父亲的时候，把宝剑作为陪葬，埋到土里。这个消息传到坏人亚尾的耳朵里，他便偷偷跑去告诉海贼，叫他们派数百人来，把母子团团包围，后来，他们杀死了母亲郛麦，把五个儿子捉了起来。

狠心的亚尾用铁链锁着五个儿子，拷问了十天十夜，逼他们交出宝剑。但是五个儿子无论如何都不肯说出埋宝剑的地方。亚尾发怒了，便用火烤他们。他们流下来的泪水把平原冲成了五条溪。他们断气以后，四面八方的熊、豹成群结队的扑来，把亚尾和海贼统统咬死了，并搬来许多泥土和大岩石，把五个儿子的尸体埋了，堆成五座高高的山。

从此以后，人们为了纪念这五个儿子，便把这五座高山叫做"五子山"。后来，又因为"五子山"好像五个手指头矗立在那里，人们就把它叫做"五指山"了。

云遮雾罩的五指山

五指山被誉为“海南屋脊”。导游告诉我，五指山山脉向着南北延伸，群山逶迤，与大吊罗、猴弥岭、尖峰岭等数十座山岭相连，合称“五指山地区”。正是这漫漫群山阻隔了冬天南下的冷空气，使处于大山南面的三亚隆冬如暑，气温总比地处大山之北的海口高出好多度。也正因为这样，除了西沙、南沙、东沙群岛之外，三亚成为全中国严冬最暖和的地方。那么多游客在冬日云集三亚，就是因为五指山成了三亚的挡住寒风的屏障。

“我爱五指山，我爱万泉河”这句歌词人人耳熟能详，然而知道五指山与万泉河之间的关系的人却并不多：五指山是万泉河的源头。

五指山年均降水量为2 035毫米，是海南岛最重要的水源涵养区，是海南两大主要河流——昌化江和万泉河的发源地。

昌化江发源于五指山空示岭，向西南流经琼中、保亭、五指山、乐东、东方、昌江等市县，至昌江昌化港入海；万泉河发源于五指山风门岭，向东流经琼中、屯昌、万宁、琼海等市县，至琼海博鳌港入海。因此，五指山也是昌化江和万泉河的分水岭。这两条河流流域面积占海南岛全岛总面积的26%。可以说，五指山的水养育了近半的海南人。

五指山还被称为海南岛的“肺”，这里不仅氧气充足，而且多负氧离子。据测定，五指山每立方厘米的空气中，负氧离子含量高达12 000个，为世界罕见。五指山净化了海南岛的空气，使海南岛的空气格外新鲜宜人。行进于五指山，仿佛精力格外充沛。

五指山是海南第一高山，是海南岛的象征，也是我国名山之一，被国际旅游组织列为A级旅游点。

漫游热带雨林

在“五指山遥望点”观赏了五指山的雄姿之后，导游小姐领着我们来到栈道的入口处，让我们从那里前往热带雨林。

五指山热带雨林是“世界级”的，与南美洲的亚马逊河流域、印度尼西亚的热带雨林并列成为全球保存最完好的三块热带雨林之一。

导游小姐指着路线图告诉我们，五指山热带雨林莽莽苍苍，目前已经开发的游览路线全长约三公里。由于路线太长，她不奉陪，只能让我们这五位散客“自由行”。据说，倘若参加旅行团，是由旅行团的导游带领游客游览热带雨林。像她这样的当地导游也不奉陪。

我从入口处朝前看了一下，那是一座深深的峡谷，一望无际、铺天盖地的热带密林，未免有点担心，因为绝大部分游客是在上午来此，而下午仅我们这五位游客而已，走在这荒山僻野，倘若半途迷路，连个问路之处都没有。

导游小姐告诉我们“自由行”的两个要点：一是只能沿着栈道和鹅卵石路走，不可“越轨”；二是遇上岔道，一定要记住朝左边的路走，千万不要走右边的路。只要记住这两条，就不会迷路，能从起点顺利到达终点。另外，在一些代表性的树种根部，都竖有小石碑，上面刻着树种的名称、特点，成了“无声导游”。

于是，我们这五个散客，就从雨林的入口处走了进去。

一开头，是一段又一段木质栈道，我沿着一个又一个台阶往下走，走向“U”形峡谷的谷底。

峡谷的深度约为二百米左右。这时，茂密的树叶遮住了天空，我完全行进在绿色的海洋之中。榕须、蔓藤和枝枝叶叶纠缠在一起。

到了谷底，栈道没有了，代之以鹅卵石小道。除了我们这五位“自由行”的游客发出的脚步声之外，只有鸟叫声和流水声。一条名叫水满河的支流，流经林区，在冲击河底的鹅卵石时发出潺潺声。水可见底，格外清凉。这里的鹅卵石小道，全然是就地取材于这条山间河流。在这渺无人烟的密林小道上踽踽而行，我大有“前不见古人，后不见来者”的感叹。

多雨、潮湿、温暖、土地肥沃，使这里林深叶茂，成了“绿色宝库”。

据统计，五指山热带雨林中已查明的野生植物共有400科1600多种，其中有乔灌木60科700多种。我如入山阴之道，目不暇接。倘若在春季来此，山花烂漫，使这绿色世界更加绚丽多彩。这里光是兰花，就有137个品种，墨兰、牛角兰、蝴蝶兰、竹兰、青剑兰、蔓儿兰等等，盛开之际，幽香溢深谷。

渐渐的，脚下的鹅卵石越来越大，也越来越凌乱，道路变得崎岖难行。路旁的告示牌上写着，因台风猛雨冲刷谷底，冲垮道路，至今尚未完全修复。

前方出现一座吊桥。我记起导游小姐曾告知，那叫“云桥”，从水满河的支流上跨过，同时也意味着已经行程过半。

行行复行行。终于在前方又出现栈道，表明长达两个多小时的热带雨

五指山热带雨林中的野藤

热带密林景象之一

五指山热带雨林中的龟背竹，那一个个洞孔是天然如此，并非虫孔

林之行，已近尾声。我和妻沿栈道一级级向上迈去，走出二百米深的谷底，抬头又见高高耸立的五指山。我重新坐上那辆小巴，感到无比轻松，不虚此行。

我又回到五指山市。

我结束了五指山探幽之行，从那里乘长途汽车北上，前往海口。五指山市至海口为223公里，而与三亚的距离为89公里。

从五指山市至海口，走的是海南岛的中线公路。

汽车离开五指山市之后，经过最艰难的盘山路段——阿陀岭，这才在平原直行。不过，这时汽车所行驶的是国道，还不是高速公路。路面平整，但是汽车不时要穿过一个个小镇。司机不断地揿喇叭，以驱散公路上的行人以及摩托车。

行车一个半小时之后，汽车终于上了中线高速公路，车速顿时加快，司机再也不揿喇叭了。在仙沟镇，汽车从中线高速公路转入东线高速公路，直达海口。

从五指山市至海口全程四小时。

热带雨林中的吊索桥

水城博鳌

当我1993年第一次前往海南岛的时候，还不知道博鳌。那个时候，就连海南人，也大都不知道博鳌。因为当时的博鳌，还只是万泉河入海处的一个小镇而已。

然而，如今博鳌的大名，如雷贯耳。“博鳌亚洲论坛”的举行，一个个亚洲国家元首和中国国家领导人的到来，使博鳌名震亚洲，闻名海内外。

往日游海南，无人游博鳌。如今游海南，博鳌这一新景点成了必游之处。

春节，是海南一年之中最旺的旅游季节，旅游团要么爆满，要么价格比平常涨了好几倍。我打算在海口租一辆车，从海口前往博鳌。因为长子、长媳以及孙女从台北经香港来到海口，与我和妻共度2006年的春节，五个人正好乘坐一辆。自己驾车作自由行，想走就走，想停就停，是最惬意的。然而，春节的海口，根本租不到一辆车，租车公司几乎都这么回答我：“早就租完了！”无奈，只得打算包一辆出租车。一打电话，连出租车也全部爆满。偶然，在一次打的时，一位姓黎的司机愿意帮忙，在年初二送我们去博鳌，于是就包下他的车。

博鳌离海口其实不远。轿车大体上是走前往美兰机场的路线。过了美兰机场之后，继续走东线高速公路。司机黎先生以每小时100公里的速度在前进。我劝他慢一点，尤其是在下起阵雨的时候，他却笑道：“我们这里都是这样开的，不超过每小时120公里就行了。”就这样，只花了一个小时，就到达琼海市区。琼海市是仅次于海口、三亚的海南省第三大城。博鳌是琼海市下属的一个镇。不过，如今人们往往只知有博鳌，不知有琼海——博鳌的知名度远远超过了琼海市，还有人以为，博鳌是一个市呢！

过了琼海市区，再行驶二十分钟左右，我们就来到博鳌了。这时候，云开雨散，阳光从云缝中洒了下来。我一看，这里全是高等级公路、高级宾馆和现代化建筑，豪华而气派。博鳌到处挤满游客。特别是“博鳌亚洲论坛会展中心”和“博鳌亚洲论坛成立会址”，几乎达到爆棚的程度。那里的停车场，同样被众多的汽车挤爆了。

我们避开了攒动的人群，从博鳌会展中心所在的东屿岛向北，来到五星级的索菲特大酒店。那是出席博鳌亚洲论坛的贵宾下榻处，也是博鳌首屈一指的宾馆。这里隔着万泉河入海口，与鸳鸯岛遥遥相望。岸边，椰树成林，翠草茵茵，一艘艘游艇不时犁开清波，卷起一堆白浪。

博鳌真美。这里有江、有海、有山、有岛、人称拥有“三江、三岛、三岭、一滩”：

所谓“三江”，即万泉河、九曲江、龙滚河三江在此交汇。江水清冽，注入碧波万顷的南海；

所谓“三岛”，即东屿岛、沙坡岛、鸳鸯岛，以“品”字形坐镇三江与南海的交汇口，而博鳌的一系列现代化建筑就星罗棋布于三岛以及“品”字四周；

所谓“三岭”，即金牛岭、龙潭岭、田涌岭，这三座互不相连的山岭，使博鳌有起有伏，富有层次；

所谓“一滩”，即玉带滩，仿佛一条玉带横卧在三江与南海之间，一边是江，一边是海，为美景锦上添花。

山、海、河、岛、滩，交错在一起，再加上椰林摇曳，使博鳌美不胜收。

有人评价说：“博鳌地形地貌的丰富多样性酷似澳大利亚的黄金海

博鳌禅寺

岸、美国的迈阿密和墨西哥的坎昆，并能与其相媲美，而在亚洲可谓仅此独有。”

博鳌小镇，原本只有一条窄窄的街道，几个荒岛而已。如今，博鳌“博览天下、独占鳌头”，真的是名副其实了。

在博鳌游览，游人们的兴趣聚焦于博鳌美景以及在博鳌召开的亚洲论坛会址。然而，一个对于博鳌来说，起着关键性作用的人物，却鲜为人知……

博鳌的美景，千百年来早就如此，而这颗璀璨明珠的发现者，来自上海。

这位发现者，具有一双发现美的慧眼。那是1992年，上海的一位电影导演来到博鳌，寻找外景拍摄地。他向当地渔民租借一条小船。渔民为他摇橹带路，从玉带滩到龙潭岭，整整周游了一大圈。最后，他付给摇橹的渔民两元人民币，渔民推托再三，才勉强收下。

博鳌的美景以及博鳌渔民的朴实，给了他极其深刻的印象。他说：“我对博鳌可以说是一见钟情，她的许多素材深深地吸引着我，给我带来了许多创作的灵感及源泉，使我坚信，我的许多梦想都可以在她身上得到实现。所以，即使我在巨大的压力和困难面前，也不会弃她而去。”他决心开发这块原始而又富有潜力的美玉。

此人名唤蒋晓松。他出身上海的电影世家，父亲是上海著名电影导演蒋君超，而母亲的名字更是家喻户晓——著名电影演员白杨。他于1951年在上海出生。1978年起在上海交通大学任职。1980年他前往日本考察、研修影视。三年后回国。由他导演的反映中国女科学家徐凤翔事迹的电视报告片《小木屋》，在第二十八届纽约国际电影节上获得电视导演奖，成为获此殊荣的第一位中国人。接着，他又策划并拍摄的大型纪录片《中国》和《故宫》，分别在日本NHK电视台黄金时段播出，颇受欢迎。

1989年，蒋晓松与日本早稻田大学一位教育家的女儿向山德子结为伉俪。

1992年11月，蒋晓松以日本晓奥公司董事长的身份在博鳌开始组建了海南晓奥房地产开发有限公司，决心开发博鳌的房地产，在那里建设一座“博鳌水城”。

经过将近四年的策划和酝酿，就在蒋晓松准备实施开发博鳌的时候，遭遇“寒流”——海南房地产泡沫破灭，进入萧条期。他仍坚持在1996年1月正式动工建设博鳌水城。1999年，蒋晓松的“晓奥集团”与中远置业集团、海南黄金海岸集团组建成“海南博鳌投资控股有限公司”，他出任董事长，着手大规模的开发建设博鳌。到2003年，他顺利完成博鳌水城建设第一期、第二期工程建设目标。

蒋晓松如果只是创建了“博鳌水城”，那么他最多不过是一位成功的房地产商。他的最重要的贡献，是为博鳌争取到海内外的关注——成为亚洲论坛的永久会址。

那是在1997年7月，晓奥集团建成了亚洲首个全岛型林克式（links）高尔夫球场，蒋晓松以个人名义请来其私人朋友、日本前首相细川护熙夫妇和澳大利亚前总理霍克作为首批贵宾为球场开杆。

蒋晓松回忆说：“我永远不会忘记，1997年7月28日那个不眠的夜晚。当时日本前首相细川护熙、澳大利亚前总理霍克应邀来博鳌访问，我们在博鳌水城专家楼彻夜长谈，两位前政要谈到亚太经合组织，谈到了达沃斯论坛，谈到了创建亚洲论坛的种种设想，这一夜的长谈成了点燃亚洲论坛创建及选址博鳌的火种。建立一个泛亚洲的国际组织，不但是我们三人深夜长谈的成果所在，而且是符合亚洲各国的愿望与想法。”

1998年，三位亚太国家的前政要，即菲律宾前总统拉莫斯、澳大利亚前总理霍克、日本前首相细川护熙共同发起倡议亚洲论坛。基于中国的国际地位、巨大市场潜力和海南省独特的自然生态环境，发起人建议将“论坛”总部设在中国海南博鳌。这一建议赢得了亚洲地区26个国家的热情响应。这一消息不胫而走，名不见经传的博鳌小镇在海内外引发了轰动效应。从此，亚洲论坛被称之为“博鳌亚洲论坛”。这个以亚洲级的世界经济研讨会为目标的民间组织，也是第一个将总部设在中国的国际组织。在争取博鳌成为亚洲论坛的永久会址这一重要决定的过程中，蒋晓松起了关键性的作用，他也因此成为博鳌亚洲论坛副理事长。

博鳌亚洲论坛会议中心前的喷泉

2001年2月27日，博鳌亚洲论坛正式成立，中国时任国家主席江泽民、马来西亚时任总理马哈蒂尔、尼泊尔前国王比兰德拉、日本前首相中曾根康弘、澳大利亚前总理霍克、菲律宾前总统拉莫斯等二十多个政要、前政要出席了会议。

当时的博鳌，尚处于草创时期。会议在一个临时性的会场举行，会场坐落在万泉河畔，看上去像巨大的帐篷——顶部由八块乳白色钢膜材料拼接而成，会场三面透风，采用国际流行的澳大利亚风格。

如今，博鳌亚洲论坛成立会址，成为永久性的纪念性建筑。正是这座乳白色的简朴的建筑物，见证了博鳌亚洲论坛成立大会和首届年会召开的历史性时刻。现在，游客们游览博鳌，第一站就是博鳌亚洲论坛成立会址。

博鳌最重要的景点是博鳌亚洲论坛国际会议中心。那是博鳌亚洲论坛的永久会址，于2003年9月22日在海南博鳌正式启用。此后，每年是博鳌亚洲论坛都在这里举行。

博鳌亚洲论坛国际会议中心建在博鳌的东屿岛上，与万泉河开阔的入海口遥遥相望，蓝天碧水相接，景色宜人。

在博鳌亚洲论坛国际会议中心之前，有两个巨大的喷水池。首先映入眼帘的是一个圆台形喷水池，喷水池基座咖啡色的大理石上镌刻着金色的“博鳌亚洲论坛”以及会徽。一圈往上喷发是水柱如同众星拱月一般托着一个地球仪，与喷水池两边一大排会议参与国的国旗相辉映，象征着这里是一个国际性的论坛，是向世界发声。

在圆台形喷水池与博鳌亚洲论坛国际会议中心之间，有一个更大的椭圆形喷水池。池里有音乐喷泉，可以表演十几种喷射图案。

博鳌亚洲论坛国际会议中心是一个外圆内方的建筑。方形的会场与圆形的外墙，象征着中国的“天圆地方”之说。博鳌亚洲论坛国际会议中心气势恢宏，共三层，建筑面积达38 000平方米，其中包括多功能厅、圆形国际会议厅、中小会议厅、会议室、展览厅、贵宾厅、论坛总部办公室、新闻中心、商务中心及配套设施。主会场可以同时容纳两千人开会。

在博鳌亚洲论坛国际会议中心后面，是一座半环形的大楼，如同弯月对着太阳一般的博鳌亚洲论坛国际会议中心圆形大厦。这座半环形的大楼，便是五星级的索菲特大酒店。

索菲特大酒店拥有439套客房，其中有多套总统套房。在会议期间，索菲特大酒店是与会贵宾的下榻处。贵宾们只消稍移玉步，便来到前面的博鳌亚洲论坛国际会议中心。

在休会期间，索菲特大酒店对外开放。那天，我们一家在索菲特大酒店用中餐，并游览了索菲特大酒店柔软的海滨沙滩。

自从博鳌亚洲论坛国际会议召开以来，博鳌名震亚洲，闻名海内外。在追溯博鳌崛起的并不漫长的历史时，蒋晓松的名字闪耀着夺目的光芒。正因为这样，蒋晓松如今被推崇为“博鳌之父”，恰如其分。

千年渔港换新颜

在海口，我见到出售海南工艺品的商店里，常放着洁白的珠子串成的手链，以为是用玉或者玻璃做的，并不在意。

直至来到琼海市潭门镇，我才得知那是用“砗磲”做的。这是我头一回听说砗磲，念作chē qú。在此之前，我甚至没有见过砗磲这两个生僻的字，更不用说见到砗磲。

砗磲究竟是何等宝物?

潭门镇距博鳌亚洲论坛会址15公里。一进这座小镇，首先映入眼帘的是热闹的码头，一长串黑色铁壳渔船鳞次栉比，黄色的吊车像长颈鹿似的穿行其间。这些渔船比常见的木帆渔船大得多，能够驶往远海。在渔船的甲板上，堆满一个个斗大的三角形巨贝，最大的长达两米，250多斤重。当地渔民告诉我，这便是砗磲原贝。用这厚厚的洁白如玉的贝壳作为原料，加以精雕细刻，就可以制作成精美无比的砗磲工艺品。

走进潭门镇，一条像模像样的大街两侧，拥立着一幢幢新建的两层或者三层的白色楼房，房子的底层几乎清一色是砗磲工艺品商店。据说，在2006年，潭门镇还只有5家砗磲工艺品商店。短短六七年间，发展到近两百家，并形成了这样一条砗磲工艺品大街。难怪街道两侧，都是新建的房子。如今，潭门镇已经成为全国最大的贝壳加工业所在地。

我漫步于这条大街，踱进一家家砗磲工艺品商店，仿佛在欣赏砗磲工艺品展览会。各种各样的砗磲工艺品，陈列在橱窗里和博古架上。我看到洁白无瑕的观音雕像、满脸笑容的弥勒、搏击长空的雄鹰、美轮美奂的花卉。此外，还有用砗磲做成的手镯、手链、项链、图章、笔筒等等，琳琅满目，美不胜收。这里还出售各种各样的珊瑚，大都是白珊瑚，也有红珊瑚、蓝珊瑚。漂亮的螺壳也比比皆是，唐冠螺、鹦鹉螺、万宝螺、大法螺

砗磲工艺品

巨大的砗磲

被誉为这里的四大名螺。

砗磲跟佛教的渊源颇深。砗磲被列为驱邪避凶的“佛教七宝”之首。据《本草纲目》记载，砗磲有镇心安神、凉血降压的功效，长期佩戴有益人体，可增强免疫力。何况砗磲雪白，象征圣洁。正因为这样，佛门高僧所佩佛珠、念珠，很多是用砗磲做的。

在潭门镇一家写着“高端文化礼品”的砗磲工艺品商店的大门上，我见到这样的广告词：“黄岩岛砗磲，厂家直销。”

潭门镇的砗磲，来自南海的黄岩岛，这引起我的莫大兴趣。

当地朋友告诉我，砗磲是海产双壳贝，因其巨大的体型，被誉为“贝类之王”。世界上的砗磲共有9种，主要生长在印度洋和西太平洋，诸如印尼、马来西亚、澳大利亚以及我国的海南岛、东沙群岛、西沙群岛及南沙群岛海域。其中以我国南海的黄岩岛海域所产的砗磲品质最佳。

潭门镇是千年古渔镇，潭门港是海南岛通往南沙群岛最近的港口之一。潭门镇共有3.2万人，渔业人口超过40%。他们多数远赴西沙、南沙、中沙作业。据统计，中国在西、南、中沙海域作业的渔民90%来自潭门镇。潭门镇也是西、南、中、东沙群岛作业渔场后勤的给养基地和深远海鱼货的集散销售基地。在2004年，潭门港被农业部定为一级渔港。

潭门镇渔民把包括黄岩岛在内的南海，称为“祖宗地”，因为那里是他们世代生命线的所在地。他们还把黄岩岛称为“第二个家”。潭门镇渔民遍布三沙市。据称，在西沙群岛的永乐群岛，居民绝大多数来自潭门镇。

早年，潭门镇渔民捕捞活的砗磲，为的是挖取砗磲肉。那时候，潭门镇的饭店里供应砗磲肉，而镇的四郊则堆满废弃的砗磲贝壳。从1994年开始，潭门镇有人发现砗磲壳可以用来制作无比精美的工艺品，销往海内外，于是砗磲化废为宝，身份倍增。不仅潭门镇郊堆积的砗磲贝壳一扫而空，渔民们出海时，还特地去海底挖取沉积多年的死亡的砗磲贝壳。渔民们发现，黄岩岛那里水清海浅，海底的砗磲贝壳堆积如山。黄岩岛原本就是海南、广东等地渔民的传统渔场，如今一艘艘渔船驶向黄岩岛，为的是挖取海底砗磲贝壳。我在潭门镇码头见到渔船甲板上堆积的一个个巨大的白花花的砗磲贝壳，就来自黄岩岛。

人们发现，砗磲越大，贝壳的价值越高，可以用来制作大型砗磲雕件。那些死亡多年，在海底“躺”了多年的砗磲，经过“玉化”，其质量比新鲜的砗磲更高。那些没有出海的潭门镇人，则在镇上开设了一家又一家砗磲贝壳雕刻工厂。他们赴福建等地聘请雕刻师，请他们传经授艺，培养出一批本地的雕刻师。鬼斧神工，把砗磲加工成为人见人爱的东方艺术品。与此同时，一家又一家砗磲工艺品商店应运而生，他们不仅在潭门镇向游客销售砗磲工艺品，而且还打进北京、上海这些大城市，甚至远销海外。

砗磲被誉为“有机宝石”，如同象牙一般洁白，又如同和田玉那样温润，而且还有具备贝类特有的珍珠般的光泽。砗磲工艺品上市之后，很快就成为时尚界、收藏界、玉石界的新宠。砗磲的价格扶摇直上。笔者在潭门镇码头目击了现场交易：渔船甲板上一个西瓜大小的“小型”砗磲原贝，经过一阵子讨价还价，被人以300元人民币的价格买走。大的砗磲原贝，则一两千元人民币一个。至于砗磲工艺品，则按质论价，一串砗磲手链，差的几十元一串，而看上去带有透明感的手链则几百元、几千元一串。一个砗磲笔筒，也要两三千元。至于大型雕像，动辄万元。

不过，在我看来，潭门镇的砗磲雕刻艺人，题材过于传统，无非是佛像、龙凤、花鸟之类。倘若以新世纪的新视角，吸取西方雕塑的特点，创作一批题材、手法全新的砗磲工艺品，会使这种新兴艺术品受到更多人的喜爱。

以砗磲产业为核心的潭门镇腾飞了。一幢幢新楼在潭门镇崛起，这是看得见、摸得着的渔民生活的改善。更重要的是，潭门镇渔船纷纷“鸟枪换炮”。原本的风帆渔船，要靠每年的东北季风起才能远航南海，远航黄岩岛，直到西南季风起方能返航，一个航程要几个月。现在买了大吨位机动渔船，成套的水下作业设备，三天三夜就能到达黄岩岛，快捷多了，砗磲产量猛增。

在潭门镇，我不光是有幸细细欣赏光鲜如美玉的砗磲艺术品，而且还有机会在那里吃到了最鲜的海鲜！

据称：“海南海鲜甲天下，潭门海鲜甲海南。”从潭门港渔船卸下的，不光是砗磲、珊瑚，而且还有银光闪闪的渔获。在西、南、中、东沙群岛，在碧波万顷的南海，那里的海水清澈透明，绝少污染，所以鱼、虾、蟹、蚌极其美味。我看到码头上一大排挂着各省不同牌照的冷藏卡车，正在等待装海鲜远行。

我从小在海边长大，曾自嘲属“猫”，向来爱食鱼腥。听说潭门海鲜名闻遐迩，企求美餐一顿。虽然小镇上有海鲜酒家，但是对那里熟门熟路的海南作家朋友却带我走进一条小巷，出现在面前的是一个类似于大排档的露天餐馆。大树底下，安放着二三十张圆桌，桌的四周是粉红色、天蓝色的塑料椅。海南朋友说，这家餐馆价廉物美，生意火爆，如果不是提前预订，还没有座位呢。

坐定之后，我见到桌上安放着一个电炉，便知吃海鲜火锅，当地叫“打甂炉”（通常被误写为“打边炉”）。服务员先是端来一个圆盘，内有一瓶生抽酱油，还有蒜泥、姜末、小辣椒、香菜，各人按照自己的口味在小碟里调制蘸料。圆盘里还有一盘绿色的汤团大小的桔子，叫做山桔仔，又叫酸桔仔，已经事先用小刀割开口子，用力一挤便有果汁流出。这种山桔仔可以说是海南的柠檬，成了“天然醋”。值得一提的是，这里的饮料也是天然的，壶里装的椰子水，甘甜中带着淡淡的馨香。此时此刻，遥想哈尔滨已经冰天雪地，而我在海南却只穿一件T恤而已。海风轻轻吹拂，桌面上的椰子树影来回摇曳。

服务员接着端来一个脸盘大小的不锈钢锅，放在电炉上。在上海吃火锅，通常有锅底，火锅里的水是白浊的，而这里却无锅底，锅里放的是普通的水，清澈透明，曰“清水火锅”。俄顷，来了一脸盘的海鲜，内中有切洗好的鲳鱼、乌贼、蛤蜊、红口螺、海蟹，另外还有一盘活虾。在清水沸腾之后，按照“程序”，先把花蛤、红口螺、海蟹放入锅内。肉厚膏肥的海蟹虽然早在厨房里已被切成两半，一进入沸水居然还舞动着巨螯与细腿。这时，放在一旁的盘里的活虾受到热气薰烤，纷纷蹦出盘子。原本虾是在鲳鱼、乌贼之后入锅，当大家用手在桌面上逮住“逃虾”之后，就提前扔进沸水。一时间，一股生猛海鲜的香味，袭入我的鼻子，味蕾为之一振。

清纯美丽的姑娘，用不着涂脂抹粉，素面朝天是最动人的。这些鲜活的鱼虾，仅用清水煮一下，原汁原味，便鲜“倒”食客。这里的鲳鱼是很大的黑鲳，切成粢饭糕大小，肉白而细嫩。石斑鱼、马鲛鱼也是餐桌佳馔。乌贼则切成手指粗细，看上去如同无瑕白璧，口感软而脆。花蟹与大虾成了红脸关公，而清汤则变成一片乳白。

吃完鱼虾，捞出锅底的蛤蜊和海螺，这时服务员送来几包干面和一筐碧绿的青菜。先把干面扔进锅，待面条熟了再放入青菜。没有想到，这鱼汤青菜面是那么可口，以至很快就“光盘”，只剩一堆鱼骨、蟹壳。

结账时，服务员告知，这10人一桌的海鲜火锅，统一收费350元，平均每人35元。难怪这里天天客满，一桌难求。

我在品尝这顶级海鲜之后，踱进这家大排档的厨房。铺着瓷砖的地面上，哗哗流着一大滩水，海鲜洗、剖、切一条龙，井然有序。洗净切好的海鲜，不用烹调，直接装盆，端上餐桌，既环保卫生，又节省人力物力，大约是这儿价格低廉的原因。

宋朝诗人苏东坡在《惠州一绝》中称：“日啖荔枝三百颗，不辞长作岭南人。”我“山寨”此诗：“日啖鱼虾与椰子，不辞长作海南人。”

靠海吃海。潭门镇充分发挥靠海的优势，用砗磲、海鲜吸引众多游客，使这个滨海小镇成为海南岛的西沙旅游、南海旅游的“桥头堡”，成为海南新兴的旅游中心。

2013年4月8日，习近平总书记视察潭门镇，走上琼海09045号渔船与渔民亲切交谈，给了潭门镇渔民巨大的鼓舞。潭门镇的知名度也因此大大提高。

潭门镇以一级渔港、砗磲产业中心、旅游中心“三位一体”，支撑起新的经济大厦。千年古镇翻开了崭新的一页。

体验黎族风情

如今，农家乐处处都有。车入海南保亭县，时近中午，饥肠辘辘。在离县城10公里处的什玲镇桥头西，见到一家叫“周道农乐乐”的餐馆。海南朋友说这家餐馆别有风味，便在这里停车。

当时我的第一印象，就是餐馆建筑与众不同。餐厅是圆形的，四周敞开，无门无窗，而屋顶则像一把撑开的木伞，红褐色的木条像伞骨一样向外辐射。餐厅颇大，安放着十几张圆桌，可以同时供应一百多人用餐。

餐厅四周，被浓密的香蕉树、槟榔树、木瓜树、椰子树、橡胶树这些热带植物包围着，看上去如同一把巨伞撑在绿色的湖泊里。一串串沉甸甸的香蕉，压弯了枝条，以致不得不用竹竿支撑着。鸡、鸭成群，在园子里穿梭。

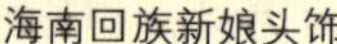

海南回族新娘头饰

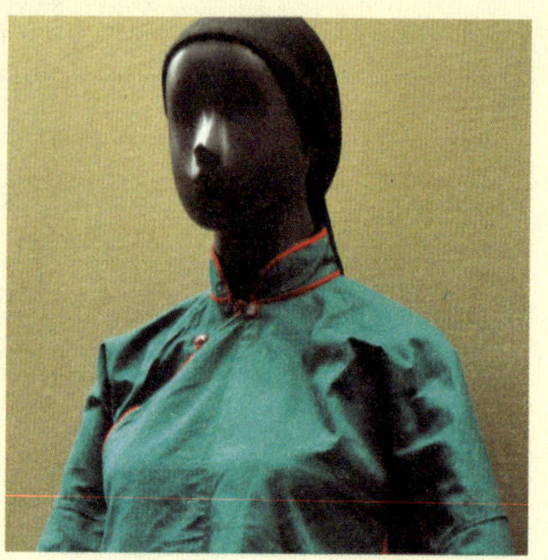

海南黎族妇女服饰

最奇特的是，在园子里还散落着几个圆形的小亭子，屋顶同样是伞形木架，上面铺着茅草。那是包厢雅座，小亭子里正好容纳一张圆桌和十把椅子。

这样的伞形屋，又叫船形屋，是黎族的建筑特色。保亭县位于海南岛中部五指山南麓，全称是“保亭黎族苗族自治县”。我对于苗族很熟悉，苗族人口达942万（2010年统计），在中国西南分布很广，在贵州等省常常接触苗族同胞。著名歌唱家宋祖英就是苗族姑娘；然而我对黎族有点陌生，黎族人口为127万（2010年统计），以海南岛为祖居地，主要集中于保亭县。黎族可以说是海南岛的原住民。黎族早年把旧渔船反扣于木柱之上，作为屋顶，四周围上茅草，作为居所，所以叫船形屋。后来又以格木、竹子、红白藤和茅草作为建筑材料，建造伞形屋。船形屋、伞形屋，成为黎族的特色民居。保亭县地处热带，所以那家周道伞形餐馆干脆四面敞开，既通风又明亮。

餐馆里来来去去的服务员，一袭黎族服装，女的圆领对襟彩色上衣，边沿绣花，而小伙子则穿无领对襟黑色上衣。内中热情招呼客人的一位黎家阿妹，三十出头，是餐厅老板董小姐。跟她攀谈，得知她是大学毕业生，放弃城市工作，在家乡开设“农乐乐”餐馆。10名当地农民成了她手下的员工。

我问董小姐，何以叫“农乐乐”？她说，“农乐乐”其实就是“农家乐”，但是规模比常见的以家庭为主的“农家乐”要大。“农乐乐”是以“吃农家饭、住农家屋、干农家活、享农家乐”为主题的休闲旅游项目。她的“农乐乐”占地14亩，除了那个黎苗风情圆顶大厅以及5个特色包厢之外，还有客房12间。她很自豪地指了指一个黑底金字的镜框。我细细一看，在“农乐乐”三个大字之下，是三颗金光闪闪的星，下面的一行字是

“保亭县农乐乐星级评定委员会颁发”。

原来，“农乐乐”还评级呢！董小姐说，保亭县很重视“农乐乐”，提倡“旅农相融”，专门组织了“农乐乐协会”，首批农乐乐会员单位有11家，现在发展到20家。“农乐乐协会”对“农乐乐”进行严格管理，而且还进行评级：二星级农乐乐奖励5000元，三星级奖励1万元，四星级奖励3万元。她的餐馆被评为三星级，拿到了1万元奖金。

在董小姐的餐厅里，我吃到黎族风味的菜肴。这里的菜肴，很多是用香蕉宽大的绿叶做衬底。其中印象较深的有粘糕、烤牛肉、腌猪肉。最好吃的是这里的鸡，在香蕉树下、椰子树下长大的放养鸡，鸡肉很香。这里的牛肉、猪肉也特别香。我尝试喝“鱼茶”，有一股特殊的臭味，当地人像吃臭豆腐一样喜欢，而我则不习惯。不过，这里的酐酒，很甜，像酒酿，连我这个不喝酒的人也喜欢。

我问起生意如何？董小姐说，保亭县内有七仙岭、“呀诺达”等旅游景区，从三亚过来的游客很多，而她的“农乐乐”在交通要道上，所以生意不错。

七仙岭，是七个并列的山峰，类似于五指山——五指山是五个并列的山峰。海南岛与台湾一样，四周是平原，中心是高山。七仙岭与五指山都是海南岛的名山，只是五指山的名气更加大一些。七仙岭最高峰海拔1 107米，其余六峰相依而小。

海南朋友没有带我去七仙岭，而是去了“呀诺达”。

“呀诺达”的全称是“呀诺达雨林文化旅游区”。进入绿树葱郁的景区，乘坐电瓶游览车上山，入住山中的“呀诺达雨林贵宾楼”。这里空气新鲜，满目苍翠。沿途，遇见的工作人员都穿绿色T恤，见面时总是摆动V型手势，同时向游客发出一声声“呀诺达”。

我不知“呀诺达”何意。在景区，承蒙呀诺达雨林文化旅游区总经理助理余先生接待，向我释疑：“呀诺达”是形声词，在海南本土方言中是一、二、三的意思，而景区赋予它新的内涵，“呀”表示创新，“诺”表示承诺，“达”表示践行。工作人员以“呀诺达”作为问候语，表示问好之意。

我不由得记起，在美国夏威夷旅游时，当地的波利尼西亚人在见面时都会友善地问候“阿罗哈”（Aloha），意即你好。不仅“阿罗哈”之声响遍夏威夷，连当地的航空公司也叫“阿罗哈航空公司”，飞机机身上刷着巨大的英文字母“Aloha”。大约受到夏威夷“阿罗哈”的启发，这里以“呀诺达”作为景区的名字。在呀诺达雨林文化旅游区里，经常可以看到穿着黎族服装的小伙子、姑娘雕像，笑盈盈地竖起V字手型，仿佛在呼喊“呀诺达”。

余先生说，呀诺达雨林文化旅游区是新建的大型景区，2008年2月2日才开始接待游客。由于这里离三亚只有30多公里，所以许多游客从三亚涌来，一睹热带雨林的奇特景象。很多人误以为呀诺达雨林文化旅游区是三亚的景区，其实这里是保亭县的地界。

令我感到奇怪的是，在呀诺达雨林文化旅游区附近，有一大片新盖的楼房。余先生告诉我，开发呀诺达雨林文化旅游区的并非政府，而是由北京春光集团投资。北京春光集团是实力雄厚的房地产公司，在开发呀诺达雨林文化旅游区的同时，依托热带雨林的绿色环境，设立“呀诺达•那香山房地产项目”，建设了大批高品位的商品房。

余先生强调说，很多房地产公司在海南建设小区时，往往给了一笔迁移费之后便“赶走”了那里的原住民，而北京春光集团则充分尊重这里的原住民，吸收他们成为呀诺达雨林文化旅游区的工作人员，使他们得以在家乡有了很好的新工作。这里原住民大都是黎族同胞。也正因为这样，原住民心情舒畅，工作热情高。我在景区见到任何一位身穿绿色工作服的工作人员，都向我摆动“V”型“招牌”手势，嘴里发出“呀诺达”之声。

余先生说，呀诺达雨林文化旅游区面积达45平方公里，正在一边开放，一边开发。这样可以把开放所得的资金，投入新项目地开发之中，实现滚动开发。呀诺达雨林文化旅游区是以现代理念进行有计划地开发。总的规划是“五谷丰登”，即开发雨林谷、梦幻谷、三道谷、蓝月谷、志妈谷。目前已经建成的是雨林谷和梦幻谷这两个景区。

在呀诺达雨林文化旅游区漫游，这里有峭壁悬崖、巨岩林立，有热带雨林、浓密森林，有清泉淙淙、飞瀑耀眼，有热带瓜果、山竹芒果，还有黎族歌舞，药膳美食……

身处呀诺达雨林文化旅游区，如临仙境，满目葱茏。我所住的小楼，阳台上空便是索道，不时有游客沿滑索而下，宛若一个个空中飞人。

万泉河水清又清

“万泉河水清又清，我编斗笠送红军……”

“我爱五指山，我爱万泉河……”

两首家喻户晓的歌，使万泉河也家喻户晓——虽说万泉河是海南岛第三大河，但是第一大河昌化河、第二大河南渡河的知名度都远不如万泉河。

五指山、万泉河，成了海南岛最具象征性的山与河。然而，游万泉河的旅客远远多于五指山的旅客。究其原因，是因为万泉河的交通远比五指山方便。

发源于五指山的万泉河，全长162公里。万泉河上游两岸峰峦起伏，河谷狭窄，水流湍急，不适合旅游。万泉河下游河面开阔，两岸椰林、蕉园茂密，是旅游的好地方。万泉河下游有81公里流经琼海市境内，而琼海市的交通便捷。

琼海市是仅次于海口和三亚的海南第三大城，处海南岛东部，南为万宁市，北连定安、屯昌县，东濒文昌清澜港。琼海处于海口至三亚的东线高速公路上，距海口86公里，距三亚163公里。不论是海口或者是三亚，都有直接驶往琼海的长途汽车。另外，琼海还是六条公路的交汇点，所以交通非常方便。

我是从海口乘长途汽车前往琼海的。只花了八十分钟，就到达琼海。

琼海给我的印象很不错。这是一座充满朝气的城市，道路宽广，屋宇整齐，商业街十分繁华。虽说二十来层的高楼在这里并不多见，但是大批五六层的新建公寓楼，外墙刷着米黄、浅红色彩，显得赏心悦目。这里，满街跑的出租车，是漆成下绿上白的桑塔纳。由于城市不算太大，出租车的起步价是五元。

琼海的历史相当悠久，在汉代属珠崖郡玳瑁县，在唐朝显庆五年（即公元660年）设乐会县。元代至元二十八年（即公元1219年），乐会县的西北部地区被划出，成立会同县。民国三年（即1914年）会同县易名琼东县。1958年12月经国务院批准，琼东、乐会、万宁三县合并为琼海县，县城为嘉积镇。1959年11月，万宁县又从琼海县单独析出，但琼海县一直沿用至今。1992年11月6日，经海南省政府同意并报国务院批准，撤销琼海县，设立琼海市。

琼海的特产除了嘉积鸭之外，还有琼脂、万泉河鲤鱼。

如今的琼海市，以“红”、“绿”、“蓝”三色立市，富有特色，使琼海的面目为之一新，成为海南发展最快的地区之一。

所谓“红”，就是红色娘子军。琼海是红色娘子军的发源地。琼海建设了相当规模的“红色娘子军纪念园”，集革命传统教育与旅游胜地于一身，吸引了众多的游客。

所谓“绿”，就是两岸浓绿的万泉河。万泉河流经琼海市区，成为琼海的母亲河。在河畔建立的公园、广场、景区，吸引了众多的旅游者。

所谓“蓝”，就是碧海环抱之中的博鳌。博鳌成为亚洲论坛的所在地，使琼海如虎添翼，吸引了世界的目光，不仅大批中国游客涌向琼海，“老外”们也期望前来琼海一游。

一进琼海市，便到处见到“嘉积鸭”（通常被简化写成“加积鸭”）。“嘉积鸭”是琼海的特产，跟文昌的“文昌鸡”齐名。不过，像我这样的外地人，一听“文昌鸡”就知道是文昌的特产，而初次听说“嘉积鸭”，怎么也无法跟琼海联系在一起。到了琼海，我就明白了，原来琼海市政府的所在地，叫做嘉积镇，所以这里的特色鸭便叫做“嘉积鸭”。只是嘉积镇的知名度不高，所以我最初并不知道“嘉积鸭”是琼海的特产。

嘉积镇始建于宋朝，距今已有七百多年的历史。传说宋代初年，有一个叫嘉积的商人在这里开店，引来其他商贩也在此地经商，于是形成了集市，取名“嘉积镇”。后来竟然发展成为海南第二大商埠。

据说，嘉积鸭有着150年以上饲养历史，主要采用笼养以及人工填喂的方式，养出的鸭皮薄肉嫩，骨头脆、肉味香。为了催肥鸭子，把鸭子从小就开始笼养，减少活动量，喂以淡水小鱼虾或蚯蚓、蟑螂。喂养到七十天左右，开始填肥，也就是“填鸭”，一天三次。所谓“填鸭”，就是把米

如椽大笔写下“万泉河”三个大字

万泉河边椰树成林

琼海市内的马路相当宽广

琼海市万泉河畔

饭、米糠、豆饼等通过机器绞碎，再揉成小团。喂食时，先抓起一只肥鸭，拉长其脖子，将小团饲料往其嘴里塞。经过二十多天的填肥，鸭子变得肉肥香嫩，就可以上市了，成了“嘉积鸭”。

在琼海市区西边，一条大河从南到北静静流淌，两岸椰树林立，河面游艇穿梭，这便是名闻遐迩的万泉河。

如今，在那一带万泉河沿岸，已经建起一大批色彩艳丽的别墅群，成为琼海市的高档住宅区。

我来到万泉河东岸，那里沿河已经开辟成的万泉河游览区，需要购买门票才能进入。

步入万泉河游览区，首先吸引我的眼球的是河中央的一个小岛——沙洲岛。在沙洲岛的北端，一个足球场那么大的地方被用水泥做成横放的黄卷，上竖一根如椽大笔（这支笔足以申请吉尼斯纪录），在黄卷上写出“万泉河”三个大字，每一个字都有半个篮球场那么大（远比“斗大的字”要大得多）。

如此渲染“万泉河”这三个字，岸边的一组浮雕，道出了“万泉河”这名字不平常的来历：

原来，万泉河本来叫“多水河”。多此河改名万泉河，跟元朝文宗皇帝有一段传奇故事。

元朝文宗皇帝图帖睦尔（1304~1332）是武宗皇帝的次子。武宗皇帝是在1323年称帝——泰定帝。武宗称帝之后，皇太子之位的争夺非常激烈。比图帖睦尔小16岁、根本不懂事的弟弟阿剌吉八被立为皇太子。不言而喻，图帖睦尔在宫廷之中遭到了排斥。1325年，21岁的图帖睦尔被贬，流放到海南定邑的多水河畔。

在海南定邑，官员们对图帖睦尔敬而远之，侧目而视，惟有当地绅士王官对他从不嫌弃，细心照顾。王官常陪二太子图帖睦尔泛舟多水河，排遣愁绪。王官还介绍一位名叫梅娘的美丽而贤惠的姑娘与二太子完婚。二太子虽身在异乡为异客，却心中温暖如春，称“此乃吾之第二故乡也”。

1328年7月，武宗皇帝去世。丞相拥立年仅八岁的皇太子阿刺吉八为帝，在1328年9月即位，称天顺帝。

然而，阿刺吉八只当了一个月的皇帝，便被签书枢密院事燕铁木儿用武力推翻。燕铁木儿拥立图帖睦尔为皇帝。

于是，图帖睦尔被召回京继承帝位。在即将离别多水河畔时，王官率领村民夹岸欢送，齐声高呼：“太子万全，一路万全。”

图帖睦尔感动万分，带着梅娘辞别海南众乡亲，乘船出海，一路“万全”到京都，当上了元朝新皇帝。

图帖睦尔没忘王官的救主之恩，登基之后的第三年，即1330年，下诏把原海南定邑县提升为南建州，敕封王官为知州，把“多水河”改名为“万泉河”，以此报答万泉河两岸的百姓送他“万全”的深情。

图帖睦尔死于1332年9月，在位四年，终年29岁。

在万泉河游览区，我见到沿河长长的码头，停泊着许多小船，以供载客游河或者漂流。万泉河的漂流，由烟园至会山乡，长约15公里，时间约三小时。漂流万泉河，既有穿越激流险滩的惊险 ，又有舒缓漫游时的轻松。两岸一片翠绿，令人心旷神怡。

追寻红色娘子军的脚印

一

我从海口乘长途汽车来到琼海市嘉积镇，一走出长途汽车站，便见到街心公园里矗立着一尊高大的花岗石雕像。

雕像是凝固的诗。这尊脚穿草鞋、肩背竹笠的红军女战士雕像，仿佛在按照行军步伐的节奏在唱出那嘹亮的军歌：

向前进，向前进，
战士的责任重，

妇女的冤仇深，
古有花木兰替父去从军，
今有娘子军扛枪为人民……

雕像连底座总高6.8米。底座正面的金色大字是胡耀邦的手笔：“红色娘子军”。

在底座背面，刻有如下文字：

红色娘子军即中国工农红军第二独立师女子特务连。1931年5月1日创建于乐会县第四区革命根据地。她们在中共琼崖特委领导下，出色地完成了保卫领导机关、宣传发动群众等项任务，并配合主力部队作战，在伏击沙帽岭、火攻文市炮楼、拔除阳江据点及马鞍岭阻击战中，不怕牺牲，英勇杀敌，为琼崖革命立下了不朽的功勋，斯为妇女解放运动之旗帜，海南人民之光荣，娘子军革命精神永存！

我在1993年来到琼海市的时候，就已经见到这座被列为“省级重点革命纪念建筑物保护单位”的红色娘子军雕像。不过，那时候还没有听说“红色娘子军纪念园”。

琼海，是红色娘子军的诞生地；红色娘子军，是琼海红色旅游最亮丽的风景线。正因为这样，琼海市政府加强了以红色娘子军为主题的红色旅游景点建设。园区占地达200亩的“红色娘子军纪念园”在2000年5月开园，从此那里成为琼海红色旅游的必游之处。

红色娘子军纪念园离琼海市中心十公里。我包了一辆出租车，出琼海市区，上了东线高速公路，然后在官塘离开东线高速公路，很快就见到“红色娘子军纪念园”高大的门楼。看得出，那“红色娘子军”五个字是胡耀邦手迹，而“纪念园”三个字则是新魏体的标准字。

在“红色娘子军纪念园”，见到许多金光闪闪的奖牌，表明“红色娘子军纪念园”开园以来，颇受好评：2001年，被中共中央宣传部评为“全国爱国主义教育示范基地”；2004年，被中共中央宣传部、民政部、文化部等评为“全国爱国主义教育示范基地先进单位”；2005年又被国家发改委、中共中央宣传部、国家旅游局、民政部等十三部委评为“全国红色旅游经典景区”，编入全国三十条红色旅游精品线名录。

进入“红色娘子军纪念园”，整个景区一片浓绿，热带风情的奇树异花满园，令人为之一爽。纪念园的布局井然有序，由和平广场、纪念广场、红色娘子军纪念馆、红色娘子军连部、娘子军歌舞表演、椰林寨、南霸天故居、旅游服务功能区等八大部分组成。一座座雕像、一个个场景，再现了红色娘子军当年的英姿和辉煌。

一进“红色娘子军纪念园”，首先见到的是和平广场。那里矗立着一座大型雕塑，在写着“娘子军”的草帽以及一只军号之上，是一只巨大的和平鸽。和平广场祈福人类永久和平。

和平广场之后是纪念广场，那里的中心是一尊红色娘子军意气风发的雕像。雕像之后，则是红色娘子军纪念馆。纪念馆是整个纪念园的核心，那里展出红色娘子军的战斗历程与光辉业绩。

至于红色娘子军连部和南霸天故居，则是再现与红色娘子军相关的场景。南霸天故居里有两间水牢，当年用来关押红色娘子军战士。

在纪念园，我看得最仔细的是红色娘子军纪念馆，这里陈列的许多照片、实物，形象地勾勒出红色娘子军不平凡的历史。

对于红色娘子军来说，1931年5月1日是历史性的日子。这一天，中国工农红军第二独立师女子军特务连在琼海乐会召开成立大会，特务连连长庞琼花接过红三团团长王天骏授予的连旗，一百多名女战士在军号声中接受检阅。从此，中国工农红军中一支不平常的队伍诞生了。

在红色娘子军纪念馆，我的目光聚焦在一位名叫冯增敏的女战士身上，她是电影《红色娘子军》中主角吴琼花的原型。

冯增敏的生平是这样的：

> 1931年5月1日参加红军第二独立师女子军特务连，任第一排排长。1932年春天任女子军特务连第一连连长。1932年冬被国民党军队逮捕入狱，1937年冬出狱。之后继续参加革命活动，1945年加入中国共产党。解放后，她曾任琼海县妇联会主任等职。1960年参加全国民兵大会，获赠一支半自动步枪。在文革中遭诬陷，1971年去世，1979年平反。

我见到冯增敏在狱中的照片，在八位被捕的红色娘子军战士中，作为连长的冯增敏站在中央，脸色凝重，眉宇间透出坚定而顽强的神色。

我还见到冯增敏的女儿庞学雅捧着母亲遗像讲述母亲冯增敏革命一生的照片。

冯增敏是红色娘子军的杰出代表。然而，她又是怎样化为电影《红色娘子军》中的艺术形象琼花呢？

红色娘子军纪念园和平广场的雕像，那和平鸽上停满了和平鸽

红色娘子军如今在中国几乎妇孺皆知。这除了红色娘子军本身的革命经历和传奇色彩之外，还必须提及四个人，那就是：刘文韶、梁信、谢晋、祝希娟。

红色娘子军在1930年夏成立之后，遭遇敌人的大规模“围剿”，这支连队于1932年冬被迫宣告解散，并分散隐蔽了下来，很多年不为人所知。

第一个从浩瀚的史料中发现红色娘子军的，是刘文韶。刘文韶生于1934年，在1948年3月参军入伍，1950年参加渡海作战解放海南岛，此后在海南工作生活了十年，后任《红旗》杂志驻深圳记者站站长、深圳市委政策研究室主任、深圳市委副秘书长。

刘文韶回忆说：1956年，在海南工作的我有一天我从一本油印的讲琼崖纵队战史的小册子中，见到这样一句话：“在中国工农红军琼崖独立师师部属下有一个女兵连，全连有120人。”这句话给了我很大的震撼，因为在中国工农红军的历史上，建制完整的女兵战斗连队，过去还很少听说过。我觉得这是一个重大题材。

刘文韶来到乐会县，听说县妇联主任冯增敏是个老红军，或许她能提供一些线索。他找到了冯增敏，说想找当年女兵连的人。她一听就笑了，说：“我就是女兵连的人。”我赶紧追问：“你当时担任什么职务？”她平静地说："女兵连连长。"

就这样，刘文韶采访了冯增敏以及许多女兵连战士，写成三万多字的报告文学。他第一次提出了"红色娘子军"这一名字。他说，"我考虑到中国历史上从花木兰到杨家将，一直以来就有娘子军的说法，所以我觉得应该叫娘子军，这显得非常响亮、威武。为了区别于以前的娘子军，更好地说明这支部队是在中国共产党领导下的，我就在娘子军前加了'红色'两个字。最后我把报告文学的标题定为《红色娘子军》。"

刘文韶的报告文学《红色娘子军》发表在1957年8月号的《解放军文艺》上，社会反响强烈。上海文艺出版社出版了单行本《红色娘子军》，《中国青年》等杂志全文转载。这是"红色娘子军"第一次引起广泛注意。

也是在1957年，广州中南军区创作研究室专业作家梁信被打成"右派分子"，并被勒令转业。在这极其痛苦的日子里，他前往海南，以红色娘子军为题材创作了电影剧本《女奴翻身记》，后来叫《琼岛英雄花》。也许他当时头上戴着"右派分子"帽子的缘故，剧本没有被电影厂接受。

两年之后，梁信突然收到上海天马电影厂导演谢晋的来信，说是看了剧本《琼岛英雄花》，非常喜欢，决定把它拍成电影，并请梁信到上海面谈。梁信喜出望外，赶到上海，与谢晋一起对剧本作了一些修改，并把片名定为《红色娘子军》。

谢晋着手筹拍《红色娘子军》，为女主角吴琼花的演员人选发愁，因为梁信在剧本中写的吴琼花有一双"火辣辣的大眼睛"。就在谢晋一筹莫展的时候，"得来全不费功夫"：有一天，他因事来到上海戏剧学院，路

作者第二次访问红色娘子军纪念园

红色娘子军英姿

过一间教室时，见到一个女生正在与一个男生激烈争吵。这个女生浓眉大眼，有着一双“火辣辣的大眼睛”。此人便是祝希娟，谢晋大胆起用这个在当时毫无名气的女生担任女一号，而祝希娟也全心全意投入创作，尽心尽力演好吴琼花这一角色。

电影《红色娘子军》一炮走红，荣获1962年首届《大众电影》百花奖最佳故事片、最佳导演、最佳女演员、最佳男配角奖。

在“红色娘子军纪念园”，我见到祝希娟来到琼海受到热烈欢迎的照片。

电影产生了巨大的影响。“向前进，向前进……”的歌声响遍全国各个角落。红色娘子军从此广为人知。

此后，芭蕾舞《红色娘子军》和京剧《红色娘子军》继续推波助澜，使“红色娘子军”这支鲜为人知的连队红遍全中国。

从此，众多慕名而来的游客涌向红色娘子军的故乡——琼海。

琼海在兴建“红色娘子军纪念园”之后，如今又在琼海市阳江镇兴建更大规模的“红色娘子军历史文化遗址景区”，规划中景点包括红色文化遗址广场、娘子军原始野外生存区、休闲度假村、热带观光果园以及商业旅游购物街，据说总投资为1.8亿元人民币。

看来，琼海要做足旅游文章：红色——红色娘子军，蓝色——博鳌亚洲论坛，绿色——万泉河漂流，形成了琼海旅游的“金三角”。

宋庆龄的家乡——文昌

到海南旅游的人，去文昌的人并不多。这倒不是因为文昌不值得一游，主要的原因是文昌不在海口到三亚的东线高速公路上。海南的旅游团安排的必游之地是海口与三亚，而其他的旅游景点几乎集中在海口至三亚途中，诸如博鳌、琼海的万泉河和红色娘子军纪念园。这样，就把文昌“撂”在了一边。

文昌地处海南岛的东北角，东、南、北三面临海。从海口去文昌，要走海文公路。我从海口乘长途汽车前往文昌，由于海文公路只有一段是高速公路，所以花了一个多小时，这才到达文昌的文城镇。位于文昌河畔文城镇，距海口63公里，是文昌市政治、经济、文化、交通中心。

其实，文昌是海南不多的古城，有深厚的文化底蕴，很值得一游。据考证，在汉武帝元封元年，即公元前110年，文昌已经建城，至今已有2 100多年的历史。文昌古称紫贝县，之后三易其名。在唐贞观元年，即公元627年，才改为文昌县，取义于“偃武修文”。古时候，文昌号称“一里三进士”，文曲星高照文昌城。1995年，撤县建市，称文昌市。

我曾两度来到文昌。一到那里，总是直奔地标式的景点——文昌公园。这是一个历史悠久的公园，进门处仿佛是一个横卧的“日“字，两边是两个长方形的湖，中间是通道，通道上矗立着“文昌公园”门楼。湖的这边是一棵棵粗大的榕树，长长的榕须像姑娘的长发从树上直垂湖面。湖的那边则是一大排高大的椰树，迎风摇曳，把婆娑起舞的影子倒映在湖面上。

文昌公园里有着造型典雅的纪念亭，亭里有民国时期李宗仁、林森、于佑任、冯玉祥、张学良、白崇禧、孙科、陈立夫、陈果夫、孔祥熙、邵力子等33位高级显要的亲笔题字、题词。

在文昌公园里，有一座又高又大的公鸡彩雕。文昌人这么推崇鸡，是因为文昌鸡与嘉积鸭、和乐蟹、东山羊并称为海南四大特产。文昌鸡肉嫩味鲜，是文昌人的最爱。文昌鸡是一种优质育肥鸡，据传最早出自文昌潭牛镇天赐村，此村盛长榕树，树籽富含营养，家鸡啄食，体质极佳。文昌鸡的特点是个体不大，毛色鲜艳，翅短脚矮，身圆股平，皮薄滑爽，肉质肥美。海南人吃文昌鸡，传统的吃法是白斩，最能体现文昌鸡鲜美嫩滑的

在文昌街头矗立着高大的鸡的雕塑

始建于北宋庆历年间的孔庙，是文昌“文运昌盛”的象征

中国的孔庙不少，但是椰子树下的孔庙恐怕惟有文昌

原质原味。同时配以鸡油鸡汤精煮的米饭，海南人称之为“鸡饭”。我的妻子平时不大吃鸡，但是来到海南，喜欢吃文昌鸡，甚至每年从海南回上海的时候，还要买真空包装的文昌鸡带回上海。

文昌公园前是文城镇的主干道。往日，文城镇只这么一条街，人称“扁担街”，意思是说，像一根扁担那样挑起全城。今非昔比，如今文城镇扩大了，有着“三纵十三横”。即便如此，文昌公园仍是全城的中心。如今，在文昌公园四周，商场、饭店、旅馆云集，成为全城最繁华、最热闹的地段。

文昌公园敞开大门，游人络绎不绝，而文昌公园斜对过，却是一个收门票的景点。那便是始建于北宋庆历年间的孔庙。走过高高的孔庙门楼之后，迎面就是一片桔黄色的高墙。一座金光闪闪的“先师孔子行教”塑像，矗立于用青石筑成的棂星门后面，面对一座同样用青石建造的状元桥。然而，在状元桥两侧，是两棵挺拔的椰子树。在全国各地，孔庙比比皆是，然而椰子树下的孔庙，却惟有文昌。这座孔庙规模宏大，大成殿内，皇帝玺印、匾额、祭器一应俱全。

孔庙是文昌“文运昌盛”的象征。在椰子树下苦读，文昌曾经出了许多状元、进士。学而优则仕，文昌成为当年的官吏“输出县”。

进入20世纪，文昌则成了华侨“输出县”。文昌三面临海，文昌人大批涌到海外。我注意到一个数字，文昌市的人口只有50多万，但文昌籍华侨分布在全球100多个国家和地区，人数达到130万，相当于文昌现有人口的两倍多！正因为这样，文昌有着“华侨之乡”的称号。另外，还有60万左右的文昌人，在文昌市以外的全国各地工作。这130万加上60万，是文昌发展的巨大潜力。

在文昌众多的华侨之中，宋庆龄的父亲宋耀如先生便是其中杰出的代表。

我寻访文昌的宋氏祖居。宋氏祖居给我的第一印象，那就是偏僻。宋氏祖居不在文昌的中心城镇文城，却是离文城有20多公里的小镇——昌洒镇。从文城到铺前镇的铺文公路（途经昌洒）旁，我见到写着“宋氏祖居”的高大门楼，误以为宋氏祖居就在那里。其实，那门楼只起着路标的作用，便于前往宋氏祖居的旅客找到通往那里的一条简易公路。从那里到宋氏祖居，还有三公里多的路程，这才到达古路园村——宋氏祖居所在地。我不由得感叹，今日在公路相当发达的海南岛，前往宋氏祖居仍是那般颇费周折，当年宋耀如先生能够在这样的穷乡僻壤出去，远渡重洋前往异国他乡拼搏，谈何容易！

宋氏家族，尤其是宋庆龄，成了海南的骄傲、文昌的骄傲。我来到古路园村，见到三座汉白玉雕像——宋耀如、宋庆龄和孙中山。这里还兴建了黄色琉璃瓦屋顶、白色墙壁的四合院——宋庆龄纪念馆，四周栽种了名花异树，形成一座宋庆龄植物园，使整个环境都变得非常优美。

我从宋庆龄纪念馆来到宋氏祖居，那里比宋庆龄纪念馆小得多。这是一幢农家宅院，由两间正屋、两间横屋、两间门楼和院墙组成，每间房间都不大，整个建筑面积为198平方米。宋庆龄的高祖、曾祖和祖父三代都居于此地，宋庆龄的父亲宋耀如于1861年在这祖居里诞生。

如今的宋氏祖居是1985年在原址用青砖重建的。宋氏祖居原屋因简陋曾在此前被台风吹坍。据说，文昌县的农舍一般有九至十二根房梁，而宋家祖宅只有四根房梁，足见宋家的家境在当地算是贫寒的。

在细细参观宋氏祖居时，我得知，这宋氏祖居在当地被称为“韩氏祖居”，这是因为宋庆龄的父亲宋耀如本姓韩，原名教准。祖居里有一张

宋庆龄的父亲宋耀如出生在这间屋子里

宋庆龄纪念馆里矗立着孙中山塑像

宋氏祖居大门口的牌楼

文昌的宋氏祖居全貌，用青砖砌成的房子相当精致

"韩氏近代亲缘图"，非常详细地介绍了韩氏的身世。

原来，韩氏祖籍河南安阳。南宋宁宗年间，即公元1197年，韩氏先祖韩显卿为躲避北方战乱，南下渡海，移居海南岛文昌罗豆乌坡村。清朝嘉庆年间，宋庆龄的高祖父韩仁循定居现在的昌洒镇古路园村，曾祖父韩锦彝和祖父韩鸿翼三代世居在这里。

宋庆龄的祖父韩鸿翼和韩王氏生有三子一女：政准、教准、致准、怀三。其中第三子和女儿均在古路园村生活，而长子韩政准在19岁前往马来西亚，靠养鸡为生，因贫困，终生未娶，82岁时病故于马来西亚。次子韩教准在九岁时随长兄一起到爪哇谋生。12岁时，韩教准遇到在美国波士顿做丝绸茶叶生意的姓宋的堂舅（即二婶的弟弟），过继给他，从此改名宋高升，前往美国。

此后，宋高升在美国成为牧师，改名查理•琼斯•宋。1886年，他奉派到上海传教，改名宋耀如，字嘉树。翌年，他与留美学生温秉忠的妻妹倪桂珍结婚。通常，人们只知宋耀如和倪桂珍的三女一子，即长女宋蔼龄、次女宋庆龄、三女宋美龄和长子宋子文。其实，他们共有三女三子，另外二子为次子宋子良，三子宋子安。他的子女都先后去美国留学，受到良好的教育。

1894年初春，宋耀如结识了孙中山，成为孙中山的挚友，投身革命。此后，宋氏三姐妹分别成为孙中山夫人、蒋介石夫人、孔祥熙夫人，宋子文也成为国民政府财政部长。于是，宋氏家族名声大振。

走访文昌的宋氏祖居，使我得以追寻宋氏家族之根，从文昌的普通农民到闯荡美利坚，从姓韩到姓宋……

我从宋氏祖居返回文昌，在文昌长途汽车站见到醒目的大字标语："未来航天之乡文昌欢迎您！"

经国务院、中央军委批准，将在文昌建设新一代运载火箭基地。文昌成为中国的"未来航天之乡"，给这座海南古城注入了新鲜活力。据新华社报道："我国的新一代运载火箭基地有望在2012年在文昌建成使用。而在文昌航天基地建成后，将会逐渐取代西昌发射基地的地位，成为商用和军用双重身份的新一代发射基地。文昌航天基地将会成为统领全国卫星发射基地的中心基地。海南文昌卫星发射基地占地约20平方公里，将包括一个火箭装配厂、一个指挥中心和一个'太空主题科学公园'。文昌航天主题公园规划中有多处观景点，并专门设置海上观景平台。至2020年，规划区人口将达到2.1万人，火箭发射日最高接待1.2万人。"

在文昌建设发射场，可以利用文昌纬度低的优势，提高地球同步轨道卫星运载能力，延长卫星使用寿命，同时有利于优化我国航天发射场布局，提高我国航天发射综合能力。

不言而喻，文昌这"未来航天之乡"的未来，将是无比灿烂的。

美丽的三沙

依据海南省政府办公厅提供的电话号码，我在海口给"西沙工委"打电话。我以为那是海口市内电话，谁知对方告诉我，他在千里之外的西沙群岛的永兴岛上接电话。原来，海南省的电话只有一个区号，因此在海南给省内任何一个地方打电话，都是“市内电话”。

“西沙工委”是“海南省西沙群岛、南沙群岛、中沙群岛工作委员会”的简称。西沙工委的朋友告诉我，这几天海上风浪很大，正准备返回海口办事的他，在永兴岛上已经等候了好几天，看来还得等几天。他给我留了“西沙工委”海口办事处的电话号码，相约在海口见面。

过了将近一个星期，我来到了“西沙工委”海口办事处。我原本希望前往西沙群岛采访，但是由于那里属于海防第一线，而且交通甚不方便，只得取消西沙之行。“西沙工委”宣传科提供了他们拍摄的西沙图片，并跟我聊起了西沙的情况……

“西沙工委”的朋友告诉我，他们来来往往西沙，是从海南文昌市清澜港出发。文昌市是西沙的陆地供给平台。大约每隔二十来天，补给船“琼沙2号”要往返一次，他们就是乘坐“琼沙2号”往返的。通常，乘“琼沙2号”从文昌到西沙永兴岛，大约十五小时。

永兴岛是西沙群岛中最大的岛屿，面积约两平方公里。西沙工委就设在永兴岛上。他们那幢三层白色办公楼，楼的中央挂着中华人民共和国国徽，楼前飘扬着五星红旗。这幢有着半圆形屋顶的白色大楼，是永兴岛上的标志性建筑。

在“西沙工委”的办公楼前，矗立着“西沙精神碑”，上面写着：“爱国爱岛，无私奉献，艰苦奋斗，常备不懈，团结创新，乐守天涯。”这24个字，就是西沙人精神面貌的写照。

西沙群岛位于海南岛东南约180海里处，与东沙、中沙、南沙群岛合称南海的四大群岛。

在湛蓝的南海，西沙群岛从东北向西南伸展，由32座岛屿、八座环礁、一座台礁和一座独立的暗礁组成。这些岛屿，主要是由珊瑚礁组成。西沙群岛又分为两大群岛，即东面的宣德群岛和西面的永乐群岛。宣德群岛由北岛、石岛和永兴岛等岛屿组成；永乐群岛由金银、中建、珊瑚等岛屿组成。

“西沙工委”的朋友说，如今的永兴岛，简直成了一座热带植物园。特别是岛上有一大片椰子林，被叫做“将军林”，是许多领导同志在这里亲手种下的。

永兴岛上建有一个军用机场。从海口飞到永兴岛，大约为一小时。对于永兴岛来说，这机场有着特殊的作用：西沙群岛雨量充沛，每当下雨的时候，雨水沿着跑道流进地下水库，成了永兴岛上淡水的来源之一。

永兴岛由于远离大陆，没有江河的污染，四周的海水清澈透明，可以见到四十米深处。

永兴岛人非常注意环境保护。那里的废弃塑料等垃圾，要装上“琼沙2号”，运到文昌进行处理。

在永兴岛的西南方约五海里，有七个大小不一的岛屿，叫做“七连屿”。这七个小岛，全部都是由洁白的珊瑚沙组成。岛上有许多海鸟，海滩上到处可见鸟蛋。驻岛的中国人民解放军战士不捡一枚鸟蛋，与海鸟友好、和谐相处。

永兴岛上那幢白色的大楼，是“海南省西沙群岛、南沙群岛、中沙群岛工作委员会”的所在地，这就表明，海南省对于南沙群岛和中沙群岛的行政机构，也设在永兴岛。

南沙群岛是南海四大群岛之中最南端的群岛，也是中国的最南端。南沙群岛由550多个岛、洲、礁、沙、滩组成，但露出海面的约占五分之一。南海群岛是南海四大群岛中岛礁最多、散布范围最广的一群椭圆形珊瑚礁群。

南海群岛南北长500多海里，东西宽400多海里，水域面积约82万平方公里，约占南中国海传统海域面积的五分之二。周边自西、南、东依次毗邻越南、印度尼西亚、马来西亚、文莱和菲律宾。目前，中华人民共和国在南沙群岛的七座岛屿上驻军，即永暑礁、赤瓜礁、东门礁、南薰礁、渚碧礁、华阳礁和美济礁。

南沙群岛属热带海洋性季风气候，月平均温度在25℃~29℃之间。这里一片热带景象，植物茂密，鱼类众多。

南沙群岛具有重要的战略意义：

一是南沙群岛扼太平洋至印度洋海上交通要冲，乃东亚通往南亚、中东、非洲、欧洲必经的国际重要航道。南沙也是中国的海上南大门，中国通往国外的39条航线之中，有21条通过南沙群岛海域。

二是近年来发现，南沙群岛的油气资源极为丰富，地质储量约为350亿吨，有“第二个波斯湾”之称，主要分布在曾母暗沙、万安西和北乐滩等处，仅曾母暗沙盆地的油气质储量就有126至137亿吨。

中沙群岛很有意思，在海面上几乎看不到的！

这是为什么呢？

因为这是一群隐伏在水中的暗沙群，距离海面约10~26米，只有黄岩岛南面露出了水面。也就是说，中沙群岛是中华人民共和国的一片水下领土！

中沙群岛包括中沙大环礁、神狐暗沙、一统暗沙、宪法暗沙、中南暗沙以及黄岩岛等。这些暗沙虽说隐藏于海面之下，但是由于那里的海水透明度极高，因此还是很容易“看”到：凡是暗沙所在的海区，海水为微绿色，而深海则呈碧蓝色，一眼就能分辨出来。

其中不同于众的是黄岩岛，是中沙群岛中唯一露出水面的环礁，高出海面约1.8米。然而，黄岩岛四周，是深度达四千米的深海。黄岩岛如同一座珊瑚岩柱，从深海直耸海面，露出于海面之上。

中沙群岛没有居民，可以算是“无人区”，可是却有很重要的意义：其一，这里是从中国的广州、香港、上海、台湾以及日本等到新加坡的航线经过之处；其二，这里鱼类资源丰富，素以出产海参、龙虾等珍贵海产品而著称，且产量极高，是很好的渔场；其三，这里位于热带中部，是我国南海台风的发源地。

2012年6月21日，国务院批准撤销海南省西沙群岛、南沙群岛、中沙群岛办事处，设立地级三沙市。三沙市是海南省第三个地级市，下辖西沙群岛、南沙群岛、中沙群岛的岛礁及其海域，是中国纬度最南端的城市。三沙市人民政府驻地为永兴岛。2012年7月24日，三沙市人民政府正式挂牌成立。

怀念椰风艳阳时

在三亚的时候，我穿T恤；到了海口，穿长袖衬衫；到了广州，加了件马甲；返回上海，一出机场，便见到行人裹着厚厚的滑雪衫在寒风中步履匆匆。回到小区，路过物业办公室，见到经理小姐正伸着纤手在红外线取暖灯前烘烤着……这便是春节之后回沪时我经历的“温差历程”。

我不畏寒。我在上海度过40多个严冬，不戴帽，也从不围围巾。考虑到在台北出生的小孙女习惯于温暖的气候，我的长媳是台湾人也向来怕冷，于是一改在上海团聚的往年惯例，连续两年的春节都在海南过年。做过台湾电视台旅游节目主持人的长媳，曾经随摄制组到过中国大陆许多地方，却没有去过海南岛，听说那里比台湾还暖和，格外她高兴。

我和妻在海口美兰机场迎接长子一家。那天气温高达28℃。长媳出了机场，见到公路两侧的椰子树在艳阳下随风婆娑摇曳，说道：“哇，想不到海南岛如此美丽，如此温暖。”

在三亚，我们过的不是“春”节，而是提前进入夏日。由于五指山挡住了从大陆南下的冷空气，使三亚的严冬如同盛夏。

作者一家在亚龙湾喜来登用中餐

追逐——作者的长子与孙女在亚龙湾

记得，长子一家从台北来上海看望我们，小孙女外出时不得不里三层、外三层裹得严严实实，还戴上绒帽、手套。这一回来到海南，截然不同。海南岛四周环海，到处是海滩，在那里我们每天都与大海亲密接触。在海滨柔软如毯的沙滩上，只穿单衣单裤的小孙女，追逐着赤了双脚在奔跑的父母，活泼得像只展翅初飞的小鸟。

我成了“追星族”，拿着数码相机跟摄到处奔跑的小孙女，抓拍动态中的可爱瞬间。长媳笑道，在海南岛的那些日子里，我的小孙女成了“专业”的摄影模特。那里大海碧蓝、沙滩淡黄、草地氤氲翠绿，一身红装的小孙女在色彩鲜明的背景衬托下格外艳丽。逆光时，海浪泛着粼粼银光，椰子树和人成了黑色的剪影，那照片也别具一格。每天晚上，当我把数码照片输入手提电脑，大家的目光聚焦在屏幕上的一帧帧照片，评头论足，回味白天在椰林中、在海滩上的欢愉。根据“评审”意见，我把最佳照片用E-mail发给在美国的次子一家，让他们也分享海南岛的迷人风光。

夜间，收看中央电视台的天气预报节目时，听到播音员报出一连串的零下多少度的时候，倍感地处祖国最南端的海南岛的强烈温差。在寒潮频频横扫中原之际，海南充分显示了独特的魅力。

回到上海，我把海南之行的几千张数码照片在电脑中加以筛选、分类。当我在紧张的写作之余，翻看这些海南风光照片，无限怀念海南椰风艳阳时。

亲历海南空中春运

“三六九，往外走”。我选择大年初六离沪飞往海口。我想，春运已经接近尾声，空中不会像乘火车那么拥挤，何况这时只是出海南岛的人多，进岛的人少。

果真，飞机从浦东机场提前10分钟起飞，这似乎表明我选择在这时候进岛是“正确”的，尽管我在机舱里环顾四周座无虚席。

起飞时上海下着小雨。飞上万米高空，舷窗外斜拉的雨丝消失，蓝天白云，令人精神为之一爽。不过，江南一大片雨区，所以从飞机上俯瞰，满眼是茫茫云海。进入广东之后，天气转晴，能够看见绿色的山峦。飞机只飞了两个半小时就到达海口上空。我庆幸飞机能够提早到达。就在这时，机上广播传出意外的消息：由于海口机场繁忙，无法降落，要在空中盘旋1小时才能降落！我去海口那么多次，还是头一回碰到这样的情况——哦，我遭遇了空中春运高峰。

1小时之后，客机终于降落在海口美兰机场，可是这时发生新的情况：所有空桥全部爆满。飞机兜了一个圈子，在机场的一个角落停了下来。但是接客巴士太忙碌。我们在飞机上坐等45分钟，这才终于来了2辆接客巴士。

机场阳光灿烂，气温比上海高出十几度，当地人通常只穿一件衬衫，也有的穿短袖T恤。下了飞机，看见候机楼前站了黑压压一大群旅客，这才得知，今天三亚大雾，很多三亚的航班在海口下降，那些去三亚的旅客在机场等待天气消息。

到了候机楼，到处都是人。我注意到新增了一大排“更衣室”，这是别的机场所没有的。因为这里气候暖和，那些戴皮帽、穿皮大衣的旅客到了这里大汗淋漓，第一件事就是更衣。

我来到2号行李台取行李，在传送带四周挤满了人，原来郑州、深圳的航班跟我们的航班的行李都在这里，三个航班差不多同时到达，行李混杂在一起，怎不拥挤。我看见传送带上有很多装着高尔夫球杆的行囊，显然海南的高尔夫球场吸引了休闲的人群。由于旅客太多，行李车居然成了奇货。我等了半小时，总算拿到行李。由于没有行李车，我与妻推着箱子（所幸箱子都有轮子）往外走，在出口处看到里三层、外三层都是接客者，一大片高高低低接客的牌子，因为那么多航班到达，接客者怎么不多?

好不容易冲出满是人群的大厅，出了大门。又一道难题摆在面前，由于春运期间旅客太多，出租车不够用，等车的旅客排起长龙。终于等到一辆车，坐好之后，司机却说“对不起，还要叫一位客人”。没办法，他转身拉了一位从厦门来的旅客坐进车，为的是多赚一份辛苦钱。在春运高峰之中，能够多带走一位旅客也好，我也就同意了。

往年春运，只是火车站人挤人。如今乘坐飞机对于中国人来说，已经不再是阳春白雪，所以我目击了机场爆棚的盛况。

轿车开动了。又见笔挺的椰子树，倍感亲切。这时一轮落日西坠，又红又圆，映红半片天空。

那位厦门旅客告诉我，他也是在飞机落地之后，在机舱里等待了1小时才来了接驳班车。我问，你那班飞机上旅客多不多?他回答说，全满。

司机说，今天还算好，过年前到海南的旅客更多，飞机票不仅一票难求，而且都是全价票。即便如此，从全国各地，尤其是东北地区，往往“全家买全价票”到海南，迎接这里早来的春天。

下车之后，我在一家餐厅就餐，四座响着天南地北的口音。我的邻座的小伙子是当地人，只穿一件短袖T恤，而我虽然已经脱掉了大衣，却仍穿着毛衣、毛背心以及外套，跟小伙子“相差甚远”。

自2011年4月起，国家在海南实行离岛免税政策，在海口和三亚建免税商场，对乘飞机离开海南的旅客实行限次、限值、限量和限品种实行免进口税购物，吸引了众多的旅游者。自2011年11月起，财政部对离岛免税政策作出调整，每人每次限额从5 000元调整至8 000元人民币，同时增加了美容及保健器材、餐具及厨房用品、玩具等三类免税商品品种。据报道，自从离岛免税政策实施以来，截至2013年2月底，海南免税品销售额达42亿元人民币，日均销售620万元人民币，人均购物2 300元人民币，对海南岛的旅游带动效应明显。

香港印象

香港一角

过关之际

一次又一次去香港。

除了从上海直飞香港之外，我有好几次是从深圳到香港，大都从罗湖过境。深圳的罗湖桥，具有颇高的知名度。罗湖桥在深圳闹市区。远远望去，一幢类似于古代城门外形、紫白两色相间的大楼，写着“罗湖口岸”四个金字。每天，成千上万的旅客往返于这座著名的“南大门”。特别是在春节或者中秋节时，人流如潮水般涌过这里。

过了中国海关之后，上了港方汽车，载着我们过深圳河——深圳和香港之间，以一条不宽的深圳河为界。

从罗湖桥经过时，我注意到，其实这只是一座很普通的桥。桥旁有一幅巨大的宣传画，画着五星红旗和香港特别行政区区徽，写着一行字：“香港明天会更好。”

我注意到，港方的汽车上，司机的座位在右前方，与内地正相反。汽车靠左行驶，即所谓“左上右下”，与内地也正相反。

深圳河中，横贯着几道铁丝网。显然，那是为了防止偷渡。

出现在眼前的路标，一律中英文对照。中文则为繁体汉字。

汽车过了深圳河，就到了香港海关。在过关时，我注意到，那里的工作人员佩着的胸章上，不仅写着工号，而且写明姓名。后来，每一回乘“的士”，我见到车内插着的卡片上，也不仅写着工号，而且写着姓名——在内地，往往只写工号，不写姓名。其实，工号是一连串的数字，难于记忆，只有姓名才便于记忆。公开了姓名，也就使工作人员、司机的工作时时处于群众的监督之下。

香港的海关，可以说是一“晃”而过，几乎没有留下什么印象。因为他们只用仪器查毒品而已，所以一下子就能迅速过关。

皇岗是个新的边关，过境的旅客没有罗湖那么多。有几次，我从皇岗进入香港。我和一批旅客一起拖着带轮子的箱子，前往边卡。漫长的水泥走廊上，顿时发出一片橐橐之声。

来到边卡正值中午，工作人员休息。我步入皇岗边卡大厅，见到迎面一个牌子，标明左边是持护照、通行证的通道，右边则是持回乡证的通道。回乡证，是指香港居民回乡所持证件。回乡证通道，又分有电脑码(即条形码)和无电脑码通道。此外，还有台湾同胞专用通道。

乘中午休息，我跟一位值班的边防战士聊了起来。他告诉我，这里过关有两个高峰：一是早上7时半至8时，二是下午4时至5时。这是因为许多人往返于深圳与香港之间，深圳人去香港办事，香港人到深圳游玩，当天来回，早出晚归。一般上午10时之后，过关的旅客就明显减少了。所以工作人员们在中午11点3刻开始休息，到吃完中饭，下午1时光景开始上班。据告，皇岗每天过往旅客大约五六千人。眼下因春节迫近，过往旅客明显增加。到了春节前夕，过关旅客则如潮水一般涌来。

午休过去了，工作人员们开始上班。我们在过关前，领到一张表，把随身所带的照相机、录音机、录像机等加以登记，以便回来进关时不必作为在境外所购物品而加税。

我去香港，因为要做些采访工作，所以带着照相机和录音机。我如实地填在表上，海关人员一看就笑了，说道：“你所带的两只照相机，录音机，不属登记范围。”如此这般，我什么都不用登记，倒也省事。

过关要过两重关，即深圳海关和香港海关。双方检查的重点，是武器和毒品。我身边无武器，也无毒品，所以那些检查与我无干。

过深圳海关时，我看得出，有些人神色紧张。有人悄悄说，倒霉，中午过关人少，一定查得很严。不过，深圳海关并没有对旅客“人人过关”，却是实行抽查，十个人中查一个。我本“问心无愧”，何况又未曾被抽查，所以顺利过关。我注意到，一位女士被抽查，她动作敏捷地把自己的一件行李交给了未遭抽查的先生，也就使那件行李过了“关”！我猜想，那件行李里必定有“玄机”……

从皇岗过关，乘巴士前往香港市区。从罗湖过关，则更方便，可以乘电气化列车直达九龙。这电气化列车，在1983年建成，全线通车，成为联系香港和深圳之间的纽带。高峰时，每三分钟就有一班。通常，十来分钟一班。车厢宽敞明亮，设有空调，很舒服，而且行驶速度很快。

感受香港

我在离开上海前往香港之前，住在北京香山饭店。北京刚刚纷纷扬扬地下了一场鹅毛大雪。位于北京西北郊山中的香山饭店，四周一片皑皑白雪，气温骤降到−10℃。

我来到香港，据告遇上了一年中最冷的一天，气温为10℃，这不禁使我哑然失笑！

除了那“一年中最冷的一天”之外，香港的气温大都在18℃上下。中午，有时气温达20℃，比北京屋里的暖气温度还高。所以，我在香港所拍的照片，不少是穿一件长袖衬衫、系一根领带。

有一回正好相反，我从香港前往北京。我在香港只穿一件衬衫。到了北京，气温一下子降到零下，我不得不穿上了厚厚的皮夹克。

香港是个岛，处于宝蓝色的海水包围之中，平日空气中饱含水分。可是，隆冬时节，却颇为干燥，晚间洗的衣服，清早就干了。据香港朋友说，在春雨绵绵的日子里，洗了的衣服三四天不干，是常有的事。

与冰天雪地的北京成鲜明对照的是，这里青草如茵，绿树婆娑。漫步公园、海滨，槟榔树随风摇曳，一片春意。

香港没有下过雪。最冷的时候，有的香港人去爬位于荃湾的香港最高峰——大帽山，为的是那时在峰顶气温可能降到零下，可以见到结霜！

香港人口在不断增加：

1841年，当英国海军陆战队登陆香港岛时，岛上居民不过四千多人。

1982年，当中英开始就香港问题进行谈判时，香港为五百多万人。1997年，香港回归时的人口为614万人。2011年6月底，香港居住人口有707万人。

香港人口增长如此之快，主要是移民甚多。现在，香港人口密度已是很高了，有人满为患之感。

香港人讲粤语。香港市民很多不会讲普通话。打开电视，讲的是粤语。打开收音机，讲的也是粤语。有一回，我要查询电话号码，拨“114”，无人置理。向香港朋友请教，才知这里查号要拨“1083”。总算拨通了，查号台小姐居然也是讲粤语。还好，她能听懂我的普通话，查到了我所需要的号码，可是所放的查号录音竟讲粤语，虽说放了两遍，我仍听不懂是多少号码，不得不重新查号，直至那位小姐用很蹩脚的普通话回答我，这才弄明白……

香港的路牌、商店招牌以至饭店菜单，处处中英文对照，给人以国际都市的良好印象。可是，香港人所用的中文，有时却令我百思不解。比如在售票处常可见“出示老人咭”字样。一打听，“老人咭”乃“老人卡”也。65岁以上的香港居民，有“老人咭”，可享受种种优惠，如乘车车费

香港闹市铜锣湾

减半等等。又如，香港报纸常宣传 “二个够晒数”，那是指生两个孩子就够了。一份电视广告上写着“要睇就睇”，那“睇”便是“看”。打开香港报纸，常见这类“粤式中文”，令人颇为费解。

香港的街道，大街很干净，小巷不尽人意。不过，香港严禁随地吐痰，街上不见痰迹。凡随地吐痰，处以很重的罚款。同样，随地扔垃圾，也要处以罚款。

香港的地名，很多带个“湾”字，这大约是与海有关，如“铜锣湾”、“筲箕湾”、“柴湾”、“荃湾”等等。

英国统治香港时，使香港许多地名带上英国色彩。比如，“占领街”(Possession Street)，便是当年英军首次登陆香港的地方。只是当地人不愿称之为“占领街”，而是称之以原名“水坑口街”。

香港湾仔有一条东西向的大街，叫“轩尼诗道”。这是以1877年至1882年的香港总督轩尼斯(John Pope Hennessy)的名字命名的。德辅道，则是以1887年至1891年的香港总督德辅(William Des Voeux)的名字命名的。坚尼地城，是以1872年至1877年的香港总督坚尼地(Arthur E. Kennedy)的名字命名的。

湛蓝的香港维多利亚海湾

香港岛上有两条横贯东西的大街。一条叫“英皇道”，不言而喻，是为了纪念英皇（应为英王）而取名的；另一条叫“皇后大道”，分为皇后大道中、皇后大道东和皇后大道西。其实，这皇后大道，应为“女皇大道”（女王大道）。这条大道开筑于1842年，英国人命名为“Queen’s Road”，以纪念维多利亚女皇。英国人称女皇为“Queen”。可是，当时翻译误把“Queen”译成“皇后”。这错译的街名，竟一直沿用至今。

皇后大道原本是一条海边的路。由于香港山多平地少，便不断地挖山填海，皇后大道渐渐变成了“内陆道”。在皇后大道与海湾之间，又有了德辅道和干诺道。

香港岛和九龙半岛之间的海湾，称“维多利亚海湾”或“维多利亚港”，则是以英国维多利亚女皇的名字命名的。

在香港皇后大道东，有一座设施先进的室内体育馆，许多世界性的体育比赛在那里举行。这座体育馆以英国女皇伊丽莎白命名，称“伊丽莎白体育馆”。

香港的垃圾筒与众不同。筒顶，装了一个圆铁盆。内地人常误以为是吐痰的痰盂。其实，那是用来揿灭烟头用的烟灰盆。在公共场所，香港严禁抽烟。在香港的报纸、杂志，我见到“Marlboro”(万宝路)香港广告，但是广告上注明这样的词句：“香港政府忠告市民，吸烟可以致命。”

论治安，香港还算不错的。尽管香港的新闻传媒最热心于报道某家被盗，某人被抢，但是实际上香港社会秩序是安定的。杀人越货毕竟很少。只是走私案、吸毒案、偷渡案之类，在不断地发生着。

“上班族”的紧张和喘息

香港人生活节奏比内地快。他们工作紧张。我送了几本书给一位香港朋友。几天后，她告诉我，已经看完了，不过，是在“巴士”上看完的。因为她每天上班忙于工作，回家要做家务及照料孩子，只能在上下班途中看书，她每天要坐来回两小时“巴士”。

在地铁，在公共汽车上，常可见到耳朵里塞着“随身听”的青年人，正忙于学外语。不少香港人做“双班”。尤其是二三十岁的人，工资低，精力又好，打“双班”的更多。我认识一位电脑小姐，白天在公司做事，晚上在家用电脑为别人打字。

打“双班”，拿双倍的工资，但是必须付出双倍的辛苦。

即便是做“单班”的人，一上班，工作真刀真枪。在办公室里“泡”着，聊天看报的情况，是不大有的。香港的工资，大约是内地的十倍左右。香港很讲究工作效率。1994年，一架“大力士”运输机在启德机场降落时不慎坠海。在事故发生后的1分钟内，救援工作就开始了！

我在香港参加会议，特邀嘉宾的发言也限制在15分钟之内，自由发言则限制在5分钟之内。发言之后，要求补充发言，不得超过3分钟。主持者面前放着时钟和铃铛，谁超过时间就响铃，铁面无私。所以，开一个下午的会议，20多人发言，每个人的发言都很扼要简明。

正因为香港很讲究工作效率，所以工作时必须全力以赴。香港的失业率不高。但是女性就业率比男性低。在香港的劳动人口中，女性约占38%。在技术部门，女性则只占三分之一。女性的工资也普遍低于男性，往往只及男性的77%。在饮食业、旅馆，以男性服务员为多，女性服务员一般限于30岁以下。

离我的住处不远，有一家“大快活”快餐店，很干净，我也就常在

香港湾仔

那里吃早餐。餐馆前便是一家报摊。我发觉，清早，报摊上就堆满当天的各种报纸。人们在进“大快活”之前，先在报摊上扔下一个五元港币的硬币，顺手拿一份报纸。我也习惯了，同样买一两份报纸进店。在店里，要一碗红肠煎蛋面，来一杯热牛奶，一碗粥——香港的粥里总是放着皮蛋、鸡肉、葱花之类，讲究“生、滚”，也有时来一根“油炸鬼”(油条)，然后一边进早餐，一边看报纸。据我观察，香港市民看《东方日报》或《天天日报》居多，知识分子则爱看《明报》。

香港报纸的版面很多。吃完早餐，未必能看完报纸。于是，一边乘地铁，或者一边乘汽车，一边看报纸。进办公室时，那报纸已扔进了垃圾箱。一上班，便全身心投入了工作……

香港人的写字楼生活很压抑。据统计，香港67%的办公室职员感到工作处于紧张状态，精神压力很大。由于上班时精神高度紧张，下班后家里房子又小，“上班族”们生活单调。下班之后，看看电视、电影，逛逛商店，搓搓麻将，算是一种生活的调节。

1994年11月，据香港《亚洲周刊》对香港四百个“受薪人士”进行调查，询问“下班之后以何种方式调剂精神”，所得百分比如下(有的人选择了两项或三项)：36%，体育运动；15%，赌钱；36%，逛街；30%，唱卡拉OK；31%，旅行；36%，睡觉；2%，想请假休息。

有一回，我在九龙潮州楼吃饭，忽听得隔壁传来阵阵哗哗声，犹如大江时而涨潮、时而落潮。出于好奇，我前往隔壁一窥，哇，一大片麻将桌，许许多多人在那里做“上肢运动”！每张麻将桌旁，竖着一盏盏落地灯，那灯的样式有点像工程师们的绘图灯，灯光聚成一束，集中照于桌面，而那些“上肢运动”者的脸则处于阴影之中。他们聚精会神，那专注的情景绝不亚于那些绘图的工程师们……这种“麻将馆”在香港很多。人们一边搓麻将，服务小姐一边不时送上热手巾或点心。

香港有山有海。陶醉于大自然，也是一种休息。周日去爬山，香港人叫“行山”。

香港多山。最著名的要算是太平山。太平山又名扯旗山，海拔554米，是香港岛的最高峰。我乘缆车登太平山，如履平地。缆车沿着山坡上行。有时，山坡颇陡，从车窗望出去，那些建在山腰上的高楼，如同比萨斜塔倾斜。登山缆车建于1880年，已有一百多年的历史，至今仍在使用之中。

登上太平山，可以俯视维多利亚海湾怀抱中的香港群楼，令人心旷神怡。山上，有柯上甸山道公园和山顶公园，绿树蓊郁，翠草似茵。夜间，山下霓虹灯五光十色，无比辉煌。据告，每年圣诞节、元旦以及春节，香港每夜所花的霓虹灯电费为一百万港币。

也有不少人喜欢在休息日到新界“行山”。新界设有烧烤场。在那里，小家庭围坐在灶炕旁，烤肉或者烤菜，别有一番风味。青烟袅袅，香气扑鼻，那烧烤场大有“遍地英雄下夕烟”的景象。平日工作的压抑，也就随之烟消云散了。

香港有一百多处漂亮的沙滩。内中，最著名的是浅水湾。蓝天，碧海，白沙滩，游泳是很好的休息。我见到快艇不时驶过海面，冲浪者在雪花般的浪涛中浮沉，别有一番情趣。

香港的海洋公园，每逢假日，人潮如涌。那里的海洋动物园，把人们带进一个新奇而陌生的世界。在那里观看着海豚、海狮的精彩表演，给人以无限的欢乐。所以，尽管许多香港人都去过那里，还是一趟又一趟地上那里去。

当然，也有的家庭在假日由香港前往深圳，早去晚归，痛痛快快地玩上一天……

香港人对于财神很为敬重。在香港浅水湾，我见到一尊财神，四周一直水泄不通。有顶礼膜拜的，有摸财神手的，有与财神合影的。至于“财运亨通”、“招财进宝”之类“标语”，随处可见。

香港浅水湾

赛马牵动着众多港人的心

香港人对于赛马的狂热，对于六合彩的热衷，令人瞠目。

在香港岛铜锣湾和湾仔之间，在那寸土尺金的地方，居然有一个巨大的跑马场，叫“跑马地马场”。这个跑马场始建于英国占领香港岛之初，即19世纪40年代。当时，那里还是一片沼泽，所以圈了这么一大片土地作为跑马场也无所谓。

最初的看台很简陋，是竹棚。1918年，有一回竹棚看台大火，死了六百多人，震惊了全港。于是，在1931年，建成了永久性看台。此后，看台又进行了两次扩建。即便如此，随着跑马规模的不断扩大，这个马场又显得太小，弯角太急，跑道太窄。

自1995年2月23日起，这个已经有着一百多年历史的跑马场，又进行大规模整修，据告是为了“适应21世纪的需要”。

1996年冬日，我去香港，住在沙田。不远处，便是规模宏大的、能够容纳八万人的新赛马场。由于那里远离闹市区，所以能腾出很大的地方建赛马场。沙田赛马场有五条跑道可供赛马，比跑马地马场大得多。

我见到观赛台上，不仅安装了一台台望远镜，而且场上安装了大屏幕，可以一清二楚地观赛马。那里的餐厅取名“百胜厅”，也反映出人们的求胜之心。

那些比赛用的马，从北美或南美、澳洲用飞机运来，就连草料也是“进口货”——从原产国空运而来。马享尽尊荣，住空调房，有专人服侍，还有专门的马医院、马大夫。甚至还有专门的“马泳池”和“水底踱步机”。

香港有专门的马会，负责赛事。这马会的全称曰“英皇御准香港赛马会”，拥有14 000多名会员，4 500名职员以及10 000多兼职雇员，成了一个庞大的组织。

我曾来到位于香港岛半山中的“英皇御准香港赛马会”总部。那是一座典雅的西式建筑。一进门，便见到许多马的塑像。这里对马会会员实行优惠服务，内有游泳池、健身房、舞厅、餐厅等等，是很安静的休息场所。

每年的6月至9月，是赛马的季节。赛马大都安排在星期六或星期日，有“日赛”，也有“夜赛”。每张马票在十元港币以上。另外，如果到赛马场去观看，则收入场费50元港币，看台费30元港币。香港是一个只有六百万人口的城市，可是每次赛马所发售的“投注彩票”，竟达五百万张之多!

在赛马场，我见到一溜几十个购买马票的窗口。除了排队购票外，在家中也可以电话购票：“马迷”们在电话中告知自己银行户头号码，马会对电话进行录音。如果中彩，以电话录音作为凭据。如今，以电话投注的人，正不断增多……

这么一来，香港马会的收入也极为可观。不过，马会是一个非营利机构。马会设立了慈善信托基金，用于慈善事业。1994年3月11日，巨大的香港大球场落成。建造这一大球场所花费的八亿五千万元港币，全部由香港马会捐赠。

尽管中彩的奖金很高，但是中奖的机会极小。虽说如此，成千上万的香港人仍热情高涨地看《马报》，买彩票，观马赛……其实，他们为的是在极度的忙碌之后，在赛马声中得到休息，得到一种精神调节。

赛马有季节性。在香港，一年四季流行不衰的是“六合彩”。

六合彩也是由香港马会发行，每周两次开彩，即星期二和星期五。如果所购彩票的数字中有六个与开彩号码相合，即中头彩。“六合彩”这名字也由此而来。

花两元港币，即可买一张六合彩票。中了头彩，可得到几百万港币以至一千万港币的奖金。虽说中彩的几率微乎其微，可是，人们仍热衷于博彩。

我上街时，偶然路过一处，见许多人排成一队队购票，以为是购火车票——那情景很像内地的火车站售票处。可是，细细一看，方知那里在发售六合彩票。正是由于有那么多人热心于博彩，所以每周两次的六合彩才会如此经久不衰。电视转播每一回六合彩开彩的场面。一边看电视，一边对彩票的号码，也是一种特殊的精神调剂……

在喘了一口气之后，香港的“上班族”们又匆匆地奔向地铁，奔向写字楼，又开始了快节奏的工作。

极为方便的“地下铁”

在香港，来来去去，要算是乘地铁最感方便了。香港人习惯于称地铁为“地下铁”。香港不大，总面积只有一千多平方公里，约为北京的1/15，上海的1/6。正因为这样，三条地铁主线，贯通港岛、九龙和新界，就能到达香港各处了。

北京、上海的地铁，入口处多在马路两侧。香港则不同，地铁入口处常在大楼底层，入地铁如同步入大楼的地下室似的。地铁入口处，总是有一紫色“米”字形的地铁标志。另外，在马路的拐角，也往往有蓝色的箭头上画着这样的标志，你沿着这箭头所指的方向，也能迅速找到地铁入口处。而且，香港的一个地铁站，有许多出入口，进入地铁就极为方便。

我住在香港铜锣湾时，只走了百把公尺，便是很大的崇光百货公司，而这家百货公司底层，就有两处地铁入口处。所以，进地铁如同进百货公司一样方便。

香港是个寸土尺金的地方。地铁入口处“缩”进大楼底层，也就腾出了路面。

进入香港地铁，几乎都有卷扬式电梯，一直送你到地铁底层。这种卷扬式电梯，要比北京、上海更多，更普遍。电梯之侧，总是写着“靠右企，握扶手”。那“靠右企”，也就是“靠右站”。

香港地铁的墙壁，大都是赭红色，地面为黑色水磨石，给人一种沉闷感。上海地铁用白色墙壁、白色地面，要明亮得多。北京的地铁，每一个站的样式不同，墙壁用浅色，我以为也比香港的赭红色好。

香港地铁的自动化管理程度甚高，全都使用磁卡。我在入口处买了一张磁卡，正式的名字叫“电磁车票”。这种磁卡内的金额悉听尊便，你买100港币一张的也罢，买70港币、200港币一张的也行。

那磁卡小小的，只有一张名片那么大，我便装在名片盒里，取用很方便。磁卡上印着它正式的名称，曰“通用储值票”。我买了张70港币的磁卡，那左上方印着“70”。

我在用光这张“通用储值票”之后，又买了一张，没有用光。一年后再来香港，拿出那张通用储值票，塞进入口处的检票机，却被“拒收”。朋友告诉我，那张票子已经过期，但是可以去管理处换新的票子。我即去管理处，他们查出我的磁卡中还有五十来港币。于是，我再给他们二十港币，便拿到一张新的七十港币的“通用储值票”。

当然，也有单程票，即一次用完。你按照一次乘坐的车资购票。买单程票时，只消把硬币塞进购票机，机器会自动售出磁卡，即单程车票。你如果没有硬币，把拾元纸币正面向上塞进找零机，即可得到10个一元硬币。再把一元的硬币塞进另一架找零机，立即叮叮当当自动掉出两个五毫的角子。

有三种人可以享受“特惠车票”，即车费减半：65岁以上；持“学生乘车证”；3至11岁小童。

香港人乘地铁秩序井然。一切都自动管理。人们自觉地排着队，没有谁“加塞”，也没有谁吵架。

我在纽约乘地铁，那地铁车站里写满乱七八糟的字，给我印象很差。不过，纽约的地铁频率很高，稍等一会儿，就有一趟车。香港地铁的频率也很高，在交通高峰期，每两分钟一趟。另外，香港地铁服务时间从早上六时直至次日凌晨一时。所以，在香港乘地铁极感方便。

地铁里严禁吸烟。违反者要处以五千港币罚款。不过，车厢里贴着的是“正面”宣传禁烟的口号：“空气清爽，全靠您帮忙。”在口号之侧，画着一个常见的禁烟标志，即一个红色的圆圈里，一根正在点燃的香烟上打了一个红色的叉叉。

车厢里的坐椅是不锈钢的，干干净净。不过，椅面显得过分光滑，以至列车启动时你坐在椅子上会按惯性滑动一下。

上下班时，车厢里满满的全是乘客。平时并不算十分拥挤。车厢上方有一只只哑铃状把手，供站立者抓握。

在每扇车门两侧的坐椅上方，用中英文标明：“请让座予有需要人士。”仔细捉摸这句话，觉得用词很恰当，比“请让座予老弱病残”要“雅”得多。那个“让”字写得特别大。繁体字让字用得是“言”字旁，那“言”下方的“口”字，画成了一颗红心。

遗憾的是，地铁报站，用的是粤语和英语，居然不用普通话。我只能从粤语的大致发音，捉摸出前方到站是哪里。好在香港每个地铁站的墙壁上，都用比斗还大的字，写明站名——每一个字，足有一平方米那么大！这么一来，我也就一目了然了。

香港地铁这一站在左边下车，可能下一站就在右侧下车。所以，报站时，不仅要报站名，而且还要报在哪一侧“落车”(那里称下车为“落车”)。

地铁，常成为约会的碰头处。朋友来看我，或者我去看朋友，常在电话中约定几点几分地铁“恒生银行”碰头。

对于“恒生银行”，我早就从每日报道的香港“恒生指数”知道这家银行。到了香港，在每一个地铁站，都可以见到“恒生银行”的办事处。据告，在香港地铁筹建时，恒生银行就签了合同，包揽了所有地铁车站的银行业务。

由于在每个地铁站，恒生银行是很醒目的目标，所以我入乡随俗，也就常在那里跟朋友们碰头。每一回，在地铁恒生银行附近，我总是见到很多人在张望着，显然他们也在等人。

香港的地铁商店，大都是连锁店。如买食品的，总是“美心”。

地铁的广告很整齐，采用灯光橱窗，大小划一。

最使我感兴趣的是，地铁里装有标着“一指通行”的缴费机。你要缴电费、煤气费、电话费之类，只消把你的信用卡塞进机器，“一指通行”，用手指揿动电钮，便可完成缴费。这使我想起在上海，每月要去银行排队缴这些费用，真是不知节省了多少时间。因为“上班族”们每日必经地铁，顺便揿一下电钮，就缴完了各种费用，何等的省事！用香港的话来说，这叫“一机搅掂”。

地铁里设有“地利店”，不仅卖杂货，而且卖书报杂志。“上班族”们常常从地利店里匆匆买一份报纸，匆匆踏上卷扬扶梯，匆匆上车，然后一边坐车，一边看报……

喧喧车马过香港

香港的公共汽车也很多，有双层的大巴士，也有种种小巴(小型公共汽车)。大、小巴士上都没有售票员。小巴一般载客十六位。上车时，把准备好的硬币丢进票箱就行了。车上不找零，所以在香港，我的衣袋里总是装着一把叮当作响的硬币。上车有上车的门，“落车”有“落车”的门。不过，由于无人报站，所以对香港不太熟悉的外来旅客，还是以坐地铁为好。

香港的双层巴士，分红、蓝、黄三色，其实那是因为分属于三家不同的汽车公司。红车属九龙汽车有限公司；蓝车属中华巴士公司；黄色的属城巴有限公司。

香港没有无轨电车，却居然保存着“历史陈迹”——有轨电车。据告，曾有许多人要拆除有轨电车，但是更多的人主张保存下来。有轨电车的车票是最便宜的，把一元二毫硬币扔进票箱，你就可以从起点站坚尼地城站，坐到终点站筲箕湾站。对于初来香港的人来说，乘着有轨电车横穿港岛，经中环、湾仔、铜锣湾、北角等，都是香港最热闹的地方。从从容容浏览市容，是很不错的。香港的有轨电车也是双层的。尤其是坐在上层观光，更为惬意。

香港的65岁以上的老人，持“老人咭”，车费减半，乘有轨电车只需六毫港币，是香港最便宜的交通工具。老人们踏上有轨电车，充满怀旧感，因为几十年来香港城市面貌大变，唯有这种有轨电车依旧。

内地的出租车，车色不拘。香港的“的士”，车身下半身用深红色，上半身用深灰色。车型一律用日本三洋。司机坐在前右位，乘客从左门上车。

在交通并不繁忙的马路上，招招手，“的士”就会在你身边停下。不过，在香港许多马路边漆着两道黄线，表明那是禁区，“的士”司机在禁区内停车要受到重罚的。在那些地方，设有计程车站，只能到车站等车。

香港的行车方向与内地相反

我在香港乘“的士”，发觉司机们大部分都不会说普通话，有的甚至听不懂普通话。所以上车时，我总是很慢地讲清地点。有时，出示被访者的名片，让司机看清地址。有一回，我去中环，司机把车子停在马路边，哇啦哇啦跟我说，我一句也听不懂。司机似乎发火了，我又不明白他为什么发火。最后，他拿起一张报纸，用圆珠笔写了“已经到了”四个大字，我这才知道！

还有一回，我访问一位台湾朋友，告辞时，一看手表，已是凌晨二时。他家住在半山腰。我很担心，这时在山上怎能拦到“的士”？台湾朋友说，放心，一定会有车。这是因为香港人习惯于夜生活，住在山顶上的人很多这时从山下回山顶，自然就会有很多空车在下山时路过他家门口。在山风吹拂中，我和他站在山路边，只见一辆辆“的士”载客上山而来。没多久，就有一辆下山的“的士”，嘎的一声，停在我的身边。那位台湾朋友用粤语向司机说清楚我住在九龙的京港酒店，这样就用不着我费口舌了。“的士”风驰电掣般下山而来，沿途霓虹灯灿若彩虹。在“的士”钻入维多利亚海湾海底隧道，从香港岛来到了九龙。当司机嘎然刹车时，车窗外正映照着京港酒店四个大字。

湛蓝的维多利亚海湾，把最为繁华的香港岛和九龙半岛隔开。两岸之间，往日靠渡轮。即便是今日，九龙尖沙咀的渡轮仍非常繁忙。我多次在那里乘坐渡轮，为的是可以领略维多利亚海湾迷人的风光。码头的报刊摊，报刊颇为齐全。这是因为乘船的人常喜欢买一份报纸，一边坐船，一边看报。

对于汽车、地铁来说，必须通过海底隧道。维多利亚湾的海底隧道，成了香港的交通要道。

香港的海底隧道是从1972年起通车的。这海底隧道跟上海黄浦江底的隧道不同，是单向道，车速比上海快。上海的江底隧道是圆形的，香港的海底隧道是方形的，这是由于建造方法不同，上海用的是顶挤法，用尖圆形隧道开凿机把泥土向四边排挤，而香港则用方形沉箱建隧道，形成方形隧道。

香港的海底隧道有好几条。即使如此，在交通高峰时，也容易堵车。汽车在隧道两侧排成长龙。

从1979年起，香港建成专供地铁行驶的海底隧道。

香港“的士”的司机们，服务态度一般都不错，但是也有欺负外地人的。有一回，我从香港岛的铜锣湾驱车前往九龙火车站，并不远，何况那天又是星期天，并不塞车。司机却说近路会堵车，绕了一个大圈，花了一百多元港币……

香港不仅"的士"车速很快，就连公共汽车的车速也很快。比起上海的车子，要快得多。其实，香港的马路并不比上海宽多少。这是因为香港几乎没有人骑自行车。虽说香港并没有禁止自行车，但是在那里骑自行车很危险。

在上海，养成了"车让人"、"汽车让自行车"的积习，而香港则不然。在香港过马路，不仅一定要走斑马线，而且一定要等绿灯。我注意到，过马路时，行人都加快了步伐，这是因为香港车速很快，所以过马路务必小心。上海行人那种大摇大摆乱穿马路的现象，在这里见不到。

由于人们不骑自行车，地铁成了最大众化的交通工具。香港的"上班族"们大都上午九时上班，下午五时下班。商店则大都上午十时上班。所以，我在上午八九时驻足地铁口或天桥旁，常见人流如潮，步履急促。我还注意到，许多人上了卷扬式的自动扶梯，并不站立在那里，而是仍往前奔，以求更快一些。

香港也有不少人拥有"私家车"。除了富商们有豪华住宅，不愁无处停车之外，一般的人要把车停在公用的车库里。

香港巨贾们爱买豪华名牌车。

令人不解的是，香港有不少短小的马路旁，竖着蓝底白字标牌，曰"私家路"。难道马路还有"公家"、"私家"之分？一问才知道，"私家路"指那片土地属于私人的。"私家路"坏了，由"私家"修理。

我在香港铜锣湾的住处，窗口斜对车水马龙的高士打道，整天整夜车声哗哗，即便是深更半夜，也车流不息。但是，听不见一声喇叭鸣叫。

香港机场换新颜

我在20世纪90年代去香港，常见飞机从市区上空低低掠过，这是在其他城市很少见到的。其原因由于香港的启德国际机场，是填海造成的，位于市中心。长长的机场跑道，延伸到维多利亚海湾，跑道两边，是瓦蓝色的海水。启德机场，是香港"螺蛳壳里做道场"的典型。尽管机场并不算大，但是飞机起落极为频繁，利用率甚高。

我在香港乘公共汽车，常从启德机场旁边路过。透过铁丝网，可以见到停机坪上众多漆着各种标志的客机。

为了安全，启德机场四周，不准造高层大楼。

启德机场这名字，取义自华人大律师何启和华商区德。其实，何启和区德组成“启德投资公司”，最初并不是为了在香港建造机场。1924年，他们看中九龙半岛东部这一大片海滩，投资填海，想建造一大片花园住宅。但是，这一计划未能实现。这时，正值港英政府打算在香港建设机场，而香港多山，很难找到一大片平整的土地建机场。于是，便看中了这里，建造了机场。这个机场，便以“启德”命名。从1925年起，启德机场开始使用，后来不断扩建。

香港的启德机场虽说不大，却是世界上最繁忙的机场之一，每小时起降最多达33架次，平均每两分钟就有一架飞机起降。

不过，飞机起降那巨大的轰鸣声，使机场周围的居民们终日生活在噪音之中。据友人说，有一回给机场附近的人打电话，才说了几句，那人就说，等一下，等一下，飞机来了。直到飞机飞去，这才能够听见电话声。刚说了几句，那人又说，等一下，等一下，又有飞机来了……

这么一来，那里的居民们不得不装双层玻璃窗，以求稍稍降低飞机的噪音。

再说，香港启德机场处于人口稠密的市区，又濒临海湾，飞机起降都很不方便。正因为这样，香港要建新机场已经连续呼吁了多年……

于是，在市郊建设一个现代化的新机场，便成为香港市民久久盼望的一件大事。

香港终于着手建设新机场。由于新机场的规模很大，投资也大，新机场的建设方案一度成为新闻焦点。

香港多山，寻找一大片平地，确实不易。几经考虑，选中了在香港岛西侧的大屿岛(又称大濠岛)，在那里建设新机场。为了便于往返机场，香港政府特地从市区到机场建设了一条电气化铁路。

新机场在岛上，这条电气化铁路必须跨海。跨海大桥长达两公里多。这座大桥在青衣岛与马湾之间，叫“青马大桥”。

当青马大桥尚在建设之中，我便在香港文友的陪同下，驱车前往那里。当时正值夜间，桥上灯光通明，雄踞于万顷海波之上，蔚为壮观。

在香港新机场建成之后，我往返香港，都是在新机场起降。当笔者在白天到达青马大桥，看得益发清楚。青马大桥为双层桥。我乘汽车去机场，从桥的上面驶过。下层全封闭，走电气火车。

当年客机掠过香港闹市降落在启德机场（在香港翻拍的资料）

青马大桥为吊索桥。据说，把所有的钢索连接起来，可以绕地球好几周！

往返于机场的电气火车，十分钟一班，极为便捷。从香港市区乘电气火车，二十分钟便可以到达新机场。

新机场门口，放着一大排手推车。我把行李放在车上，步入大门。

香港新机场的气派大。一进门，便是巨大的候机大厅。头上是半透明的波浪形屋顶，在阳光下，大厅非常明亮。

香港是国际大都市，与世界94个城市之间每周有1200多个航班。新机场的面积，相当于九个旧机场！这么一来，香港的空中交通更加便捷了。

我在新机场托运了行李，办好登机证。新机场的登机口极多，我乘坐美国联合航空公司的班机飞往曼谷，要在第43号登机口登机。

从候机大厅到第43号登机口相当远。一路上，一会儿上电梯，一会儿下电梯，甚至还要乘坐机场内电气列车。列车一分钟一班，很方便。我在美国的一些机场乘坐过机场内的电气列车——通常是在超大型的机场里，才会有机场电气列车。

在前往登机口途中，处处有蓝底白字的路标。一路上尽管左拐右弯，仍很容易找到指定的登机口。

沿途，我还见到显示牌上“谨防国际小手”之类提醒语。所谓“小手”，亦即“扒手”也。

每一个登机口附近，都配有商店、小吃店、书店、卫生间。我注意到，在投币电话下方，还有投币传真机！

在夜晚降落香港时，从空中俯瞰香港新机场，那灯光透过半透明的屋顶，整个候机厅大楼如同一盏硕大无朋的灯笼，而四周则是黑缎一般的大海。

在白天降落香港时，机翼下的大海一片湛蓝，而候机厅大楼屋顶闪光着珍珠般的光彩。

机场出口处，便是前往市内的高速列车起点站。列车十分钟一班，非常方便……

在香港新机场建成之后，那个废弃了的旧机场——启德机场，变成什么样呢？

我又来到位于香港闹市的启德机场。

本来，这里是世界上最繁忙的机场之一。然而，如今却一片静悄悄。机场仍在，只是空空荡荡，见不到一架飞机。

朋友们告知，那里的地价一下子就涨了——因为启德机场停用，再也听不到刺耳的噪音，地价焉能不升值？

启德机场本身，也被房地产商所看中。香港是个寸土尺金的地方，住房异常紧张。硕大的机场，将矗起一幢幢高楼，变成一个住宅新区。由于这里地处黄金地段，房价不菲。据告，可以供二十至三十万人居住。

启德机场四周的旧房，也将拆除重建。新房当是高层建筑，因为再也不会有飞机在这里起降。

香港居不易

大抵由于我曾写过纪实长篇《商品房大战》的缘故，所以到了香港，也就注意起香港的商品房。

香港的居民楼，高而“瘦”，密密集集紧挨在一起，构成特殊的景象。说得好听一点，看上去像“水泥森林”；说得难听点，像一束水泥筷子插在那里。

虽说内地的居民楼如今也朝高层发展，不过，通常只二十来层罢了，香港的居民楼却高达四五十层。另外，由于香港土地金贵，所以高楼和高楼紧挨在一起，以至这座楼遮住了那座楼的阳光，也顾不得了。

人口众多的上海已算是住房紧张的城市，而香港的住房比上海则要紧张得多。上海住户的阳台，普遍比香港的阳台大。不过，上海住户的阳台，大都是居民自己请人装上玻璃窗，各种样子不等，再加上有许多人家不装阳台窗，所以从外面看过来，大楼显得杂乱无章，香港的高楼则在建造时就统一装上阳台窗，就显得很整齐。

香港居民的空调极普遍。从大楼外一望而知，家家外墙上都装着空调器。内地的居民楼，过去大都水泥本色，灰不溜秋，近年来才开始注意外墙的装饰。香港的居民楼则很注意色彩的配置，要么镶上红色横条，要么镶蓝色或绿色方块，给人以愉悦的视感。

香港早就实行住宅商品化。你要住房子，那就花钱买或者租。不过，香港地少人多，人口高度密集，尺土寸金，房价之贵，也就令内地人咋舌。

笔者在香港浅水湾的美联物业公司采访，那里正在出售对面的一幢“风水豪宅”。这幢“风水豪宅”是建在山腰的高层住宅楼，可是看上去很奇怪：在大楼中间，不知为什么，“挖”去了好几套住宅，形成一个巨大的“口”字形空洞。

一问，才明白：原来，香港人往往很相信风水。据说，这“豪宅”靠山面海，有巨龙出没，风水极佳。但是，造了高楼之后，就影响巨龙自由进出。于是，风水先生向建筑师建议，在高楼中部开一个“口”，便于巨龙进出。建筑师遵命了。

虽然由于开了那么一个“口”，起码少建了十来套住宅，但是这幢大楼因此名声大震，以至成了“风水豪宅”，房价扶摇直上，不仅补偿了那少建十来套住宅的损失，反而赢利更多。香港的富贾、影坛巨星，都在这巨龙出没之处购房安家，以求“旺发”。

香港的房价是按平方英尺建筑面积计算的。1平方米约为10.76平方英尺。

这家美联物业公司是香港很大的一家房地产公司，在香港各处都可以见到这家公司的售楼处。

在香港，临海的房子贵，山顶的房子也贵。所以，香港的富豪大都集中在海滨或者山上。

房价高，房地产公司从中获取高额利润。我在美联物业公司的大门口，见到写着这样的横幅：“年薪百万在美联，不再是打工神话。”“打工者”(其实是房产高级营销员)的年薪如此之高，房地产老板的利润更是惊

香港很多人讲究风水，浅水湾有“龙”，这方形的洞为了便于龙的进出

人。所以，香港的大富豪，差不多十有八九是做房地产生意起家的。

香港居，谈何易。工薪阶层们忙碌了一生，不见得能够“居者有其屋”。

据香港朋友告知，香港的住房分为四类：

一是“徙置区”——那是极为简陋的类似于棚户的房子，现在已很少见到了。这些房子大都是平房或两层房，用来安置无家可归者。

二是“廉租屋”——这是政府建造的高层大楼，用来租给生活困难者。这种房子属照顾性质的，租金低廉，每月一千元港币左右。

三是“居屋”——即“居者有其屋”之意。香港的工薪阶层，大都住这类房子。一般来说，“居屋”离市中心稍远。“居屋”的月租为五千至一万港币，有的逾万。所以，房租是香港工薪阶层一项很沉重的负担。

四是“私人房寓”——即私人的楼宇。在香港，贫富悬殊。富人们的住房宽敞。有的在黄金地段，有的则在山上。我在半山腰见到邵逸夫先生的私寓，院子里停着牌号为“6”的他的轿车。香港的汽车车牌，通常为“XX-0000”，即两个英文字母后加四个阿拉伯数字。邵逸夫与众不同，花高价买了只有一个“6”字的车牌。他喜欢“6”，因为他排行第六。在粤语中，“6”与“绿”音近，于是他的房子便盖上与众不同的绿屋顶。

香港的“虎豹别墅”，如今成了旅游点。所谓“虎豹”，也就是胡文虎、胡文豹兄弟。他们以生产“万金油”驰名中国，成了大资本家。在20世纪30年代，他们花了1600多万港币，在香港建造了规模宏大的别墅，人称“虎豹别墅”，又称“万金油别墅”。这1600万港币，依当时的香港物价该算是天文数字了。这座别墅的价值，今日已不知升了多少倍，迄今仍属胡家。

胡家愿意每日白天开放别墅，供游人观光。这样，“虎豹别墅”成了香港旅游一景。

我来到这座坐落在半山腰“虎豹别墅”，其规模相当于内地小型公园。这样的私人别墅，由于建造早，所以占那么大的地皮。今日，即使是香港的“超级富豪”，也未必能拥有如此阔绰的别墅。

我走访了许多香港朋友的家。他们大都住“居屋”。由于住房小，我注意到，他们家里的电表也比内地的小了一半，这大约是为了节省空间。

也有的朋友房子很大，光是客厅就有半个篮球场那么大。当然，他的收入也多，远远高于工薪阶层。所以，在香港，住房的“宽敞度”，成了经济条件的最直接的反映。

买不起房子的，只好租房。房价贵，租价当然也贵。租房费用往往占工薪的1/3。

香港也有公房——他们叫“公屋”。公屋是由香港房屋委员会建造的。公屋的租金比较低，大约是私房租金的五分之一。

能够分配到公屋是很不容易的。公屋以低收入家庭为对象。申请者要经过房屋委员会审批，批准后要“轮候”四至七年。所谓“轮候”，指从提出申请到分配到公屋所需要的时间。

公屋没有独立的卫生间。炉灶放在门外。居住条件比较差。

笔者在香港见到许多公屋住户，即所谓“一窗一户”的家庭——高层大楼的每一扇窗口，意味着住着一家人。这样的住房，即“一室户”，住着四五口人以至更多。在这样的公屋大楼里，常见到有人站在楼道中，那是因为家中有人在换衣服，其他成员不能不在楼道里“回避”。

正因为一般香港人居室狭小，所以几乎不在家中会客。通常，总是在茶楼、饭馆、公园约会。

笔者注意到香港一般的房子，普遍小于内地。比如，三室一厅建筑面积通常只有六七十平方，在内地，两房一厅的房子都比香港的三房一厅

香港市中心高楼

大。不过，香港三房一厅的房子虽小，却是往往有着“双卫生”——两套卫生间。他们很注意把父母和子女的卫生间分开。

香港人叫“卧室”为“睡房”，叫“餐厅”为“饭厅”，叫自来水公司为“水务局”。

香港商品房的阳台很小，而且大都是内阳台。

香港住宅楼的物业管理以及保安都不错。住宅楼往往取名“阁”、“苑”、“台”、“花园”、“山庄”等。这些名字，如今在内地也逐渐被采用。

“煲电话粥”

香港电话的普及率甚高。

香港早在1911年辛亥革命前，就已设立香港电话公司。不过，那时香港的电话，总共只有万门左右，要靠接线生接线。接线生成了重要的职业，因为接线生通过接线，往往知晓电话的内容。所以，那时香港只用葡萄牙或者西班牙未婚女子作接线生……

从1995年元旦开始，香港的电话号码改为八位数。此后不久，上海和北京的电话也改为八位数——电话的升位，表明电话用户迅速增加。

走访香港朋友前，总要事先电话约好。很多居民楼前安装了密码防盗门。你不知密码，连大门都进不了。

相对来说，香港的电话费则远比内地便宜：初装费只四百港币，月租费则只有五十港币——不管你打多少次、多少长市内电话，都只需付五十港币。

香港的电话费如此便宜，据说因为香港有八家电话公司，互相竞争，互相杀价，使电话费不断下降。

正因为香港电话费便宜，电话在香港极为普及。香港不仅家家有电话，而且一家有几只电话的情况也颇多。

正因为电话费很便宜，香港有的人打起电话来，没完没了，用当地的话来形容，曰：“煲电话粥”。尤其是大学生宿舍，“煲电话粥”大有人在。

也正因为香港电话费便宜，所以香港的酒店、茶楼、超级市场、药房里，都放着一排免费电话，随便你打——其实，这是他们招徕顾客的“公关”手段之一。

在香港街头、地铁，处处可见投币电话。投入一元港币硬币，便可通话一次。

香港手机、传真机普及率也很高。香港人通过电话及传真、电子邮件交换信息，所以信件不多。

香港宾馆印象

在内地旅行，通常是不必带牙膏、牙刷的。我去香港，却把牙膏、牙刷放进旅行袋。妻很奇怪。到了香港，她就明白了：香港宾馆是不供应牙膏、牙刷的。

我和妻在香港住在沙田丽豪大酒店。一进门，便见到一道明亮的“瀑布”，从二十来米高处直泻而下。那是由上万小灯组成的“瀑布”，挂在大堂里，显得很气派。

妻想知道这是几星级的宾馆，却见不到那星光闪耀的标牌——在内地的宾馆，往往在最醒目处竖立着星级铜牌。我告诉她，香港宾馆是不挂星级标志的。这家丽豪大酒店尽管是四星级的，在大堂里却见不到四颗星。这是因为在香港，星级只是用作检查宾馆服务质量的标准，却绝不允许作为广告性的标志。也正因为这样，香港生产的商品，绝无“获XX金奖”、“获XX银奖”之类广告用语。

乘电梯上了四楼，走廊里铺着花地毯，显得很高雅。不过，在走廊里见不到一个服务生。香港由于职工的工资高，所以宾馆里尽量减少工作人员，每层楼道里如果都安排服务员，在他们看来是很大的人力浪费。另外，在内地宾馆，服务员大多是女性，而香港女性主要在银行、珠宝店工作，宾馆的服务员通常是男性，称“服务生”。

我用钥匙开了房门。房间很大，有三十平方米左右。通常，香港宾馆的客房比内地的宾馆客房要小。这是因为香港地小人多，尺土寸金，宾馆客房也就小。这一回，由于丽豪大酒店位于沙田，离市中心较远，所以客房也就比较大。

妻来到卫生间一看，果真那里没有牙膏、牙刷，只有浴帽、小肥皂、沐浴液之类。

我拉开窗帘，从窗口望下去，正好是三楼的平台。那里有一个两三百平方米的游泳池。在棕榈树的掩映下，湛蓝而清澈的池水漾着微波。池旁，一排白色的塑料躺椅，显得格外雅致。椅上，撑着巨大的彩色遮阳伞。游泳池的另一头是一个酒吧，供游泳后歇息。

丽豪大酒店由于离市中心较远，离地铁站又有一段路，为了便于旅客进出，旅店有专车免费接送旅客。这专车半小时一班，二十多分钟可以到达市中心尖沙咀。我多次乘坐这专车。司机极为守时，绝不早一分钟或者晚一分钟开车。专车驶抵尖沙咀，总是停在半岛大酒店门口。半岛酒店因处于九龙半岛的半岛顶尖，由此取名。半岛酒店建于1928年，是一家历史悠久的第一流的香港宾馆，五星级。这里的总统房，是外国元首访港的下榻处。

在香港，我曾住在九龙的京港宾馆。那里的双人标准房，充其量只有内地宾馆的双人标准房一半那么大，甚至只三分之一那么大。

京港宾馆也是三星级宾馆。京港宾馆的标准房，两张床之间的距离，只够放一只床头柜。京港宾馆的客房，只及丽豪大酒店的三分之一。不过，屋里电话、彩电、冰箱、浴缸倒是一应俱全。没有沙发，只有一张靠背椅。

香港维多利亚海湾之畔的高楼

“美食天堂”

正是深秋蟹肥时节，漫步香港街头，食品店把大闸蟹总是放在“头版头条”的地位。来自内地的大闸蟹，是用飞机运抵香港。香港商人把大闸蟹洗得干干净净，用绳子捆好，按个子大小，分类陈列在玻璃柜里。在内地，大闸蟹论斤，而在香港则论个。标价“188”、“288”、“388”以至“488”港币不等，反正离不了“8”。

大闸蟹在内地已经是贵物，空运到香港当然更贵。

令人不解的是，明明是来自阳澄湖，却被标成“洋澄湖”！我不明白，难道大闸蟹也非要姓“洋”不成？香港有着“美食天堂”的美誉。香港的中餐馆，京、川、沪、潮各帮都有，论西餐，则英、法、意大利等“帮”也都有，美式快餐店“麦当劳”、“肯德基”也随处可见。另外，还有韩国、日本、越南、印尼、印度餐馆。“西饼店”(西式糕点)到处都有。就饮食而言，香港确实不愧为国际性大都市。

不过，内中的“当家”餐馆，还是粤菜馆。朋友们聚会，饮早茶、午茶，宵夜。种种点心，名目繁多。

我也曾到上海馆吃过。不过，那上海菜，很难称得上“正宗”。

香港的猪肉、鸡、蛋、菜，大都来自内地，比内地稍贵。海鲜则不算太贵。

香港的海鲜自助餐不错。这里的海鲜名符其实地“鲜”。

香港人爱喝茶。在餐馆刚刚坐定，招待小姐必先送上一杯茶。香港人喜欢乌龙茶，不大喝绿茶。

香港缺水。香港的自来水，90%来自广东东江。香港很注意节约用水。

香港的公共厕所普遍比内地厕所干净，而且不收费。在繁华的大街上，如果找不到厕所，你只消进入商店大楼，总能找到公共厕所。

从宁夏运来的“发菜”，在香港十分走俏，其实发菜无味，并不好吃。香港人喜欢发菜，只因发菜与“发财”同音，可以讨个好口彩。

应当说，就食品而言，相对于香港人的工资收入，还不算太贵。

香港饮食业的服务很周到。我打个电话要早餐，只消几分钟，餐馆的服务生便拎着一个冒着热气的塑料马甲袋，送上门。一杯奶茶，一碗面条，一个三明治，一个煎鸡蛋，连同一次性筷子、塑料匙，一应俱全。

很多人说香港人衣着很讲究。其实，那只是在礼仪场合。据我观察，普通香港人日常衣着极为随便，最“时髦”的倒是休闲服，香港人已经向衣着随便的美国人“靠拢”。

香港的姑娘以长发垂肩者居多。烫发者，大都是中老年妇女。小伙子则理分头，长发者极少见。

倒是从中国大陆来的种种观光团，衣着十分讲究。男士们个个西装革履，在街上成群结队一走，叫人一眼就看出不是本地人。

我曾问及香港人对内地人的看法。答曰，过去香港人总是看不起内地人，因为内地人穷。这几年，内地人阔多了。有的内地人来香港，花起钱来，派头比香港人还大！

当然，我知道他们所说的“派头大”的内地人，显然是指“先富起来”的那些内地人。

“购物天堂”

香港向来有着“购物天堂”的美誉。

如果对“购物天堂”追根究底，那是因为在1842年10月27日，英国全权代表璞鼎查在香港贴出告示：

“香港乃不抽税之埠，准各国贸易……”

从此香港对进口商品不抽税。直至今日，香港对于进口商品除了四种收税之外，其余一律免税。

免去了商品的进口税，自然使万国商品皆云集香港，形成了“购物天堂”，吸引着众多的旅游者。

到香港旅游的客人，遍及全世界，其中以中国、日本以及欧美旅客居多。

不过，尽管香港的商品免去了进口税，但是在内地人看来，香港的商品价格还是普遍高于内地；再说内地如今商品也很丰富，所以来往香港与内地之间的人，已不必大包小包一大堆了。

从内地来香港的人，带了许多人民币，无非是买三类商品：

一是香港的金饰品。香港的黄金比内地便宜些，而且金饰品的式样新潮些，于是引起内地客人们的兴趣，纷纷拥立于香港金铺之中。

二是香港的电器、轻工业品，有些比内地便宜。例如，录像机、摄像机、照相机、传真机、电脑、手表等等。其实，这些商品大部分并非香港生产的。只是由于香港进口时免税，所以显得很便宜。

此外，香港汇集了世界各国的商品，香港商店是展示世界商品的橱窗。这样，在香港可买到最新式的商品。虽说价格贵一些，内地人也喜欢买了带回去。

外国旅客在香港购物，所选择的商品则与中国内地旅客不同。他们在香港喜欢买以下商品，我已标明这些商品的香港价格跟世界十大旅游城市平均价的比数（这十大旅游城市为法兰克福、东京、悉尼、多伦多、巴黎、纽约、曼谷、伦敦、台北、新加坡）：

金项链、手袋、任天堂游戏机（只相当于十大旅游城市平均价的50%）；

松下摄像机（只相当于十大旅游城市平均价的60%）；

铜锣湾在夜里仍非常热闹

巴宝莉男装鞋、索尼激光唱机、尼康自动对焦相机（只相当于十大旅游城市平均价的70%）；

仙奴香水、劳力士手表（只相当于十大旅游城市平均价的90%）；

新丽旅行箱（只相当于十大旅游城市平均价的92%）。

由此可见，各国国情不同，物价不同，各国旅客在香港购物的眼光也不同。

在香港，也有大批来自中国大陆的商品。有时，内地人不注意，把来自内地的商品买了回去。回家细细一看，才发觉上面印着“MADE IN CHINA”！尤其是近几年来，内地产品的样式、包装大有进步，跟香港商品不相上下，稍不小心，就会发生“往森林里运木头”之类的事。

对于香港的商店来说，“SALE”(减价)是“四季常青”的。不少商店把“SALE”永久性地镶在橱窗上，表明永远在“减价”。有的在“SALE”之前，还加上“BIG”，即“大减价”。漫步街头，随处可见“狂减”、“劲减”巨字广告。这“减价”，已成了香港商店促销最常用的手段。当然，内中也有许多商店是在真的减价。只是这类“减价”广告到了滥用的地步，叫人真假难辨。

香港的商店可以讨价还价。不过，以小店居多。大公司不大讨价还价。

香港的街道不宽，街道两边几乎不见植树，倒是商店的招牌“横空出世”，家家在街道上空横悬招牌，成了香港特殊一“景”。所以，上街时一抬头，闯入眼帘的，便是无穷无尽、密密麻麻的招牌。

进入香港的小店，可得小心，因为店小货多，密密麻麻，你转身不慎，就会把货从架上碰落。

香港的商业气氛甚浓。九龙那漫长的弥敦道，店铺一家紧挨一家，就连每一条小小的弄堂的两边，也挤满了小店铺。这么多的店铺之中，最多的要算是银行、金铺、时装店、食品店、饭馆、书报摊和电器店。这么多的店铺，居然家家都有顾客进进出出。在每一家店里，都云集着来自世界各国的商品。所以称香港为“购物天堂”，是名副其实的。大抵由于游客颇多，所以即使不是星期天，商店里也是顾客盈门。

走访黄大仙“哲理中心”

一只手拎着红色的塑料袋，一只手持着一大把香，人们蜂拥前往黄大仙祠。入祠之后，取出报纸铺在地上，打开塑料袋，把鸡鸭鱼肉以及水果放在报纸上，再点上香火，供奉在黄大仙塑像前。他们口中念念有词，祈祷来年福星高照，财运亨通……

黄大仙，道号赤松子，本名黄初平。据云，黄大仙乃浙江兰溪黄湓村人氏，生于公元328年。《汉书·张良传》颜师古注云，赤松子是古代仙人，神农时为雨师……

香港的黄大仙祠，名闻遐迩。

那天，在香港黄大仙祠，我几乎难以找到立足之处。香烟缭绕，红烛高照，男女老少，挤得水泄不通。

平日，黄大仙祠本来就香客众多，那天达到了高潮。据云，那天是星期天，又是1月8日，“一八”的谐音是“要发”，所以香客比往日更多。在春节时，人们甚至要通宵达旦排队，入庙进香。

香港以为最吉利的数字，除了“八”之外，要算是“三”了。“三”的粤语谐音为“生”，“生财有道”之意。所以逢“三”、“八”，都被视为吉利之日。“一六八”，即“一路发”；“三三八”，即“生生发”，也是香港人喜爱的数字……

在黄大仙祠，我见到一块招牌，曰“黄大仙签品哲理中心办事处”，很有兴趣，便踱了过去。

我不知这“哲理中心”是干什么的。在入口处，见到一张告示：

“如对本中心哲理服务有任何投诉，请亲临本中心二楼办事处举报，或具真实姓名及联络地址、电话，寄香港普仁街十二号六字楼。”

这一告示的落款，便是“黄大仙签品哲理中心办事处”。

我一踱进去，这才恍然大悟：所谓“哲理中心”，就是解签！那里上下两层楼，密密麻麻排列着几十个解签摊。

原来，黄大仙是中国道教诸神中一位神通广大的神仙。据云，黄大仙祠的签甚为灵验，于是众多的信男信女前来求签。求了签，便到这“哲理中心”解签，以预知人生未来的祸福。

那些解签摊档，每间约三四平方米。每间上方，写着招牌，如“的确灵”、“五台山人”、“天机子”、“富贵堂”、“良言老馆”、“一枝梅”、“金吊桶”、“白头翁”等等。每间屋里，端坐着一位老年或中年男子、女士，为人解签。每解一签，收五十元港币或者更多。

解签摊档上写着“粤语解签”、“国语解签”、“客语解签”以至“沪语解签”。

所谓“客语解签”，即指用客家话解签。我上下走了一遍，发觉唯有一个摊档写着“英语解签”。这么一来，他们可以接待操不同语言的求签者。

摊档上挂着各种对联，如“只参玄妙一条理，不说寻常半句虚”，“铁肩担道义，辣手著文章”，“八卦能通天地，万事只在至诚”，“茫茫世界，矛盾之窟”，“东成西就，横财到手”……

这些摊档的业务范围大致上为：解签、择日、看掌相、看风水。

我见到许多男女，在解签摊档屏声敛气地听着解签，以求预卜未来的凶吉。还有的摊档装有玻璃门，在解签时关上玻璃门，以求更加聚精会神。

在黄大仙祠，我也见到“中医免费就诊处”。在那里，只要你出示香港本地居民证件，中医可以为你免费诊疗，还免费送你中药。

永惺法师一席谈

在香港，道教热，佛教更热。

一天傍晚，香港文艺界朋友谭仲夏先生和刘耀明先生陪我去采访香港佛教界的头号大法师。

法师的住处就在铜锣湾，离我住处不远。沿着繁华的商业街，越过天桥，走过维多利亚公园，我来到一家灯火辉煌的戏院。这戏院隔壁的一座高楼，名曰“湾景楼”，看上去像平常的居民楼，我乘电梯上去，登堂入室，见到金佛灿然，方知乃佛门所在。

我曾访问许多佛寺，大都深藏于名山之中。即便在城市里，也总有红门黄墙，庙宇森然。我从未见过这样设在高楼大厦之中的佛事场所，可谓充满香港特色。

在这座大楼里的四楼，为香港佛教菩提图书馆。我见到一柜柜佛教图书，一尊硕大的缅甸玉佛端坐其间。五楼有一大间，为弘法活动中心，曰“菩提讲坛”。六楼为方丈室、会客室和文书会计办公室。七楼为女众寮房功德堂。八楼为西方三圣殿兼佛事堂。楼里的其他房间，则住着普通居民。

在六楼方丈室，我拜见了“惺公”，亦即永惺法师。他团团脸，两道长长的白眉，天穹开阔，慈眉善目，一派福相。他送给我的名片上写着“释永惺”，上列十六个头衔。内中有：香港西方寺住持，香港菩提学会会长，美国德州佛教会主席，东林安老院创办人……

采访永惺法师，很顺当，因为他讲一口东北话。他本姓刘，名克勤，1926年出生于热河省(今辽宁)喀喇沁左旗县，十二岁出家。当时年近七旬的他，诸事繁忙，在和我谈话时，桌上的大哥大不时响起“嘟嘟”声，善男信女也不时前来向他请示……他常在香港电视中出现，所以许多人熟悉他。

永惺法师是香港西方寺住持，而西方寺是香港屈指可数的规模宏大的佛教寺院，坐落在荃湾大帽山南麓。佛教中传说极乐世界在西方，所谓“日落西山”，西方代表归宿，代表净土，所以此寺取名西方寺。

西方寺建成于1973年，大雄宝殿十分雄伟。只是因在远郊，众信徒来去诸多不便，于是，永惺法师便建议在闹市中心的高楼群中，购置几套房子，作为信徒的平日活动场所。我去的那座大楼，便是香港“菩提学会”的所在地。

永惺法师告诉我，由于此处铜锣湾是香港的市中心，所以很多佛教信徒在工余前来。这里周一晚上为念经；周二晚上为静坐班；周三为晚课；周五为法会；周六为佛学讲座。每晚来者十分踊跃。有的信徒几乎天天都来。

我问永惺法师，香港大约有多少佛教徒？他说，大约六十万人以上，占总人口十分之一左右。信天主教以及基督教的，比信佛教更多一些。这当然因为香港市民受英国很大的影响，所以信天主教、基督教很多。在台湾，信佛教就远比信天主教、基督教多。

永惺法师说，香港的佛教信徒们很虔诚。最近，在香港大屿山岛落成的世界上最大的铜佛像——“天坛大佛”，所用的经费就是由佛教徒们捐赠的。

永惺法师是建造那座大佛的策划者之一。他说，大佛是请中国航天工业部设计、由该部所属南京晨光机器厂铸造的，花了大约三千万港币。加上大屿岛要修筑专用公路等等，总共花费了六千万港币。

由于大佛是露天的，航天工业部在铸造时，往青铜里加入稀有金属，所以铜佛经风吹雨打，一直光彩耀目，并不生锈。永惺法师很赞赏中国航天工业部的铸造技艺。永惺法师说，他们还包了一架飞机，专程前往斯里兰卡，迎来舍利。

如今，“天坛大佛”所在的大屿山岛木鱼峰，成了香港新的旅游景点，也是佛教徒们朝拜的新场所。“天坛大佛”面北而坐，这“佛心向北”，正朝着北京。

永惺法师告诉我，他们成立了“香港菩提学会有限公司”，向香港政府注册。这是一家“无股份有限公司”，属于慈善团体，信徒捐钱可以免税。

永惺法师是1948年从内地前来香港的。他说当时的香港，漫山遍野搭着小木棚，棚上铺着油毛毡，他当年就在这样的小木棚里生活，十分艰难。

1949年，美国救济总署把他们作为难民，给他们发面粉、玉米粉、奶粉。很多人泡奶粉吃常常泻肚。他把奶粉和玉米粉混在一起，做成饼，吃了倒平安无事。不过，二十个人只有十个人的口粮，谁都吃不饱肚子。他们上山打柴卖钱，或者织“手袜”(即手套)，做化学酱油，办印刷厂，努力维持生计。有些从上海来的太太、小姐，在香港没办法生活下去，只得跳楼自杀。

永惺法师记得，小木棚里没有煤气，只好用火油炉烧饭。一次偶然失火，引起一场大火灾，把那漫山遍野的小木棚，全都烧为灰烬。香港政府不得不拨款建造七层的廉租屋。在那些房子里，厕所是公用的，烧饭在走廊里……

永惺法师说，现在的香港，一片繁华，其实香港走过了艰难的路。他在艰难中创业。香港的佛教能有今日鼎盛的香火，来之不易。

他奔走于中国、东南亚和美国，联络着佛教界，致力于佛教的传播和发展。

他在香港，也忙于接待各方佛教界来客。他说，尤其是内地的佛教界朋友，近年来频频访港，总是由他出面热情接待。

他说，近年来多次访问内地，见到内地寺院翻修一新，僧人日多，这表明内地充分尊重信仰自由，他深感欣慰。

香港的报纸和杂志

常言道："物以类聚，人以群分。"我来到香港，"以文会友"，我与文化人"类聚"，交往于文化圈之中。

香港一家杂志的主编对我说，在香港文化圈内流行着这么一句话，"如果对某人过不去的话，那就叫这人去办杂志！"

确实，在香港办杂志，称得上"惨淡经营"四个字。

香港"地盘"小，总共才六百多万人口。香港人又忙碌，生活节奏快，工余看看电视，上茶楼会会朋友，一天就过去了。香港人倒是喜欢看报，每天一大早，在报摊上掷下一枚硬币，取一份报纸，边吃早饭边看报，已经成了许多香港人的习惯。香港报纸版面多，一天出十几二十版，报纸杂志化。这么一来，留给杂志的"地盘"就很小了。

本来，内地是广阔的市场，有着数以亿计的读者。可是香港杂志进入内地市场的很少。朝台湾发行吧，台湾也有许多杂志，香港杂志很难打进台湾市场。向美国、新加坡等地发行吧，那里的华人圈内的销路，毕竟也很有限。

在香港，一家杂志能够发行一两万份，就算很不错的成绩了。可是，一两万份能有多少收益？扣除纸张费、印刷费、发行费，再付掉房租、办公费、工资，那就出现赤字了！

再说，香港的杂志又多，竟然多达六百多种！同行竞争很厉害。

由于以上种种原因，香港杂志举步维艰。编辑部通常比内地杂志编辑部要小得多。我见到一家杂志的编辑部，只有一个教室大小的房间。内中的一角，隔出一个比电话亭稍大的地方，算是主编办公室。进门处，放一张长椅，算是会客之地。编辑部内，一排排书架上放满各种杂志，几张办公桌挤在其中。这么小的地方，每月租金一万多港币，差不多要从每一本杂志中提取一元港币来付房租！

因此香港杂志的人员也非常精悍。常有两三人甚至一人办一份杂志，远比内地的杂志编辑部人数少。《明报月刊》是香港很著名的杂志，格调高雅，容量又大，每期140多页。主编潘耀明先生告诉我，整个编辑部只有七个半人。如果在内地，办这样的杂志，编辑部三四十人是不稀奇的。潘先生说，每增加一个人，就多一份负担。所以，在用人方面，他们不能不精打细算。

香港《亚洲周刊》的发行量比较大。这家杂志是美国《时代周刊》的亚洲版，向亚洲各国发行，也向美国华人发行。《亚洲周刊》在香港柴湾明报大楼内。我乘电梯上去，在进口处，办理了访客手续之后，那位负责门卫的小姐给了我一张小纸头，上面印着“访客证”(VISITOR)，还印着“有效日期”，小纸头背面刷着不干胶，粘在我上衣胸前。这么一来，我便可自由进出编辑部了。

《亚洲周刊》的编辑部有一个篮球场那么大。这个大房间里，密密麻麻放着许多写字桌。桌与桌之间，用小木板隔开，以防干扰。每一个写字桌的右方，都斜放着一台电脑。令我惊讶的是，仍有人在那里用笔“爬格子”。我问他们为什么不用电脑，答曰“不会”。

在香港，我发觉用电脑写作的作家也不如内地多。编辑部里有专门的电脑小姐负责打字。文友们知道我是用电脑写作，都说内地作家如今很“先进”。

在大房间之侧，连着几间小房间。那是主编、副主编们的办公室。《亚洲周刊》每星期要出版一期，所以工作量很大，比起办月刊要吃力得多。他们的文风严谨，工作处于相当紧张的状态。

他们的编辑、记者，有的来自内地，有的是香港本地人，也有来自美国。 每一期《亚洲周刊》，差不多都有中国大陆、香港、台湾新闻，又有国际消息，编辑部里有来自各个地方的人，便于采写、编辑各方文章。

香港的报纸也很多。据统计，共有67种报纸。内中，两家为英文报纸。

报社的日子，也不算好过。1995年初，我在香港的日子里，有一天，香港各报纷载：有着五十余年历史的《华侨日报》，宣告停刊！这样，香港的报纸，便少了一家，减为66种。

1996年底，我从香港回来不久，创办于1938年、有着58年历史的《星岛晚报》，也因亏损严重而停刊。《星岛晚报》属香港星岛报业集团，有着三百多员工，每天出十六版，均为彩色印刷。香港曾有着五家晚报，即《华侨晚报》、《工商晚报》、《明报晚报》、《星岛晚报》和《新晚报》。前三家已在《星岛晚报》之前停刊。随着《星岛晚报》的停刊，香港只剩一家晚报——《新晚报》了。

《华侨日报》和《星岛晚报》的停刊表明，香港报纸也正处于惨淡经营之中。不过，报纸的发行量毕竟远比杂志高，而且报纸有大量广告收入，总比办杂志要好一些。

在香港的报纸之中，发行量最大的要算《东方日报》，其次为《天天日报》。这两种报纸适合普通市民口味，所以发行量大。

《明报》和《星岛日报》的发行量也大，而且读者层次较高，是香港很有影响的报纸。

《明报》创办于1959年5月20日，创办人是查良镛。现在的发行量为四十万份，在知识界广有影响。

在内地，查良镛的知名度不算太高，可是一说起“金庸”，则家喻户晓。其实，金庸是查良镛的笔名。把“镛”字拆开，那就成了“金庸”了。金庸以创作武侠小说著称，所以在香港，人们也就戏呼查良镛为“查大侠”了。

“查大侠”虽说以在报上连载武侠小说而名闻遐迩，但他也是一位很有眼光的政治评论家。《明报》的社评，很多出自“查大侠”之手。据云，“查大侠”所写的《明报》社评，达数千篇之多。

“查大侠”不仅是写作的多面手，而且擅长经营。他在创办了《明报》之后，又先后创办了《明报月刊》和《明报周刊》。这月刊和周刊的办刊方针全然不同。

《明报月刊》以格调高雅为特色。虽说发行量不算太大，但是以其高品位，在知识界深有影响。

《明报周刊》则全然不同，是香港第一份娱乐性周刊，发行量甚大。

另外，“查大侠”还创办了明报出版社。

在1993年4月1日，69岁的查良镛宣布辞去明报企业有限公司董事局主席的职务，改任名誉主席。从此，他退休了。这位“查大侠”来到杭州西子湖畔，潇洒度晚年。

《文汇报》和《大公报》是两家左翼报纸。发行量虽不算很大，但是能够准确反映内地消息和意见，有着自己的鲜明特色。这两家报纸能够内销，内地的订户多可从中获知香港动态。另外，大批的内地企业在这两家报纸刊登广告，也使两家报纸的收益增加。

香港也有许多小报。连赛马还有专门的《马报》，发行量也不小。

形形色色的报纸，左、中、右都有。各家说各家的话，各家拥有各自的读者群。

报纸多，记者也就多。在香港，我差一点陷入记者们的包围圈之中。尽管我力避记者，但是仍有五六家记者追踪而来。我真佩服香港记者们的紧追不舍的“追”劲。白天，我忙于各方应酬，往往夜深才回到住处。刚要憩息，电话铃声响了，记者来电约谈……

内地新闻为香港各报所关注。这样，香港报社不断派记者到内地“抢”新闻。不过，香港记者来到内地，人地生疏，常常“抢”不到新闻。于是，近年来香港各报纷纷从内地“挖”记者。这些内地记者，往往有亲属在香港，借助亲属关系迁居香港，变成了香港记者。派这些香港记者进入内地采访，自然得心应手，可以利用原有的种种社会关系，“抢”到新闻。

在香港，我见到好几位这样来自内地的记者。在闲聊时，他们说起了自己的苦衷：由于家属不能一起来港，在这里没有家，也没有房子……唯一的好处是这里的工资高。在工作上，常受“夹板气”，因为在香港报社老板眼中你毕竟是内地人，而回到内地采访则把你作为海外记者对待，真是“里外难做人”。

香港记者们非常敏感。我在香港，很快就陷入记者们的包围圈。香港《明报》推出关于我的一整版报道，香港《镜报》、《星岛日报》、《香港联合报》等等，都发表了关于我的报道。日本和美国的新闻记者也闻讯赶来采访。香港无线电视台对我进行了专访。他们信息之灵通，出手之快，令我惊讶。

香港报纸多，作为作家来说，发表的阵地相应也就比内地多得多。尤其是在报纸上“承包”专栏，或写连载，在我看来，倒是大有用武之地。

香港的报纸多，专栏也多。据香港作家胡志伟先生对14种香港日报逐页点算，查明共设1 268个专栏。这14家报纸是《信报》、《明报》、《新报》、《星岛日报》、《东方日报》、《成报》、《天天日报》、《华侨日报》、《经济日报》、《快报》、《香港联合报》、《大公报》、《文汇报》、《新晚报》。

有这么多的专栏，就要有许多专栏作家。我结识了香港专栏作家罗孚先生。他竟然同时为四家报纸写专栏！所以，在香港，起码有五六百个专栏作家，“承包”那上千个专栏。

据云，香港专栏作家中的最高纪录，是一天写了21“段”。一“段”，就是指一篇专栏文章。

所以，同时为那么多专栏写文章，专栏作家们每天都处于“拳打脚踢”的紧张状态。

我也曾给香港一家报纸写过专栏，每天六百字，使我练就写短文的技巧——因为在内地，下笔便千言，几乎不写这类六百字的短文。这类短文很讲究谋篇布局，尤其注重文字的锤炼。

我想，倘若有朝一日，我提着我的笔记本电脑，到香港“十指打天下”，同时为几家报纸写专栏，也还可以“混日子”的。

不过，香港稿费不高——虽说跟内地相比要高。由于香港物价高，作家必须拼命写作，方可维持生活。所以，香港作家大都多产，总字数在一千万字以上者不少。因为不是如此多产，生活难以维持——这是生活所逼而产生的多产。

也有的作家在别的地方兼职，业余从事写作。因为有别的兼职，基本生活有了保障，就用不着在写作上做“拼命三郎”了。

当然也有例外。一位资深老作家告诉我，他的稿酬标准是一个字一元港币。这样高的标准，在香港是不多见的。

香港作家的派别多，因此香港的作家组织也特别多，共计11个：

香港作家协会(简称“香港作联”)；

国际笔会香港中国笔会(简称“香港笔会”)；

国际笔会香港英文笔会(简称“英文笔会”)；

香港文学艺术协会(简称“文协”)；

香港青年作者协会(简称“青协”)；

香港儿童文艺协会(简称“儿童文协”)；

香港作家联会(简称“作联”)；

香港文化艺术工作者联合会(简称“文联”)；

香港青年作家协会(简称“青年作协”)；

香港电影编剧家协会；

香港(海外)文学艺术家协会。

访问出版社的“老总”们

在内地，作家们为报刊写的文章，通常可以结集出版。在香港则不然，许多作家的文章无法结集出版，原因是文集的销路太差，没有出版社愿意做这种亏本生意。

我在香港跟许多出版社的“老总”们晤谈。确实，香港出版社的日子很不好过。

在香港，申请办个出版社是很容易的。我的一位朋友对我说，只消你交给我三千港币，办个“永烈出版社”，几天之内，我就可以把执照交到你的手中！

尽管在香港申办出版社如此容易，可是正儿八经的出版社并不多，那是因为出版社不易盈利。据香港利文出版社钟洁雄小姐告诉我，近几年来，香港印刷、纸张费上涨了30%，而书价只上涨了10%。

与杂志差不多，香港的书籍主要面向香港六百万人口，这使香港书籍销路更趋困难。香港生活节奏快，一些消闲的小册子尚可销，纯文学、纯学术著作很难有销路。一本书一版印一两千册而已，能够印五千册，已经算是很不错的畅销书了。

尽管如此，香港每年仍出书近三千种。

在香港，三联书店、商务印书馆、中华书局等等这些“中资企业”，遵照内地的方针政策出书。其中，三联书店规模最大，在美国、欧洲都有分销店。以三联书店为“龙头”，在香港成立了“联合出版(集团)有限公司”，成为香港出版界很有实力的“集团军”。

我来到坐落在中环的香港三联书店。它的全称是“三联书店(香港)有限公司”。底楼是很大的书店。不仅出售港版图书，而且出售内地版简体汉字图书，只是这些书到了香港后，定价比内地翻了好几倍。相比来说，内地的书价比香港便宜多了。所以，香港文化界的朋友去深圳或广州，回来时总是满载内地版图书而归。也正因为这样，在他们家里，我看见书架上放着许多内地版图书。

香港三联书店出过我的书。我在楼上的办公室里，见到了总编辑赵斌先生。他原本是上海市出版局副局长。他还是那样清秀而精明。他说起香港中资的出版业情况。他以为，香港三联书店在出版反映内地方面的书，有着很大的优势。因为对于大陆作者的情况，他们比较了解，组稿也方便，能够组到比较合适的书稿。

我来到明报大楼，进入明报出版社“老总”办公室时，见到一位短发小姐，看上去不过三十多岁光景。我以为是“老总”秘书。经编辑吴先生介绍，方知她就是总经理朱小姐。跟她一交谈，我马上发现，她对出版业务极为熟悉又极为热心。

朱小姐早就注意到我的作品，所以很早就托我的香港朋友魏先生打电话来上海约稿，又托编辑吴先生给我来信。她告诉我，明报出版社依托《明报》作为强大后盾，要做到每周出两本书。

朱小姐拿出刚刚出版才一星期的《金庸传》送我。她告诉我，虽说此

香港中央图书馆

书才问世，但是初版三千册已经销光，马上要加印。

她很善于做畅销书。她注意到，儿童读物有着广阔的市场。由于过去明报出版社几乎不出儿童读物，她决心把这方面的出版工作抓起来。她给我看了两本由她亲自组稿、翻译的儿童读物，彩色印刷，相当漂亮。

朱小姐送我一份明报出版社的出书目录，一则供我了解该社出书情况，二则我看中哪一本书，只消给她去个电话，她马上可以派人给我送来。

她说话、办事极为爽气，所以我很快就跟她谈定了一本新著的出版事宜。

最令我惊讶的是，在陈云去世的当天，朱小姐要编辑吴先生在一天之内连打4次电话，催我无论如何在半个月之内写出《陈云全传》。她说，香港图书市场上，连一本陈云的书也没有。我如期在半个月之内交稿，她以一个星期的速度出书！

在香港，天地图书公司也是名声很大的出版社。在湾仔，我出了地铁，向路人打听天地图书公司在哪里，路人皆知。

天地图书公司有着很大的门市部。“买书请到书种最多的书店——天地图书有限公司”，这样的广告在香港很多报纸、杂志和书上都能见到。

天地图书公司出版过我的《中共之初》、《毛泽东之初》等书，所以我跟董事长兼总经理陈松龄先生以及编辑室主任颜纯构先生，一见如故。他们深为香港图书目前不能内销而遗憾。在过去，他们每种书总能内销千把册以至更多，再加上在香港销一两千册，起码就可以不亏本。如今不能内销，他们不得不在出版前，反复斟酌每一本书的销路。

陈先生很客气，在香港的“和合大厦”宴请我和千家驹先生。千家驹先生的许多著作也是由天地图书出版公司出版。在宴会上，我还结识了香港《新晚报》前总编、老作家罗孚先生。

我来到位于九龙旺角的利源书报社。那也是一家中资企业。那里可以说是“书天书地”。除了留出窄窄的过道之外，全都堆满了书和杂志。香港街头书报摊上的书和杂志，几乎都是从这里批发出去的。

这家书报社不仅在香港成了“发行大王”，而且在欧美、东南亚、澳大利亚、非洲建立了发行点。现在，利源的发行网点已能覆盖海外80%的华人区。

这家书报社除了发行书刊之外，也出版图书，在20世纪70年代末办了个利文出版社。利文出版社也出过我的好几本书。他们送给我几本新出的书，关于蒋介石、宋美龄的，销路尚可。目前香港图书市场呈萎缩态势，迫使他们在出书前也不能不对选题斟酌再三。

我在九龙也见到了老朋友萧滋先生。他原是三联书店总经理，退休后办了个文化服务公司。他这个公司并不出书，而是借助于他在香港出版界的诸多关系，介绍和推荐书稿。

上“双班”的香港博士

在香港的一次会议上，我结识了一位文质彬彬的中年男子李博士。

对于他的名字，我是熟悉的，因为我在上海便读过他写的一本书，也在香港的报刊上见到他写的文章。

他给我两张名片、三个电话号码。那两张名片，印着不同的工作单位，印着不同的职称，甚至连名字也不同：

一是香港亚洲研究中心，印着副研究员、副教授、博士头衔，他的本名李国成；一是香港《明报》，印着编辑，他的笔名李谷城。

由于他希望能够在会后与我约一时间晤谈，特地在名片背后，给我写上了三个电话号码，又标上时间：

上午，他在家，写着家中的电话号码。不过，他说明，除特殊情况外，最好在11时至12时给他家中打电话，因为他早上在睡觉，直至中午才起床；下午，2时至6时，这四小时，他在研究中心上班，他写了研究中心的电话号码；夜，8时至12时，这四小时，他在报社当夜班编辑，又写了报社的电话号码。

他说，他家住香港荃湾，离亚洲研究中心不远，但是《明报》报社在柴湾，离家很远。他去报社上班，要坐地铁，然后换乘报社班车，路上要花一个小时，来回两小时。

他说，他兼做两份工作，为的是能够拿双份工资。

他这样上“双班”，已经十几年了！

一天傍晚，他代表《明报》，带着摄影记者一起来采访我。这是他以报社编辑、记者的身份出现。我们一起走过大街时，我发觉他走得飞快。没一会儿，他就把我和摄影记者甩在后边。他发觉了，收住脚步等我，笑道：“我这么快走路，已经走惯了！”

他选择傍晚采访，有两个原因：一是我所住的铜锣湾，正好在他所住的荃湾和他所工作的报社中间。这样，他在下午结束了研究所的工作后，可以顺路来我那里，然后再去报社上夜班；另外，选择傍晚采访，可以和我一边吃晚饭，一边聊着，以提高时间的利用率。

那天，他把采访笔记本铺在饭桌上，仿佛也在上“双班”—— 一边采访，一边吃饭。

当我回到上海，收到他寄来的《明报》。他在《明报》上发表了关于我的整整一版报道，而这一报道就来自那次饭桌。我真佩服他的工作效率。

他又寄来香港的《星岛日报》，上面也发表了他关于我的一篇报道。

他告诉我，他并非香港本地人，他是福建厦门人。他从福建师范大学毕业之后，来到香港工作。起初，他把注意力放在日本研究上，他曾在香港日本总领事馆日文学校研究班学习、毕业，写了《七彩日本》一书。后来，他转向中国现代、当代史研究，在香港珠海大学攻读中国历史博士学位。

他送给我厚厚的近四百页的博士论文，题为《中共建政前领导核心之研究》。我翻阅了他的论文。他很详细研究了中共“一大”至中共“七大”的领导核心。内中，对每一届的每一个领导成员的“个人背景”、“素质”、“职权”进行分析，还从“年龄”、“地缘”、“阶级成分”、“教育程度”进行研究。他在论文中曾多次引用我关于中共“一大”的专著《红色的起点》，所以他对我的情况很熟悉，在那次会上一见如故。

他的博士论文是在上“双班”的时间间隙中完成的。他参阅了中国大陆、香港、台湾有关中共党史的大批文献，也查阅了英文、日文的有关文献，因此他的论文资料非常丰富，视角也宽广，具有自己的特色——尽管他是在香港研究中共党史。

他的研究态度十分严肃。虽说他的博士论文已经出版，他的博士学位也已得到，可是他仍对论文中的不详之处不断进行探索。他一见到我，就希望帮助他查清朱锦棠的身世。

朱锦棠这人，如今已鲜为人知。1925年1月，在中共“四大”上，他当选为中共中央候补执行委员。1928年之后就不知去向。在《中共党史辞典》、《中共党史人物传》等等书中，都查不到朱锦棠。他注意到1991年上海人民出版社所出《中国共产党七十年图集》中，有几句关于朱锦棠的语焉不详的介绍，也就在论文中引用。但是，他总感到不满足。

我回沪后，向年已九旬、当年中共“四大”上的记录员郑超麟先生请教，他回忆了自已和朱锦棠的交往，朱锦棠的音容笑貌等等。我给李博士复函：

为朱锦棠一事，我请教年已九旬的郑超麟先生。

他头一句话就说，朱是安源人！记忆力之好，令人吃惊！因为中共“四大”已过去七十年了。

他说，在中共“四大”，他结识朱。那时，郑和张伯简一起担任大会的记录。大会发言十有八九是他记的。

我问，是叫“朱锦堂”，还是“朱锦棠”？他答，“叫朱锦棠，海棠花的棠，不会错”。

他记得，朱是知识分子气质，不是工农分子。当时，约三十来岁，长得很漂亮。开会时，朱坐在后排。每一次开会，朱都到会。

此后，他就不知朱的消息。

郑老所记得的朱的情况，大致如上。

我查了《郑超麟回忆录》。此书写于1945年。书上写及中共“四大”，朱也写成“朱锦棠”，可见“棠”字可靠性大。

我已托北京的朋友查文字材料。

我又向北京的中共党史专家请教，他们帮助查阅了文献。我在信中告诉他，查阅结果如下：

朱锦棠生卒年月不详。名字确系“棠”字，不是“堂”字。

1922年任湖南工团联合会副主任，安源路矿工人俱乐部窿内主任(窿内，即井下之意)。

1925年出席中共“四大”，当选中央候补执委。后作为中共中央派驻安源的代表(当时，李大钊派驻北京，项英派驻汉口，李维汉派驻长沙，谭平山派驻广州)。

1926年，任全国济难互济总会党团书记。

1927年任中共顺直省委书记(也有资料称前委书记)。据告，第一任是彭述之，此后是刘伯庄。王荷波前去整顿，撤去刘的职务，任命朱为书记。

1927年10月，朱领导了京东玉田农民暴动，失败。11月，王荷波被杀。12月，蔡和森改组顺直省委，朱被免职。此后，朱不知去向。

另外，在安源，1922年成立劳动组合部时，领导人为朱绍连。朱绍连会不会是朱锦棠？待考。

以上资料供参考。

当我把结果告诉李博士，他非常高兴。他说，他将把这些新的史料，补入他的著作。他的著作每一回再版，他都尽量补入新的资料，以求不断完善。

他在工作重负下，不仅从事于研究，还写了不少著作。在海外曾引起广泛注意。这些书内容丰富而翔实，是他多年来在广泛搜集海内外报刊、书籍资料的基础上编写的。其中不少书曾多次再版。每一次再版，他都补入不少新的资料，使内容越来越丰富。

对于这位“双班”博士，我很佩服他的勤奋和钻研精神。每当想起他，我的脑海中便出现步履匆匆的中年男子，正在香港街头奔走着。

我从李博士身上，明白了什么是香港人的“快节奏”生活……

李博士的新家和老家

我在1995年访港时，李博士曾多次邀请我到他家去。由于日程安排很紧张，未能如愿。

后来，在1996年秋，他和太太来上海时，到我家访问。所以，在1996年冬我和妻去香港时，就无论如何要去他家看望。

很巧，这一回去看望李博士，正值他家欲迁而未迁。他带着我先上他的新居，再去旧居，倒使我有机会很仔细地观察香港知识分子的生活和住房。

李博士很辛苦，靠着十几年以来上双班，以及在双班之余，为香港各报刊撰稿，如此劳苦，再加上分期付款，他总算买下一套新居。

他兴冲冲带着我和妻前往他的新居。新居离市中心颇远，我是从九龙繁华的尖沙咀坐了半小时地铁，到了荃湾。荃湾是地铁的终点站。荃湾是从60年代着手开发的新区，建成葵涌货柜(即集装箱码头)，现在吞吐量已经占世界第二。荃湾也发展成为香港人口最多的地区之一。

李先生在荃湾地铁站接我和妻，陪我们从荃湾再换乘十分钟公共汽车，下车后和他一起“打的”，才来到他的新居。

新居面对瓦蓝的海湾，风景秀丽。由于远离市中心，所以房价比较低一些，每平方米建筑面积三万多港币。李博士告诉我，这里的房子，凡是朝海的，价格要高。因为从窗口见到宽广的海，使人心情愉快。如果又是朝海，又是朝南，那就更贵。

李博士的新居，在高层大楼之中。

香港的大楼看守很严。入楼前，他要输入密码，才能打开大楼的大门。他尚未正式入住，所以想了一会儿，才记起密码。打开大门后，见到坐在那里值班警卫。他向警卫说明我和妻是他的朋友，这才带我们上电梯。香港由于人力紧张，所以居民楼内的电梯都是无人看管。我们先乘到四楼，走过一个平台，再换乘另一个电梯。他告诉我，底楼四层，是汽车车库以及公共用房。香港许多人家拥有私家车，所以楼内必须设有很多泊位。

比起内地的楼道，这里的楼显得漂亮。内地的楼道，大都是水泥本色，而这里的楼道铺着地砖，墙上铺着瓷砖。楼道内无一杂物，干干净净。转弯处，放着一盆盆花草。

李博士拿出钥匙，先是开了铁门，再开木门。论治安，香港还算不错的。正因为这样，我在香港少看见居民楼的阳台或者窗口用铁栅封闭。在香港，入室盗窃的并不多，而抢银行、抢金店的报道倒是频频见于报端。据云，香港法律规定，抢人钱包与抢银行、抢金店同罪。于是，盗贼们便把目光盯在银行、金店，不在乎抢钱包或者入室抢劫。

李博士的新居，散发着浓烈的油漆味。他的新居三室一厅两卫，共90平方米，这在香港已经是很不错的了。

屋里虽已装修完毕，却还只是空屋。唯一一件已经“入住”的物品，便是一幅放大的李博士和李太太的结婚照。这张照片放在客厅一进门最醒目处，表明这一新居是李先生和李太太几十年辛勤劳动所得的成果。

这三室，每间都不大，十平方米左右。一间是李先生和李太太的卧室，一间用作李先生的书房。李先生有两位千金，只得委屈一下，住一间房，屋里放双层床。

我问李先生，花了多少钱装修。他的答复出乎我的意外。他说，香港房价奇贵，而装修并不太贵。

李先生说，这里交通不便，附近没有公共汽车站，所以他每天上下班得“打的”。好在学院不远，花起步价就行了。另外，附近没有菜场，他们平日家中不打算开伙，都在单位里吃，休息日才在家中吃饭。

李先生又“打的”，带我们去他的旧居。

他的旧居倒是在公共汽车的终点站，也是傍山的高楼。乘电梯上了四楼，他领我们去参观健身房。这健身房里有着各种器材，还有乒乓桌，是专门供楼里的居民使用的。这是因为香港居民住房狭小，上班又忙，所以在大楼里设置了健身房，供居民健身之用。

我们来到他家。李太太和女儿正在家中。客厅里堆满一只只纸箱，一派搬家的气氛。他的旧居也是三房一厅，不过，只有70平方米。

我来到李先生的书房，除了书桌、书架之外，还放着复印机、传真机以及资料铁柜。那铁柜一个个抽屉里，放着一个个牛皮纸口袋，存放着他的研究资料。

李先生说，他的藏书甚丰，资料又多，要占用很多空间。他在卖掉旧居之后，打算另买一间便宜的旧房，专门用来存放图书和资料。不然，他的新居会被众多的书籍和资料占去空间，又变得十分拥挤。

李先生的步履匆匆。他上惯了双班，过惯了紧张的生活。最近，他辞去了报社的夜班工作，专心于教学和研究。虽说这么一来，他的肩上少了一副担子。可是，他一工作起来，仍像上紧了发条似的。

不染风尘的音乐家

在我的诸多香港文友之中，我以为，最为奇特的要算是来自台湾的陈建台博士。

那是在一个夜晚，我与台湾的李登辉研究专家、《李登辉的一千天》作者周玉寇小姐，政论作家金惟纯先生在香港相聚。经他们提议，去看望陈先生。

周玉寇小姐是台湾很活跃的女记者，曾经多次采访李登辉，人称“李登辉专家”，2006年她曾参选台北市市长，而金惟纯先生则是台湾一家经济杂志《商业周刊》的主编。

我们一起驱车前往陈建台先生家。车子穿过香港岛商店拥立的大街，上了山，一下子就进入一个静谧的世界。

陈先生的家在太平山的山腰。他家的阳台正对香港灯火辉煌的维多利亚海湾高楼群。面对如此喧嚣的闹市，这里却完全别有洞天，是一派音乐世界。

陈建台先生留着颇长的头发，戴一副深度近视眼镜，穿一身薄绒衣衫，一望而知艺术家的风度。他于1984年获美国马里兰大学音乐博士，跟马思聪先生有过许多交往。尽管我跟他是初次见面，但是他从书架上拿出一本我写的香港版《马思聪传》，我们之间的距离一下子就缩短了。

陈先生的音乐专长是作曲，但是他又擅长指挥和演奏小提琴。他奇妙地把中西音乐融合在一起。他播放起他的代表作《异乡人》，俄顷，空中便飘荡着充满哀怨之情的旋律。乐曲描写的是中国人离乡背井、沦为异乡人的悲切心灵，写的是晚唐诗人韦庄的“相别从此隔音尘，如今俱是异乡人，相见更无因”的意境，却是用西洋乐器钢琴、小提琴和大提琴三重奏加以表现的。

陈先生告诉我，这《异乡人》是他献给父亲七十诞辰的礼物。父亲在中国大陆生活了数十年，后来定居于台湾，仍时时有着“无根的异乡人”的感触。他用音乐，表达了父亲的内心世界。这乐曲，勾起众多台湾“外省人”的异乡感和思乡情，在台湾乐坛激起了强烈的反响。

陈建台先生也为台湾的大型歌剧《西游记》作曲，为台北张晓风的现代剧《武陵人》、《和氏璧》作曲。他的作品在台湾颇享盛誉。

陈先生的客厅里，不仅有钢琴、小提琴，也有几架古琴。他用古琴为我们演奏。演奏时，他熄灭了灯光，然后盘腿坐在地毯上，手指在琴弦上拢、拈、抹、挑，发出清幽醉人的琴声。他的山下，便是一片商海，那里响着流行歌手们“我爱你、你爱我”的狂热歌声。我真意想不到，在这半山腰，能听到这样的“仙乐”！

抚琴毕，他又播放他演奏的二胡录音给我们听。那是在夜深人静之时，他独自手持二胡，信手而奏，并无曲谱。仿佛灵感附身，他竟能奏出无限飘逸的乐曲。尽管曲终，我仍陷于那“仙乐”的深深回味之中。

我感到惊讶，在号称“文化沙漠”的香港，在一切都商业化的香港，居然还有这么一位不染凡尘的音乐家。

我忽地想起白雪皑皑的北京香山。倘若陈先生如果住在那里，也许会写出更多的“仙乐”……

“目不斜视”的二胡演奏家

朱道忠博士是香港音乐家协会主席，著名二胡演奏家。

我细细倾听那如怨似诉的《江河水》，大有唐朝诗人白居易《琵琶行》中“如听仙乐耳暂明”的感觉。在香港这样的商业社会，能够有这样醉心民族音乐的音乐家，确实难得。

2010年11月在香港、在深圳，我不仅有幸聆听朱道忠先生充满诗意的二胡琴声，而且还有机会向他请教，颇有收益。

一提到朱道忠，香港人总是称之为朱道忠博士。我问，二胡也设博士学位？他的回答，出我意外，他获得的是比较文学博士学位！也就是说，他原本是从事文学理论研究的，并非音乐学院毕业。

朱道忠祖籍广东南雄，青少年时代醉心于绘画，后来在中国内地的暨南大学、华中师范大学，攻读比较文学、中国现当代文学，获得博士学位。他是暨南大学比较诗学与比较文化研究中心的研究员，著有论文、小说、剧本、诗歌、乐曲等。然而，他广为人知的身份，却是二胡演奏家；他的代表性著作，是《二胡演奏基础》（花城出版社1986年出版）。

朱道忠是怎么成为二胡演奏家的呢？他告诉我，如同他从小喜欢绘画，从小也喜爱音乐，尤爱二胡。不料，如今二胡演奏竟然成了他的主业，以致很少有人知道他原本的专业是比较文学。正因为朱道忠有着深厚的文学基础，能够深刻理解乐曲的意境，把诗、画、音融为一体，所以他的二胡演奏是出类拔萃的。

香港国际艺擅主席二胡研究会副会长、作家、音乐家、演奏家朱道忠博士

我小时候学过二胡、笛子、箫，所以对民乐略知一二，跟朱道忠先生谈论二胡时谬充半个知音。我问起二胡是不是中国民族音乐的代表性乐器？朱道忠先生说，中国最早的民族乐器是古琴。古琴早在孔

子时期就已经盛行，有着四千多年的历史。中国文人雅士所谓的“琴棋诗画”，那“琴”指的是古琴。二胡始于唐朝，已经有一千多年的历史。二胡又称胡琴，这个“胡”字，表明是从“胡人”那里传入。在唐朝，把西方、北方各民族称为“胡人”。

我很喜欢二胡名曲《江湖水》，曾经多次听过著名二胡演奏家闵惠芬演奏《江湖水》，闵惠芬是我多年的朋友，而朱道忠先生也爱演奏《江湖水》。朱道忠说，《江湖水》写的是悲情，旋律是悲愤的。二胡属于弓弦乐器，音是连续的，适合表现悲情。正因为这样，1962年黄海怀把东北民歌《江河水》改编为二胡独奏曲之后，很多二胡演奏家都选择了演奏《江湖水》。朱道忠说，十个二胡演奏家如果都演奏《江湖水》，会奏出十部不同风格的《江湖水》。这是因为曲子虽然是同一的，但是每一个演奏家的文化修养不同，对《江湖水》的理解不同，所以演奏的《江湖水》是不同的。他说，他所演奏的《江湖水》，就明显地不同于闵惠芬演奏的《江湖水》。

说起闵惠芬，我认识她是因为在1976年我担任“文集内片”电影导演时，曾经为闵惠芬拍过3部唱腔音乐影片，即《空城计》、《柴桑口》（又称《卧龙吊孝》）、《文昭关》。朱道忠说，二胡适合演奏唱腔音乐，是因为二胡的音色接近人声。作为同行，朱道忠跟闵惠芬很熟。朱道忠曾经送闵惠芬四个字：“目不斜视。”从表面上看，似乎说的是演奏的姿势，其实这四个字的内涵是很深的，意味着在商业社会中“不斜视”种种金钱的诱惑，坚持走正路，坚持中国民族文化。这四个字是朱道忠送给闵惠芬的，其实也是他本人的写照。

我年轻时喜欢用二胡演奏《病中吟》、《良宵》。特别是《病中吟》，那样的深沉，那样的悲切。记得，20世纪50年代根据巴金小说改编的电影《春》、《秋》，反复用二胡演奏《病中吟》作为影片音乐，与影片的悲剧气氛极其吻合。像这样用二胡配乐的故事片，并不多见。朱道忠说，《病中吟》、《良宵》都是作曲家刘天华的代表作。刘天华是二胡的一代宗师，他的《病中吟》是在他失业又生病的时候拉着二胡创作的，所以旋律是悲伤的，而二胡最适合于表达悲凉的乐曲。我提及刘天华的《空山鸟语》、《光明行》，朱道忠说，那也是非常著名的二胡演奏曲。刘天华对于中国二胡的发展，做出巨大的贡献。

自然而然，我谈起了瞎子阿炳，谈起了那优美的旋律《二泉映月》。朱道忠说，瞎子阿炳来自中国民间。《二泉映月》是不朽的经典之作，他也喜欢演奏《二泉映月》。

我问，《金蛇狂舞》那样的乐曲，为什么更适合于琵琶演奏？朱道忠说，琵琶属于弹拨乐器，发出的声音是间断的，不像二胡是连续的，所以像《金蛇狂舞》那样欢快的乐曲，更加适合于琵琶演奏。

我提及上海的笛子演奏家陆春龄，曾经采访过这位“笛王”。我喜欢他的《鹧鸪飞》、《小放牛》。朱道忠说，陆春龄原是三轮车工人，后来成为上海音乐学院教授。他对新社会有一种感激之情，所以他的乐曲大都是欢快的。我也喜欢陆春龄演奏的《百鸟朝凤》。朱道忠告诉我，《百鸟朝凤》来自民间，并非陆春龄的创作。

我问及如何看待北京的“女子十二乐坊”？我知道，在中国音乐界，对于12位年轻女性且拉且舞，颇有争议，但是年轻一代却喜欢“女子十二乐坊”。闵惠芬对“女子十二乐坊”持反对态度，她说：“二胡没有了，只有那十二张脸。”朱道忠没有正面回答我的问题，他似乎并不持激烈的反对态度。

朱道忠在《二胡人文精神之我见》一文中，表示二胡演奏家女性化，这符合二胡本身的艺术规律。他写道：“二胡演奏家的女性化发展是一种人文现象，这一现象和二胡造型的女性化发展，和二胡自身气质的吻合。”他还指出：“二胡作为一件近乎人声的拉弦乐器，它的音色和韵味无一不体现出一种秀美和润的风韵和馥郁纤巧的灵性，是一种以抒情见长的乐器，它本身的气质就是女性的……女演奏家以她那温柔细腻的气质和灵秀，处理乐曲里面的一些微妙含蓄的神韵以及顾及整体的敏捷反应上，都是强项。并且，女性生理上的韧度和心理上的柔度，都更适宜于应付刚柔相济的乐曲。”这表明他并不反对“女子十二乐坊”中以12位女子演奏二胡。

但是，他也这样婉转地写及：“音乐形象不是靠目眼去审视，而是靠心眼去审视。所以歌唱家的伴舞可以取消，二胡演奏的伴舞更应该取消。即便是要衬以背景，也应以静态为主，尽量避免以动感的材料为衬托。民乐的创新应该以本为源、以变为流为其圭臬，至于‘舍本逐末’或者‘揠苗助长’的一些做法，那不叫创新，那是异化。”

如今，朱道忠桃李满天下，内中的佼佼者是他的儿子朱芸编。2002年，年仅11岁的朱芸编，在香港校际音乐节中成为首位囊括二胡、板胡及高胡三项中国乐器的深造组冠军。他因此获得香港音乐及朗诵协会推荐，参加2002年7月10日在英国举行的“兰格伦国际音乐节大赛”。在这次大赛中，朱芸编演奏了《阳光照耀着塔什库尔干》和《哥哥回来了》两个二胡曲目，以92分的高分击败50多个国家和地区的音乐菁英，夺得“兰格伦国际音乐节”民族音乐组冠军。他是首位荣获这一奖项的香港人，当然也是年纪最小的。

评委们高度评价朱芸编的二胡演奏："虽然西方人对中国古老乐器二胡并不熟悉，但小小年纪的他将天赋才华发挥得淋漓尽致，吸引全场数千名观众，二胡的音韵就在我们耳中跳动，证明他是一位真正的艺术家及音乐家。"

据说，朱道忠的太太在怀孕的时候就开始进行胎教，天天为娘胎里的小芸编播放二胡录音带。朱芸编在5岁开始正式学习乐器时，先是学习小提琴，7岁时开始在父亲指导之下学习二胡。一般人学习二胡要达到十级程度，最少得花上10年时间，但是朱芸编在短短4年内就做到了。朱芸编在英国获得大奖之后，人称"二胡神童"。

朱道忠博士是香港著名的音乐家，也是文艺理论家。这里，引用朱道忠博士在他的《道忠乐语》中的开篇语，作为结束语：

诗有百般之味，
乐有独凝之香。

细微之处看香港

常说上海人精明，作为上海人，我倒以为香港人精细。

漫步香港街头，我有时见到墙角、电线杆上贴着小小的纸片。这种小纸片"广告"，在上海也常见，或者是"家教"，或者是"换屋"，或者是"寻物"，或者是"出让"，如此等等。然而，香港的这种广告下方，却长着"胡子"——小纸片下方，竖着剪成一条条，不刷浆糊，像胡子般翘着。细细一看，每一条"胡子"上都印着电话号码！

原来，在看了广告之后，有意者顺手撕一"胡子"，便可以用上面的电话号码与出广告者联络。

上海的这类广告，没有"胡子"。有意者要掏纸、笔，才能记下广告上的电话。相比之下，不能不说香港人比上海人更精细。

我在香港买了一只钱包。这倒不是因为香港的钱包怎么考究，却是使用方便。比如，这钱包一分为二，一边放纸币，另一边放硬币。放硬币这一边，用手轻轻一扭，就可以打开。里面又细分为两格，一格放十元硬币，另一格放零碎硬币。在香港，不论乘公共汽车还是乘地铁，都是无人售票，都要用硬币。此外，打电话，买饮料，甚至上厕所，也都要用硬币。香港的厕所不像内地有人看管，只在门口放个自动售手纸的机器，同样必须投入硬币。有了这样的钱包，取硬币极为方便。钱包的另一边放纸币，结构跟内地的钱包差不多，但是有一块可供插卡的牛皮，这样，各种信用卡便可以插在里面。这种钱包在香港商店里随处可见。

香港环海。步入香港菜市场，处处可见“生猛海鲜”。不论鱼、虾、蟹，都是活的，养在水盆里活蹦乱跳。我见到这些水盆上，差不多都漂着一块白色的泡沫塑料，上面用红漆写着价格，令人一目了然。

在上海，虽说河鲜、海鲜同样讲究一个活字，水盆里不见标价，要一一地问价，显得很麻烦。

香港虽然四面环海，但是缺水。香港的自来水，是内地用水管送去的。香港人很注意节约用水。公共厕所的水龙头上，都安装了定时断水装置。摁一下龙头，水流了出来，刚好够你洗一下手。刚洗完，龙头就断水了。如果你还要再洗，那就再摁一下。

我在深圳新机场的厕所里，见到用红外线自动控制的洗手龙头。这表明内地也开始注意公共厕所的这一节水问题。只是这种龙头的价格要比香港那种节水龙头要贵得多。

香港式的广告

香港尽管人口密度极高，但是在宾馆的楼道里几乎见不到服务生或者服务小姐；在地铁站，只见一排排自动售票机，不见售票员；香港的高楼比比皆是，但是在电梯里，见不到电梯工……这是因为在香港，人工很贵，所以用人极其节省。

香港的“发财观念”颇重。春节前，我见到高楼大厦自上而下的四个红色霓虹灯大字是：“恭喜发财”！

在香港浅水湾，墙壁上嵌着几个车轮般大小的铜钱，已经被成千上万只手摸得油光可鉴。财神前的香火也极旺，青烟袅袅，礼拜者水泄不通。

香港人的普通话实在不敢恭维，然而香港知识分子的英语普遍不错。在香港，处处可见同时用繁体汉字和英文书写的路牌、广告牌、招牌、告示。然而，在报刊上，常见种种“粤式中文”——用粤语书写的文章，叫外地人难以卒读。

香港人遵守交通规则的观念，普遍比内地居民强。

遭遇“约克”台风

我又飞香港。

这一回去香港，竟是那么的艰难。

早早的，清晨六时多，阳光甫露，就赶到上海虹桥机场。一看，作家白桦老早已经坐在那里等候。我和他同坐港龙航空公司的早班飞机前往香港开会，八时起飞。

当我们已经领到登机牌，准备办理过境手续的时候，忽然听说“香港机场关闭，所有航班停飞”。

香港出了什么事？据说，从昨夜起，台风在那里登陆，机场关闭。

在上海，我无法想象香港的台风有多大。金色的阳光铺满上海大地，虽然有点风，只是轻轻摇曳着树枝而已。等了一会儿，航空公司开来大巴士，把我们这一航班的旅客载往机场附近的一家四星级宾馆里吃早餐。

早餐之后，接到通知，旅客们必须在餐厅等候。我想，大约是十几天前一架台湾的客机在香港机场着陆的时候，正遭遇强台风，被风吹翻，所以香港机场显得特别谨慎。我只得待在这家宾馆，因为航空公司没有说明什么时候起飞，旅客必须处于“时刻准备着”的状态。所幸与白桦同行，我们也就一起聊天，打发时光。

我给香港朋友打电话，他们说香港台风非常厉害，今天连公共汽车、地铁都停开了！

然而，上海阳光灿烂，微风渐渐转成轻风，如此而已。在上海，确实很难想象香港的台风会有多大。

从上午等到中午，航空公司招待我们吃了午饭。旅客们纷纷向港龙航空公司询问何时可以起飞？航空公司答复说，等香港台风稍小，就可以起飞，请大家稍安勿躁。

这么一来，下午仍然在等待中度过。谁都无法离开那宾馆，因为随时可能通知飞机起飞。

到了下午三时多，突然通知马上赶往机场。旅客们欣喜雀跃，登上大巴士，重回虹桥机场。这一回，办好登机手续，办完出境手续，坐到了登机口的椅子上，满以为下午四时半可以起飞。谁知到了登机时间，机场广播通知：由于香港台风依然猛烈，今日无法飞往香港，改为明天上午七时起飞！

我只得领回已经托运的箱子，“打的”回到家中。妻开门的时候非常惊讶：“怎么又回来啦？！”回家之后，我赶紧把一把折叠伞放进旅行包。

这一回，被台风折腾得够呛：先是在机场等了一天，翌晨又得一早起床，以赶上第一班飞机。

第二天，总算按时起飞。飞机在一万米以上的高空飞行，阳光绚丽，平静无风。往下俯瞰，则是一片白茫茫的云海。

往南飞行了两个多小时，飞机开始下降，钻进浓云之中，此后不见阳光。

飞机降落在香港新机场——青马机场。天仍在下雨，机场水湿，虽然有风，风力不大。

我和白桦乘坐高速列车从机场前往市区。每张车票七十港币。高速列车每十分钟一班，乘客不多。每一个座位的前排椅子背面，都有一个液晶荧光屏，可以收看电视，也可以按动揿钮，查阅香港衣食住行方面的诸多资料。

香港新机场离市中心比浦东机场离上海市中心更远。幸亏高速列车风驰电掣般前进，只花费二十多分钟，就到达市中心。

跟香港友人们见面之后，几乎人人都谈台风。昨日的台风，已经被命名为“约克”台风。这次，“约克”台风正面登陆香港，是最近十六年以来最强的台风。面对如此强大的台风，香港天文台高悬起十号风球。“约克”台风不仅风力强，而且肆虐的时间也长。昨日清早6时45分开始高悬十号风球，台风时速持续保持着110公里。十号风球不得不高悬了11小时，是

香港43年来悬挂十号风球最长的一次。也就是说，昨天我在上海候机的时候，正是“约克”横扫港岛之际。“约克”使250多个航班停航。

我的表侄前来看我。他说，他住在三十层的高楼上，昨天台风真吓人，从窗户的每一条细缝中钻进来，发出呜呜的叫声，令人心惊肉跳，仿佛大楼就要被吹倒似的！

友人陪我驱车外出，我见到香港许多高楼的玻璃幕墙被“约克”摧毁。

我所下榻的南洋酒店，与湾仔近在咫尺。湾仔是受“约克”袭击的重灾区。我见到湾仔的香港税务大楼，一百多块巨大的幕墙玻璃被毁，玻璃碎片被吹到一公里外，办公室的文件像天女散花般被台风吹到街上去！远远望去，那大楼真可谓千疮百孔。湾仔的香港入境大楼以及不远处中环的万丽酒店、鹰君中心，玻璃幕墙都遭到严重破坏。

所幸在我到达香港的时候，香港所有的风球已经取下。“约克”已经成为“历史”。翻看香港报纸，见到正在讨论大厦该不该装玻璃幕墙以及玻璃幕墙如何抵御台风等问题，大有“亡羊补牢”之感。其实，不光是香港，沿海各大城市（包括上海）同样都要注意玻璃幕墙问题。用玻璃幕墙装饰高楼大厦固然漂亮，但是就像穿得过分轻薄的少女，容易遭到强外力的袭击。

当传记文学研讨会在香港举行的时候，窗外阳光明媚，微风微拂……

从台北到香港

2003年1月，我从上海前往台湾，只在香港机场匆匆转机。当我从台湾返回上海时，途经香港，住了多日。

五星红旗、香港特别行政区紫荆花区旗迎风猎猎。在香港回归时，中央人民政府所赠的金色紫荆花雕塑，在阳光下金光璀璨。

2003年1月26日，中华航空公司的班机首次飞往上海。那时候还没有直飞，是经停香港机场飞往上海的。我一到达香港，就在铜锣湾街头的大型电视屏幕上，见到时任上海市常务副市长韩正在浦东机场发表欢迎中华航空公司客机降落上海的讲话。

电视大屏幕还显示，台湾的远东、长荣、华信、立荣四家航空公司的客机，也将相继从台北经停香港飞往上海浦东机场。

翌日，香港各报都以头版头条地位，报道这一历史性事件。香港《苹果日报》的大字标题是：《华航降上海，两岸直航，揭开新章》。

记得，在1996年11月那次去香港的时候，香港还没有回归祖国，港人正在选举香港特别行政区的行政长官。

1997年6月30日午夜至7月1日凌晨，中英两国政府香港政权交接仪式在香港会议中心举行。如今，香港会议中心已经作为见证这一历史性时刻的建筑物，成为香港的重要景观之一。

香港会议中心坐落在湛蓝色的维多利亚海湾之侧。现在，这里除了举行各种会议之外，各种各样的展览会也在这里举行。

维多利亚海湾的南面是香港岛，北面是九龙半岛。海湾两岸，都是香港最繁华的地段。尤其是香港岛，摩天大楼并肩而立，犹如纽约赫德森河畔的曼哈顿。从九龙的尖沙咀隔着维多利亚海湾，拍摄对岸香港岛的高楼，是最有代表性的香港景观。我把1996年在尖沙咀所拍的香港岛楼群照片，与这回在差不多地位所拍的照片相比，发现在香港回归之后又"冒"出许多新的高楼。

维多利亚海湾的风光是迷人的。每一回去香港，我总喜欢乘坐渡轮，往返于尖沙咀与香港岛湾仔之间。尽管海湾底下有快捷的地铁，而我宁愿多花十几分钟坐渡轮，以便观赏那海、那楼、那船。

位于维多利亚海湾畔尖沙咀的半岛酒店，是香港著名的豪华酒店。往来香港的政要、富贾们，喜欢下榻于此。1996年，我

香港维多利亚海湾

永远盛开的紫荆花

香港回归前半岛饭店的英国卫兵雕像

在半岛酒店门口拍摄时，那里竖立着英国卫兵像。在香港回归之后，这位“英国卫兵”也就不见了，因为在中国人的领土上，用不着英国卫兵。

香港是海港，也是渔港。在维多利亚海湾，客轮、货轮、渔轮、游艇云集。

香港岛上的最高处是太平山顶。我也喜欢乘坐缆车上山，从山顶俯瞰香港。就城市概貌而言，香港与台北有很大的不同：一是香港高楼远比台北多，而且非常密集；二是香港是岛，四周是海，而台北是盆地，并不直接靠海，是以基隆为海港。

香港人多地少，地皮金贵，而香港不像台北那样有着频繁的地震，所以香港也就努力向高空发展，建造高楼。香港的居民楼也很高，通常在三十层左右。三分之一的香港人，住在十层以上的楼房里！在九龙弥敦道，两侧的高楼挡住了阳光，街道几乎终日不见阳光。这样的“景色”在香港比比皆是。

香港的楼宇，往往密度很高，像筷子插在筷子笼里似的。

香港的住房，临海的最贵。山上的房子通常也比较贵。不过，香港人买房子，并不太讲究朝向，因为香港气候温暖，朝北的房子并不冷。香港人注重景观。登高望远，越高越贵，顶层最贵。当然，香港人也很讲究地段。离市中心越近或者离地铁口越近的房子，价格就高。

在建筑工地，我见到一幅广告，题目是《我们建造的是“心”》，强调房子应“建立在人与人良好关系基础之上”。

我曾经多次在香港采访“物业”——房屋中介公司，了解香港的房价。香港是以建筑面积每平方英尺的价格为单价的。1995年，那时候香港每平方英尺房价跟上海每平方米房价差不多。每平方米大约等于十平方英尺。也就是说，当时香港的房价相当于上海的十倍。

1997年香港回归的时候，房价大涨。这一次我去香港，发现香港的房价虽然仍然比上海贵，但是没有那种相差十倍的感觉。内中的原因有二：一是香港房价大跌，现在的房价差不多比1997年跌了30%~40%；二是上海的房价大涨。这一跌一涨，香港与上海的房价差距当然也就缩小了。

香港的房子高，就连公共汽车也是“高层建筑”。这种“高层建筑”公共汽车在台北是见不到的。香港街道狭窄，汽车又多，所以公共汽车不能不向“高层建筑”发展。不过，香港的摩托车、自行车极少，道路相对而言比较通畅，公共汽车在市区的行驶速度相当快。香港的电车，同样是“高层建筑”。香港的公共汽车里，安装了电视屏幕。

香港的“的士”（台湾叫“计程车”）一律下红上灰。大陆如今的流行语“打的”，其实源于香港。的士专用道上，写着醒目的“的士”两字。

香港最快捷、最大众化的交通工具还是地铁。台北的地铁只有短暂的历史，相对而言，香港的地铁网要完善，在香港的主要街道差不多都能见到“米”字形的地铁标志。香港地铁上上下下都有卷扬电梯，还设有直上直下的电梯——香港人称之为“升降机”。香港地铁实行自动售卡、刷卡进站，非常方便。

香港地铁在高峰时车厢里满满的，因为上班族主要就是靠乘坐地铁上、下班。他们迈着匆匆的步履奔进地铁，手中往往拿一份当天的报纸，即便拥挤，也要一边乘车，一边看报。只有在深夜，地铁车厢里才变得“空旷”。

来往于香港机场与香港市区之间的电气列车，倒是并不拥挤。一张一百港币的单程票，应当说是偏贵了，乘客也就少了。我在1999年乘坐的时候，单程票是七十港币。这一回我在离港时乘坐的是市区到机场的巴士，单程四十港币，我发现乘坐的人就很多。

香港市场繁荣，游客众多，特别是在春节前夕，来自中国内地的大批游客前往香港购物。我在所住的铜锣湾，随处可见挤满购物的人群。

在香港回归祖国之后，从内地到香港的手续简化，比前往台湾的手续要简便多了。另外，过境香港，可以在香港逗留七天。正因为这样，内地到香港的游客迅速增加。光是春节前去香港的内地游客，便达三十万人之多。大批内地游客来到香港，给香港带来巨大的商机。为了便于内地旅客在香港购物，在香港街头到处可见“人民币找换店”，在那里可以用人民币直接换成港币。

就在内地旅客大量涌入香港的同时，香港人也大批前往内地旅游。在香港一家旅行社，我见到挂着前往北京、庐山、桂林、张家界、昆明、东北三省、华东旅游的广告。此外，由于台湾离香港只有一个多小时的航程，前往台北、高雄旅游也是香港的热门线路。

香港著名的购物处一是铜锣湾，那里商铺云集。另一处购物街是九龙半岛长长的弥敦道，街道两侧商店林立。

这一回，我住在铜锣湾，咫尺之内便有大型百货商场——崇光百货和世界贸易中心。除了大型百货商场之外，香港也有各种小摊小贩小市场。香港的菜市场熙熙攘攘。轿车从菜市场中间的窄窄的马路驶过，而来来往往的几乎都是中年妇女，手中差不多都提着一个装菜、装肉的塑料马甲袋。

香港是一座不夜城。在铜锣湾，即便子夜时分，街头仍是人来人往，霓虹灯闪烁，许多店铺还在营业。也有的店铺通宵达旦。

香港人喜欢饲养宠物。展览在玻璃柜里的猫、狗，引来诸多顾客驻足。

正值春节前夕，我来到地处高楼包围之中的年货大卖场。一位漂亮的香港姑娘正忙于推销她的各种玩具。“出入平安”、“一帆风顺”、“金玉满堂”、“年年有余”之类的红色春联，理所当然受到人们的欢迎。“空气炮”、“负离子香薰氧吧”之类新鲜玩意儿，也挤进年货的队伍。

市场上人实在太多，管理部门不得不提醒顾客们：“留心背包把它前放。”

香港春来早。鲜花是春天的使者，是香港市民过春节时装饰居室必备的物品。花卉市场那里，顾客盈门。小金橘、黄金果，色彩鲜艳，而且黄灿灿的果子象征着黄金，象征着财富，也很受香港市民欢迎。

香港市民烧香拜佛之风甚盛。尤其是大年初一为了“烧头香”，往往摸黑起早前去九龙“黄大仙”祠排队等候。

香港既敬神，又崇拜明星。特别是在年轻人之中，“追星族”大有人在。正因为这样，在香港街头，常见明星们的大幅照片。

香港用繁体字。然而，在香港街头，我见到简体“东方红”招牌。“东方红”是一家连锁店的店名。我也见到画着毛泽东木刻像、简体字“人民书店”招牌。这家书店在二楼。我上去一看，所售全部都是来自中国内地的简体字图书。不过，书价改标港币，比原价贵得多。

在香港，除了大书店开在底层之外，小书店通常开在二楼。不言而喻，那是因为二楼的租金低，而书店的收益毕竟有限，所以只能劳驾读者上楼买书。

香港人的文化素养普遍比较高，喜欢读书看报。每天清早，我在报摊上就能见到各种当天的报纸。很多香港人在上班前买一份报纸，一边吃早餐，一边读报。

大多数城市的养老院在清静的市郊。香港的老人院往往在市区，这是便于子女、亲属前来探望。进入老人院的香港老人，未必就是孤老，很多人都有子女。子女们工作忙碌，所以把长辈送入老人院。有的老人院成了“托老所”，老人白天在那里，晚上回家。正因为这样，香港老人院建在市区。

香港的连锁店“东方红”

在一幢居民楼底层的一家老人院里，我见到放着成排的电脑。管理员告诉我，那是便于老人们在这里上网，收发E-mail。

也有的老人无依无靠，只能在街头讨乞为生。我在香港闹市，在“恭喜发财”的大幅标语下以及巨幅美女照片前，都拍到了讨乞的老人。一位失聪的姑娘则在街头手持“善心助聋人”的牌子，请求路人为聋人捐款。

来来去去香港

2006年11月，应香港艺术发展局的邀请，前往香港出席“20世纪中国文学的回顾与21世纪的展望”国际学术研讨会。来来去去香港，去多了，不像头一回去香港那样充满新鲜感。即便如此，到香港还是有许多新的观感。

如今去香港，非常方便。往日前往香港开会，要一层层向上报批，没有三个来月，办不成手续。现在手持五年有效的“往来港澳通行证”，说去就去。除了在上海浦东机场填过一回出境登记表之外，这回我进出香港，入境、出境登记表都不必填写，省去了许多手续。另外，通关的速度也大大加快。往日，我在深圳罗湖或者皇岗过关，排一两个小时的队是家常便饭，这一回我离开香港时，从罗湖出境。那天是周六，照理是过关的高峰，排队会更长，可是，由于如今办理过关的窗口增加了许多，而且过关的手续也简化，所以只几分钟我就顺利出关了。

记得，2003年我和妻从台湾回上海，途经香港，住了几天。当时，我们想从香港再去澳门看一看，可是凭我们所持的“往来台湾通行证”，能否从香港到澳门，不得而知，连香港中环码头的出入境工作人员都说不清楚。他们说，凭“往来台湾通行证”从香港到澳门是没有问题的，但是从澳门能否返回香港就很难说了。万一不能从澳门返回香港，我们只能从澳门出境前往珠海，那就麻烦了，因为我们的行李在香港的旅馆里……我是个敢于闯荡的人，当时还是从香港来到澳门，再度游澳门。当我和妻从澳门返回香港时，向澳门出境处说明了情况，获得同意，顺利从澳门返回香港。如今，我在上海办理“往来港澳通行证”时，办好了前往澳门的手续，那就很方便，不论是我从香港走，或者是从澳门走，都能进出澳门。

我乘飞机抵达香港机场，一出来就见到香港艺术发展局的苏小姐已经

香港会议中心

等在那里了。她领着我来到酒店专车的出发处。刚到那里，就见到专车来了。只花了45分钟，就直达位于铜锣湾的珀丽酒店。

铜锣湾是香港的商业中心，是香港最热闹的地方。香港人往往把铜锣湾一带称为香港，仿佛那里才是真正的香港。我是喜欢闹市的人。在上海，我就住在闹市区。来来去去香港，我喜欢住在铜锣湾。有两次在香港住在沙田，每次都要乘坐酒店的班车，花半个多小时才到九龙旺角，就觉得很不方便。这一回又住铜锣湾，我很高兴。珀丽酒店门口就是天桥，一过天桥，便是铜锣湾最繁华的商业区。从酒店步行5分钟，就可以抵达铜锣湾地铁站。

珀丽酒店是2001年开业的宾馆。香港艺术发展局安排每位嘉宾住一个标准间，原价每天196美元，内中包括10%的服务费和3%的增值税。由于订房量大，酒店打了折，每间客房每天的房价仍达900元港币，比上海的宾馆要贵。香港的一位朋友告诉我，一周前，他的一位亲友来港，安排住在珀丽酒店，标准间每天的打折房价是1200元港币——这还算是平常日子的价格。倘若在旅游高峰，房价还要高得多。

一进电梯，就发现设有“机关”，即安装了“电梯门禁读卡系统”。

闹市铜锣湾

香港宾馆的窗台里嵌进一张沙发，真可谓寸土寸金

只有把房门钥匙（卡片）插进电梯读卡器的凹槽里，电梯才能上升。这小小的设施，就大大提高了酒店的安全度，因为这么一来，非住店者就无法启动电梯。

珀丽酒店的标准房大约只有中国内地标准房的一半那么大。虽说房间里有两张单人床，却只有一把椅子，倘若再放一把椅子就没有回旋的余地了。我注意到，窗台被利用起来了，嵌进一张无脚的可以坐两人的沙发，这样来了客人勉强可以有坐的地方。至于卫生间，可以说是“紧凑型”——总算不错，有浴缸。稍差一点的宾馆的卫生间，则只有淋浴的莲蓬头，没有浴缸。

香港朋友告诉我，他家也是把窗台改装成沙发，因为香港人多地少，房价昂贵，必须充分利用每一寸地方。他在香港奋斗了四十年，先是花了二十多年时间从租房到买了40平方米的房子，然后又继续努力，如今算是拥有80平方米的分期付款的两房一厅的房子，已经很不错了。难怪，香港的楼房又瘦又高，四十多层的公寓楼比比皆是。也难怪，香港人会客，大都在酒楼茶馆，或者公园、海滨，因为家中实在太逼仄局促了。

珀丽酒店附近有一家房地产中介公司。路过那里的时候，我用数码相机拍了一下那里的二手房价格表。香港习惯于用平方英尺计算面积，十平方英尺相当于一平方米，在这里，我换算成平方米：

嘉景台	三房	136平方米	1 250万元港币
永威阁	三房	87平方米	440万元港币
海景轩	三房	99平方米	530万元港币

租房的价格（月租金）是：

湾景楼	三房	90平方米	12 500元港币

德伟大厦　二房　70平方米　9 000元港币

龙涛苑　二房　64平方米　14 000元港币

跟中国内地相比，香港的房价甚高。不过，香港的工资也远远高于中国内地。

珀丽酒店的服务很周到。客房里放着两瓶矿泉水，是免费供应旅客的。我喜欢喝热茶，总是用矿泉水烧开水，泡茶。我一离开房间，服务小姐就会及时送来矿泉水，始终保持两瓶，放在柜子上。

不过，客房的电话收费有点太贵。我见到电话机上写明：每打一次香港本地电话，收费5港币；国际长途电话（从香港打到中国内地也算是“国际长途电话”），每次收取服务费50港币，另加国际长途电话费。香港朋友帮助我买了香港电话卡，每张78元港币，安装在我的手机上，我的手机就变成了香港手机，有了香港手机号码。这样，我不仅可以用我的手机打香港本市电话以及国际长途（按照香港手机标准收费，比用宾馆座机便宜得多），更重要的是，除了睡觉之外我难得在宾馆房间里，朋友们可以直接拨打我的香港号码，很容易就找到我。

在珀丽酒店一侧，是香港中央图书馆，会议就在图书馆底楼的会议厅里举行。令我惊讶的是，我每天来到香港中央图书馆，总是看到读者络绎不绝地朝这里走来。我曾经到这家图书馆各阅览室看了一下，都坐得满满的，其中以年轻人居多。香港的商业气氛那么浓厚，香港人依旧保持强烈的求知热情。

香港是一个非常讲究效率的城市。研讨会限定每位嘉宾的发言，不得超过20分钟。到了第15分钟，坐在第一排的小姐就举起“5分钟”的牌子提示；到了第18分钟，坐在第一排的小姐举起了“2分钟”的牌子提示。到了20分钟，铃声响起，演讲者必须结束发言。按照我的习惯，准备了一张光盘，演讲时把几十幅照片逐一出现在大屏幕上。这是因为我考虑到我的长达四万字的论文已经由大会印发，而边演讲边放映图片，做到“图文并茂”，既缩短了演讲时间，又更富于形象。在众多的教授中，我是唯一用这种方式宣讲论文的。香港的“会风”很好，无人迟到，也无人早退，大家都聚精会神地听演讲。除了有事请假者之外，没有人无故缺席。香港人没有午睡的习惯。会议安排相当紧凑，上午、下午都开会，下午的会议在六时结束，吃完晚饭已经是七时半。我把接受记者采访、会见友人，只能安排在晚饭之后，或者会议间隙。

虽说珀丽酒店离铜锣湾商业区只一箭之遥，我一直没有机会上街。只在一天晚饭之后，散步到铜锣湾商业区。我记得，头一回到铜锣湾的时候，觉得那里真繁华。不过，如今上海的市面也是那么热闹，也就不稀奇了。往日，港币比人民币“吃香”，长期以来汇率为“三条杠”，即“111”，也就是111元人民币兑换100元港币。这一回，我见到街头的“人民币找换店”面前，都挂着“人民币兑换港币1：1”的牌子，清楚地表明人民币明显升值了。另外，街头的“ATM”机标明，凭中国内地的“银联卡”，可以直接提取人民币或者港币，这为内地的游客提供了很大的方便。

由于连日开会，香港主办方觉得不好意思，在最后一天安排与会者参加香港一日游。本来，我对香港很熟悉，大可不必参加香港一日游，不过觉得可以借此放松一下，并观看一下香港的变化，也就参加了。

运气不错，那天碧空如洗，香港在蓝天白云衬托之下显得格外美丽。香港岛四周环海，而这海湛蓝湛蓝的；香港岛又有山，而这山又不高，使得香港的楼房高低错落，富有层次。虽说香港寸土尺金，却非常注意绿化，这里气候暖和，到处一片葱茏。香港的环境保护甚好，天是那么透，水是那样的清。在这样的地方有一天的时间游览，我格外愉悦，拍了许多照片。

浅水湾是游香港必到之处。那里倚山面海，弯月形的浅黄色沙滩，拥抱着一泓碧波，而背后的山坡上则矗立着高楼。

我曾经多次到过浅水湾。这一次由于我们是团体包车，车上都是文化人，香港艺术发展局的朋友建议去游览浅水湾饭店——这是旅游团通常不去的地方。

浅水湾饭店是张爱玲的小说《倾城之恋》故事发生之地，张爱玲笔下的范柳原和白流苏就在这座饭店里恋爱。张爱玲曾经在《回顾〈倾城之恋〉》中写道：

“珍珠港（事件）那年的夏天，香港还是远东的里维拉，尤其因为法国的里维拉正在二次大战中。港大放暑假，我常到浅水湾饭店去看我母亲，她在上海跟几个牌友结伴同来香港小住，此后分头去新加坡、河内，有两个留在香港，就此同居了。香港陷落后，我每隔十天半月远道步行去看他们，打听有没有船到上海。他们俩本人予我的印象并不深。写《倾城之恋》的动机——至少大致是他们的故事——我想是因为他们是熟人之间受港战影响最大的。有些得意的句子，如火线上的浅水湾饭店大厅像地毯挂着扑打灰尘，‘拍拍打打’，至今也还记得写到这里的快感与满足，虽然有许多情节已经早忘了。这些年了，还有人喜爱这篇小说，我实在感激。”

雪白的浅水湾饭店坐落在山坡上，面对蓝宝石般的浅水湾，风景独好。典雅的浅水湾饭店，依然保持原貌。只是这风水宝地被房地产商看

浅水湾酒店——当年张爱玲所写的《倾城之恋》故事就发生在这里

中，在浅水湾饭店后面建造了一大批高楼，使幽静的浅水湾饭店陷于喧闹之中。我见到起重机的钢铁巨臂正在山头来来回回摆动，这幢葵花形的新楼是浅水湾的豪宅，据说每平方米的售价高达三十万元港币。

中午时分，来到赤柱。据说那里曾经出了状元，状元家的柱子漆上红色，所以叫赤柱。如今那里不见一根红色的柱子，倒是从山坡下到海滩安装了一部部卷扬电梯，那电梯上方的遮阳长廊全都漆成绿色，成了“绿柱”。下到海滩，见到那里新建了一个类似于上海襄阳路市场那样的小商品市场，其中以出售服装为主。

往日，中国内地的游客来到香港，喜欢买衣服，因为香港的服装来自世界各地，而香港又是免税港。如今，香港的中低档服装大都来自中国内地，而外国名牌服装则价格过高，因此内地游客在香港购买服装的兴趣降低。我发现，赤柱小商品市场的主要顾客倒是“老外”，他们喜欢买几件中国特色的服装带回去。

一日游的终点，居然是化妆品商场。香港的导游，也要从带领游客去商场购物提取回扣。我注意到，中国内地游客在香港买电器的兴趣已经没有过去那么高，因为许多电器内地都有，价格相差不大，而在内地购买可以保修。内地游客的购买欲望如今转移到名牌化妆品。中国内地加重了化妆品的进口关税，所以加大了在香港免税的名牌化妆品与内地的差价，导致许多内地游客把采购的目标转向香港名牌化妆品。

结束了“香港一日游”，我即将离开香港的时候，我才从同行的朋友那里得知，香港对于政府机关的开支控制甚严，像“香港一日游”之类的费用是不允许由香港艺术发展局这样的政府部门支出的——在中国内地，则通常总是由主办单位支付。一位喜欢写诗、笔名叫“古松”的香港文友，赞助了“香港一日游”的费用。古松先生是一个头发、衣着总是整整齐齐的绅士派头的人。他曾就读于台湾、英国及香港大学，获硕士学位。后来担任香港律政司总刑事检控官、澳门东亚大学及亚洲国际公开大学为兼任教授，负责主讲法律、哲学及社会哲学史等。他在闲暇时喜欢写诗词或者译诗，出版过十本诗集，其中有《清风几许》（新诗）、《信是随缘》（词）、《悠悠岁月》（新诗、词及翻译）、《咫尺天涯》（新诗及翻译）、《古松短诗选》等。也正因为他喜欢写诗，他被聘为香港艺术发展局文学艺术顾问。这样的顾问只是虚衔而已，他却自掏腰包为来自中国内地的文友们不声不响“埋单”，也真是不容易。

我不由得记起，这次出席研讨会，香港艺术发展局给所有出席者提供的旅费，从不支付现金，而是开支票。据说，这也是香港政府的规定，以便从制度上不给贪污者以可乘之机。

澳门散记

从香港到澳门

去澳门之前，我想在香港用港币换些澳门币。然而，香港朋友告诉我，在澳门通用港币。果真，到了澳门，用港币就像用澳门币一样方便。澳门人个个熟悉港币，就像熟悉澳门币一样——虽说如今的港币是由三家银行发行，香港汇丰银行、渣打银行和中国银行印制的港币各不相同。由于一元港币与一元澳门币等值，所以在澳门使用港币时不必换算，倍感方便。

去了澳门之后，我手头有一些找回来的澳门币零钱。回到香港，我用澳门币买东西，就不行了。香港人对澳门币十分陌生，看了半天，把澳门币退还给我。我只得到银行兑成港币，才能在香港使用。

港币的单向流通，给我留下很深的印象。

据当地朋友向我解释，港币的单向流通，是由于香港大而澳门小所造成的：香港拥有六百多万常住户口，而澳门只有四十万常住户口。正因为这样，尽管来往于港澳之间的港人与澳人大体相等，但是由于澳门小，也就造成了处处见港人，港币也就随之在澳门流通，而香港大，澳门人进入香港，只在香港占小小的份额，澳门币也就难以在香港流通了。

至于人民币，不论在香港或者在澳门，都不能直接使用，要先在银行换成港币或者澳门币。这种兑换，比“公价”要高，当时一元港币在香港要换1.25元人民币。当然，也有个别港澳商店可以直接使用人民币。这些商店，大都是在旅游点，出售旅游商品。

香港的新界与深圳直接相连，而澳门则与珠海直接相连。所以，从香港到澳门，大体上就相当于从深圳到珠海。

从香港到澳门，隔着南海，走陆路就得绕道深圳、珠海，显然要兜了个大圈子。最简捷的，有两种途径：一种是乘直升飞机从空中走，一种是乘坐“喷射船”从海上去。

澳门离香港很近，倘若到离市区颇远的香港新机场去乘坐飞机，那就很不方便。何况普通的客机起飞、降落都很费时间。直升飞机不需要硕大的机场，只要有一个小小的停机坪就够了。使用直升飞机飞澳门，可以

遥望澳门

在香港市区登机——登机处就在“喷射船”航运大楼的楼顶，飞行二十分钟，便到达澳门了。在澳门的降落处，也在码头，而不是离市区甚远的澳门国际机场。

不过，直升飞机的缺点是载客量有限，每个航班仅载客八人，票价也就比较贵一些。每天，香港与澳门之间的直升飞机航班，基本在22个以上。

所谓“喷射船”，也就是气垫船。气垫船可以载客二百至四百人，成了香港与澳门之间主要的交通工具。

我从香港上环登上气垫船。每隔一刻钟，就有一班“喷射船”驶往澳门，二十四小时都有航班。所以，从香港到澳门，交通是非常方便的。从香港到澳门的四十英里航道，是世界上最繁忙的航道之一。据统计，每天往返的旅客平均为16 500人次。

我所乘坐的“远东喷射船”，是美国波音公司制造的。这种气垫船分上、下两层，跟飞机一样分头等舱和经济舱。船舱里一排排航空椅，乘坐十分舒适。在螺旋桨开始旋转之后，两股强大的气流便朝后喷射，“喷射船”在湛蓝的维多利亚海湾飞驶，船尾激起两道白色的碎银似的浪花。

离开香港之后，“喷射船”驰骋在广阔的南海。蓝天上白云舒卷，碧海万顷细浪，令人心旷神怡。

就在这时，穿着一身紫色西装的服务生前来推销免税外烟，五十港币五包。服务生说：“比香港便宜三十元！”香港是个自由港，种种舶来品免税，唯有外烟税重。所以在香港，外烟价格颇贵，比内地都贵。“喷射船”往来于“出境”与“入境”之间，所以船上的烟免税。我不抽烟，没有向服务生买烟。

过了一会儿，服务生又来推销彩票。澳门有规模宏大的赌场。正因为这样，连“喷射船”上都在推销彩票。

大约航行了半小时，路过一个海岛。岛上朝南一排美轮美奂的洋房，此外一无所有。据云，这是豪门度假的别墅。

经过一个小时的航行，远远就看见长长的白色跨海大桥，紧接着看到一大群高楼，哦，澳门到了。上岸处，是澳门的“港澳码头”。

由于港澳之间的交通极其便捷，所以香港人到澳门度周末的颇多。这么一来，澳门宾馆的房价以周末最贵——港人往往在星期六上午去澳门，星期日下午回香港，周末在澳门住一夜。这么一来，周末宾客如云，房价当然飙升。澳门宾馆这种“周末升值”现象，也足以表明香港对于澳门的深刻影响。

在香港与澳门之间，不仅当天可以往返，而且半天之内也足以往返。

正因为香港与澳门是一对关系密切、来往频繁的姐妹城市，所以香港的顺利回归，对澳门产生了巨大影响。澳门也跟香港一样，顺利走上回归之路。

澳门环岛游

前往珠海的游客，几乎无一不去登船，作一番“澳门环岛游”。尤其是澳门回归后，成了全世界关注的焦点，前去作“澳门环岛游”的游客就更多了。

其实，澳门是个半岛。所谓“环岛游”，只是从珠海的湾仔出发，沿着澳门半岛兜了半圈，然后沿原路返回。

澳门这名字中的“澳”，意为“海边弯曲可以信用停船的地方”。澳门附近的海是浅海，平均深度不过三四米，在古代便是渔民避风的所在；至于“门”，则是水道出入之口，犹如一幢房子的门。厦门，虎门，这“门”与澳门一样，同样是水道出入口的含义。

澳门的英文名字为“Macau”，音译即“马交”。这由于葡萄牙人最初从澳门妈阁庙一带登陆，问当地居民这是什么地方，当地人以“妈阁”相答。在粤语中，“妈阁”与“马交”音近，葡萄牙人便把澳门称

澳门的第二座跨海大桥——友谊大桥通车于1994年

澳门的第一座跨海大桥——澳凼大桥通车于1974年

澳门的第三座跨海大桥——西湾大桥通车于2004年

之为“Macau”。

澳门作为半岛，在关闸与珠海的拱北相连。记得，我在1998年11月在珠海出席会议，几位来自澳门的朋友便是乘坐汽车从关闸到拱北开会。晚上，他们又乘车从拱北回到澳门。他们说，有的澳门人甚至每天到珠海拱北来买菜！

澳门位于珠江口的西端，与东端的香港岛遥遥相对。

据考证，澳门与香港一样，原先也是一个四周环水的海岛。后来，由于泥沙淤积，使澳门岛与珠海连成一体，于是成了半岛。

澳门与珠海之间窄窄的连接处，叫做“莲花茎”。如今，在“莲花茎”珠海这边是拱北，在澳门这边则是关闸。

在作“澳门环岛游”时，从海上看澳门，给我印象最深的是澳门密集的高楼和雄伟的跨海大桥。

如今，我又在澳门乘车作“环岛游”，从岛上往外看海、看桥。游到关闸时，见到珠海的大楼，倍感亲切。经向澳门朋友请教，所谓“关闸”，这“关”并不是关闭之意，而是关口之意。在关闸对面，便是飘扬着五星红旗的珠海边防联检大楼以及汽车总站、免税商场。

澳门半岛很小，称之为“弹丸之地”并不过分——东西最宽处不足两公里，南北不过四公里，总共只有9.1平方公里。然而，在这“弹丸之地”，却密集着四十多万人口，成为世界人口最密集的城市之一。正因为这样，澳门的高楼密集。大量的人口，正是“浓缩”在密集的高楼之中。

澳门除了澳门半岛之外，还有两个岛，一个叫“凼仔”，一个叫“路环”。这两个岛，认真点讲，叫“离岛”，因为它们有跨海大桥与澳门半岛相连，可谓“若即若离”。这两个岛上的人口，远比澳门半岛少，加起来也只占澳门总人口的十分之一。

从澳门半岛到凼仔岛的跨海大桥，叫“澳凼大桥”，极为壮观，长达两千五百米。看上去像一条长龙横卧在碧波之上。

在珠海作“澳门环岛游”时，游船便从桥下穿过。如今，我站在葡京大酒店前细细观看这跨海长虹，汽车如潮水般穿梭于长桥。这座大桥是以澳门总督嘉乐庇的名字命名的，称之为“嘉乐庇总督大桥”，但是澳门人都称之为“澳凼大桥”。

此外，当我从香港乘喷射船抵达澳门的港澳码头时，也见到一座气势宏伟的跨海大桥，连接澳门半岛和凼仔岛。这座大桥是在澳凼大桥建成之后建造的，人称“新澳凼大桥”，又称“友谊大桥”。

乘车越过澳凼大桥，便到达凼仔岛。

凼仔岛的面积比澳门半岛稍小，为6.3平方公里。凼仔岛上的高楼，明显比澳门半岛少。这里人口也少。凡是澳门半岛难以容纳的占地面积大的建设项目，就建造在这里。比如，这里有着人工填海建成的宏大的澳门国际机场，还有澳门的最高学府澳门大学以及宽敞的赛马场、赛车场。

澳门的大三巴

从凼仔岛南端，又有一跨海大桥，长达两公里，与路环岛相连。这座大桥叫“路凼大桥”。

路环岛比凼仔岛大，面积为8平方公里。不过，路环岛多山，平地少，所以这里人口最少。这里山高，海滩漂亮，是澳门的旅游胜地。

漫步澳门老城厢

车门旁装着一个按钮，乘客揿一下按钮，响起叮当声，司机知道有人要下车，便把汽车靠边，让乘客下车。

澳门的公共汽车上，几乎都装有这种“落车钟”。澳门的公共汽车有车站，但是乘客也可以不到站就近下车。

澳门的公共汽车，大都是“中巴”。澳门老城的街道狭窄，“中巴”可以灵活地穿行。招手即上，按钟即下，给乘客带来莫大的方便。

车门旁贴着“谨防小手”的广告语。“小手”，也就是扒手。在其他公共场合，也可以见到“谨防小手”广告语。澳门的治安，跟香港相比要差一些。

香港的“中巴”，统一票价为六元港币，而澳门“中巴”统一票价只有二元五角澳币，亦即二元五角港币。澳门的车票比香港便宜，是因为澳门比香港小得多，不及香港的十分之一。跟上海相比，澳门只及上海的一个区。

我在澳门“打的”，起步价为十元澳币，每次一般十几元就够了。据说，澳门“的士”总数为五六百辆，远比上海少，这当然一方面由于澳门小，另一方面则由于澳门的私车多。

澳门人不大“打的”。小康之家自己有轿车，工薪族则有摩托车。在香港，摩托车很少，而澳门则满街是摩托车。澳门城小，街道又窄，最适宜于以灵活的摩托车代步。在香港几乎见不到自行车，而在澳门，自行车也相当多。

令我惊讶的是，澳门有许多人力三轮车，这在现代化的都市里几乎已经绝迹了。在繁华的“葡京娱乐场”（亦即赌场）大门口，一字儿摆开一大排正在候客的三轮车。

澳门明显地分为老城和新区。

下了“喷射船”之后，从港澳码头进入市区，那一带高楼林立，道路宽广，一派现代化都市的气派。

然而，当我寻访“大三巴”，进入了老城区，仿佛来到上海原先的城隍庙那一带——如今，上海的老城厢经过改造，宽敞多了，然而澳门的老城区仍是那么狭窄和拥挤。

澳门老城区的街道短而窄，路面不过三四米宽，而且还是用石块铺成的路面。

这里没有红绿灯，也没有斑马线。

就在这样的老马路上，摩托车频频飞驶而过，“中巴”公共汽车也不时驶过。再加上人力车、自行车，更加拥挤不堪。

老街两侧，小店小铺林立。窄窄的人行道，还不时被水果摊、饮食摊所侵占。这里的水果比香港便宜。饮食摊上在卖“鱼蛋面”。所谓“鱼蛋”，也就是鱼丸。

在老城区，我觑见了澳门的历史原貌。澳门的标志性历史建筑“大三巴”，就坐落在老城区的中心。在大三巴附近，鳞次栉比的小店，几乎都是在出售澳门旅游小商品。

在荧屏上，在报纸上，在杂志上，不知多少次见到过大三巴。在澳币上，也印着大三巴的图案。澳门人说：“没有到过大三巴，就等于没有到过澳门。”

走过狭小而弯曲的老街——大巴街，忽然眼前变得开阔，一看，那是一个倚山而筑的广场，沿着宽大的六十八级石台阶望上去，大三巴就在跟前！

拾级而上，走近大三巴。

原来，倾慕已久的大三巴，其实是一堵断墙而已！看上去，有点类似于中国的牌坊。原来，那里不仅是澳门当年最大的天主教堂，而且是当年远东最大的天主教堂。这个教堂叫圣保禄教堂，于1602年奠基，1637年竣工，距今已经有三百多年的历史。

这座教堂融东西建筑艺术于一炉。既具有欧洲文艺复兴时期的建筑艺术特色，又具有东方风格。

水火无情。1835年的一场大火，烧毁了蔚为壮观的圣保禄教堂，只剩下这堵正门墙，孤零零如同一座牌坊。尽管只一堵残壁，但是壁上诸多雕塑完整无缺。于是，人们决定保存这堵残壁，而残壁位于大巴街，有三个门，人们便称之为“大三巴”。

我细细观看着大三巴。它总共有四层。每一层都有精美的雕塑。最引人注目的是第三层正中，是一尊圣母玛丽亚的高大塑像，两侧装饰着西方的百合花和东方的菊花，可谓“中西合璧”。

步入大三巴的大门，是一片空地。当年辉煌的大厅，已经无从寻觅。

大三巴犹如北京的圆明园，尽管是一片断垣残壁，毕竟凝固了历史。正因为这样，大三巴成为澳门的历史胜地，成为澳门的象征性建筑。

热心的澳门人

在澳门老城厢拜谒了大三巴之后，我直奔位于南湾湖畔的一座与众不同的玫瑰红色的大楼。大楼只有两层，所有的廊柱都是白色的，所有的窗户也镶着白色，四周围着铁栅栏。

这便是曾经的“澳督府”——葡萄牙总督府。

我多次去澳门。1999年初那次我在澳督府前拍照留念时，特地把那面半红半绿的葡萄牙国旗摄进画面。因为再过三百来天，这面象征着葡萄牙对澳门的统治的旗帜将被永远降下，五星红旗将飘荡在澳门上空。

总督是葡萄牙政府派往澳门的最高代表。自从1623年7月7日葡萄牙政府派出第一任澳门总督以来，共127任。

这座玫瑰色的总督府，完全是按照葡萄牙建筑风格建造的。在澳门回归祖国之后，这座玫瑰色的房子作为殖民统治的历史见证而保存。

不像大三巴跟前游人络绎不绝，总督府前虽然车水马龙，但是行人寥寥无几。我想找行人替我和妻在总督府前拍张合影，等了一阵子，终于等到一位中年妇女。她左手拎着一个包，右手拎着一个袋，蹒跚路过。我实在不好意思打搅她，可是除了她之外，没有别的行人。当我抱歉地请她帮助拍照时，她二话没说，就放下手中的包和袋，拿起我的相机，左瞄右对，然后喊“One，Two”，这才咔嚓揿下了快门。

拍好之后，我连声对她说：“Thank you！”这时，她指了指总督府后面一幢绿色高层建筑，意思是说刚才把这高楼也拍进去了，不好看。于是，她换个角度，再给我们拍照。她把照相机从横握到竖拍，又揿下了快门。

当我再次向她致谢时，她拿起袋和包，匆匆走了，高跟鞋在小方石铺成的人行道上发出橐橐声……

澳门总督府如今飘扬五星红旗和澳门特别行政区区旗

此后我再去总督府，虽然楼房依旧，但是顶上的葡萄牙旗已经不见了，在那里飘扬的是五星红旗。

离开总督府，我到附近的一家小店稍憩。一边喝冷饮，一边用店里的投币电话，给澳门文化司署的友人打电话。他留给我的电话有一大串，既有两个办公室电话，又有家中电话，而且还有他私人藏书室的电话以及他的传真号码。在这些电话号码中，有六位数的，也有七位数的。

不知道电话号码有误，还是他外出了，我打了一会儿，一直没有找到他。那只硬币，一次次投进投币电话机，又一次次被退了出来。

店里的一位小伙计见到了，主动跑过来，用一口非常蹩脚的普通话对我说："我帮你打！"

我把通讯录给他。他指着七位数的号码说，这是政府专线。他一拨，就通了，居然把我的朋友找到了……

常言道："路在嘴上。"初到澳门，人地生疏，也就向当地人问路。

我沿着南湾大马路徐徐而行，见到一片芳草地。一棵大树下，放着几把木长椅，长椅上坐着一位长者。我也在长椅上坐下，向长者请教路途。

澳门人的普通话，如同那家小店里的小伙计一样，实在不敢恭维。我听不懂他的"澳式普通话"，但是他却能听懂我的普通话。干脆，他从身边的拎袋里，取出一张地图来。我一看，那是一张《澳门观光地图》。他在地图上指了指我们所在的草地，又指了指我要去的地方，我一下子就明白了。

我把地图摺好，还给长者。谁知他却把地图送给了我。

素昧平生，我实在不好意思接受他的地图，他仍执意送我。这时，我听懂了他的一句“澳式普通话”。他说：“我是本地人，用不着这地图。”

我再三向长者致谢。

有了地图的指点，我顺利地来到贾罗布大马路，来到了“南光广场”。门口放着一大排花篮，写着“‘上海文化周’开幕志喜”。那是澳门各界爱国人士赠送的花篮。

我来到二楼，大厅里高悬着“上海文化周”红色横幅。我仿佛回到了上海，因为大厅里展出几百幅上海风光照片，展出上海各出版社的新书。上海市副市长左焕琛见到我，跟我握手。我也见到了澳门文化界的许多朋友。

澳门各界上百人出席了“上海文化周”开幕式。左焕琛副市长和《澳门日报》总编辑发表了热情洋溢的讲话，共述上海、澳门姐妹城市情，同叙回归谊……

澳门的“博彩业”

1999年我在澳门竟然一下子买了三对“对表”——三只男表，三只女表。尽管我的手腕上戴着表，为什么又买了那么多的表呢？

我从澳门回来后，把这些表分送给朋友们，无一不喜欢。这些表，既不是“欧米格”，又不是“英纳格”，然而，非常奇特：

表壳两端，分别刻着“澳门MACAU，1999•12•20”字样。这“1999•12•20”是澳门回归的历史性日子；

表面的上印着澳门的标志——“大三巴”图案；

最为有趣的是，表可以掀起来，在表的底下，有一块玻璃。玻璃下面有三颗小小的骰子。轻轻摇动手表，那骰子居然还能滚动呢！

澳门回归后，各式各样的回归纪念品也就涌上澳门市场。“澳门回归纪念表”也多种多样，有豪华型的“回归金表”，也有普通的“回归电子表”。我选中这种“澳门回归纪念表”，是因为在我看来，这种表浓集了澳门的特色。

就澳门来说，骰子与大三巴一样出名。骰子是澳门“博彩业”的象征。

“博彩业”，是文绉绉的雅词。说白了，也就是“赌博业”。澳门虽小，却是世界三大赌城之一。另外两座赌城，都在美国，即“拉斯维加斯赌城”和“大西洋赌城”。

对于澳门来说，“博彩旅游业”是支柱产业之一。这里把“博彩”和“旅游”联系在一起，是因为澳门的“博彩业”吸引了众多的游客。据统计，每年到澳门的旅客达五六百万人次。其中，20%是观光游客，而80%是“博彩游客”。据澳门博彩合约监察署1995年的调查报告指出：“港人占所有赌客的85%，而90%来澳门的游客是为了赌。”

所谓“博彩游客”，也就是专为“博彩”而来的游客。这一大批“博彩游客”来澳门，除了“博彩”之外，要吃、要住、要行，所以也就形成了“博彩旅游业”。澳门宾馆周末的房价比平日贵得多，在很大程度上是因为大批赌客在周末涌入澳门。

澳门早在19世纪，就开始兴办赌场。1961年2月13日，葡萄牙政府颁布第1826号法令，准许澳门“博彩业”作为一种“特殊的娱乐”，从此赌博业在澳门合法化，赌场在澳门便更加迅速发展。如今，“博彩旅游业”每年上缴的税收达三十多亿澳门元，占澳门政府财政收入的三分之一，成了名副其实的“支柱产业”！

为了表示对于“博彩业”的公开支持，澳门总督在每年元旦，都要亲临赌场，为“博彩业”开彩。

在澳门，赌场雅称“娱乐场”或者“娱乐公司”。我来到“葡京娱乐场”，大门外便见一大排刷卡机。不言而喻，这是为了便于赌客从信用卡中提取现金，进行“博彩”。

一进入大门，左首是衣帽间，右首是四个醒目的字：“禁止摄影”。不言而喻，在这里进行“博彩”，属于个人隐私，不能“曝光”。

我到过美国拉斯维加斯赌城。一进入赌场，便看见成排成排的角子老虎机，听见硬币不断掉下的嚓嚓声。那里的角子老虎机之类，澳门应有尽有，花样更多。

此外，澳门还有跑狗、赛马、彩票等等。

赌场里永远是“有人欢笑有人哭”。有人在一夜之间暴富，也有人在一夜之间倾家荡产。

有人曾对澳门回归之后是否仍允许“博彩业”存在，提出异议。然而，根据“五十年不变”的原则，在回归之后，澳门的“博彩业”照样兴隆，则是毫无疑问的了。

正因为这样，在澳门回归纪念表中，放进了骰子。

“和谈密使”忆澳门

我在香港湛蓝的维多利亚海湾上了“喷射船”，只花了45分钟，就到达澳门。如今，每隔一刻钟，就有一班“喷射船”驶往澳门，24小时都有航班。所以，从香港到澳门，交通是非常便捷的。

“喷射船”，也就是气垫船，是最近二十多年才“喷射”于香港与澳门之间。如果要问在半个世纪之前，从香港怎么到澳门，需要多少时间，知道这些往事的人就不多了。然而，在上海，却有一位耄耋长者回忆起澳门往事，仍历历在目。

说来惭愧，我久居上海，并不知道这位资深的九旬老人。倒是澳门朋友徐新先生来到上海，托我无论如何要找到这位历史的见证者，我才第一次听说他的大名——姜豪。

徐新先生在澳门政府文化司署工作。他曾经是澳门的老记者，对澳门的历史也颇有研究。他告诉我，最近日本出版的好几本关于中日战争的回忆录中，都用大段篇幅描述行踪神秘的姜豪，甚至还有所谓的“姜豪路线”！

经徐先生这么一说，我打电话到上海文史馆找朋友打听，很快就查清姜老的电话号码以及地址——因为他是上海文史馆馆员。不过，姜老的儿子告诉我，他父亲最近因感冒住院。于是，我陪着徐先生到医院里看望姜老。

姜老是上海宝山罗店人，年已九旬高龄，除了听力稍差之外，身体硬朗，记忆力甚强。他家住五楼，平日自己下楼取牛奶、取报纸。他的儿媳告诉我，这次他感冒，是由于挤公共汽车去远处看望老朋友，过于劳累，受了风寒，好在快要痊愈。

姜老回忆起当年在澳门的秘密活动，跟我们说起了“姜豪路线”。他说，这“路线”其实是秘密渠道的意思。当时，日军大举侵略中国，抗日浪潮汹涌澎湃。这时，汪精卫经过与日方“梅机关”多次密谈，即将倒戈。蒋介石虽然表面上抗日，然而，在私下里，蒋介石通过“姜豪路线”，跟日本进行“中日和平”的极端机密的谈判。

他之所以能够担任蒋介石的密使，内中的原因之一，是在于他的父亲跟“第一夫人”宋美龄一家有着不寻常的“西席”溯源：宋家当年住在上海东余航路。宋耀如有三男三女。年长的宋子文、宋蔼龄、宋庆龄、宋美龄已经赴美留学，年幼的宋子良、宋子安尚在家中。宋耀如人称“宋牧师”，他的家庭深受西方影响，个个孩子自幼学习英语。为了使宋子良、宋子安打下国文根底，宋耀如特地聘请清朝秀才、姜豪之父担任家庭国文教师。

姜豪深得蒋介石信任，在1939年底由军统头子戴笠直接派遣，作为密使派往香港。他记得，下午三时从重庆起飞，直至晚上九时才到达香港。他以“姜季超”名字，住进九龙的宾馆。

经过秘密联络，日方派出密使吉田东佑前往香港。不过，吉田极为警觉，他没有上岸，而是从船上给姜豪打电话，约定在澳门见面。

他们为什么不在香港会谈呢？姜豪说，英国人当时对香港控制很紧，在香港会谈容易被英国人盯梢而泄密。澳门则与香港大不相同，葡萄牙人管辖松懈，所以日本密使以为澳门比香港“安全”得多。

于是，姜豪在香港维多利亚海湾登上了小火轮，前往澳门。他回忆说，当时，小火轮是港澳之间最重要的交通工具，要乘三个多小时才能到达澳门。他下船之后，直奔中央酒店。那里是当时澳门的大赌场，从香港前来赌博的人很多，所以很容易混迹其中。除了住在中央酒店之外，他什么地方也不去，以免暴露目标。

日本密使吉田也下榻于中央酒店。据说，为了安全，吉田还雇了保镖。秘密会谈就在中央酒店里进行。

一见面，吉田就对姜豪能否代表蒋介石提出质疑。姜豪出示了国民党中央执委会秘书长朱家骅写给他的亲笔信，信上写明“奉总裁谕X月XX日至海关巷一号谈话”，这清楚表明他来此之前，蒋介石曾对他面授机宜。此外，姜豪还出示蒋介石的一张照片，背面有蒋介石亲笔题赠并盖有蒋介石的私章。吉田见后，对姜豪作为蒋介石密使身份毋庸置疑。于是，双方密使开始就“中日和平”进行一系列幕后谈判……

在澳门密谈之后，姜豪回到香港，突然接到朱家骅的电报：“奉总裁谕速返。”

姜豪乘飞机回到重庆，这才明白原委：朱家骅是中统局局长，戴笠是军统局局长，两人势不两立。然而，他这个密使，既听命于朱家骅，又听命于戴笠。中统与军统都要从他身上收集对日密谈情报。双方的矛盾，使他遭殃。不论是中统整他，或者是军统整他，都足以使他人头落地，家破人亡。

在这千钧一发之际，有人给他出了一个绝好的主意："戴笠听命于蒋总裁，蒋总裁听命于第一夫人。你何不给宋美龄写信，救你一命？"姜豪照办。果真，宋美龄发话之后，姜豪也就转危为安。蒋介石命令朱家骅给姜豪以"中统专员"的身份，戴笠对他也就高抬贵手了……

半个多世纪过去，香港、澳门已经回归。徐新先生告诉姜老，中央酒店如今依在，只是再也算不上澳门"头牌酒店"了。在澳门回归后，中央酒店成为葡萄牙领事住地。不过，如果不是姜老这位密使说出当年内幕，谁都不知道，中央酒店曾经成为"中日和平"会谈的场所。徐新先生希望，姜老能有机会重游澳门，再去中央酒店……

姜老抚今追昔，不胜感慨。他笑道："我还能走得动。如有机会，一定去看看回归后的澳门！"

回归之后再游澳门

2003年1月、2007年11月、2008年6月，我再游澳门，已经是熟门熟路了。我从香港铜锣湾来到上环，镶着红色边框的蓝色玻璃幕墙大楼——信德中心，矗立在维多利亚海湾之滨。

从香港前往澳门的客船码头，就在那里。

尽管澳门已经回归，但是我从香港前往澳门的手续却差不多与以往相同：先要办理离开香港的离港手续，然后还要办理前往澳门的入境手续；从澳门返回香港时，则先要办理离开澳门的离境手续，然后再办理回到香港的入港手续。

香港与澳门之间的交通非常频繁、便捷。来来往往的是喷射船，每隔一刻钟一班，24小时不间断。喷射船，香港人也叫飞翔船，正式的学名叫气垫船。气垫船航行时，一股强大的气流向下喷射，使船体腾空，脱离水面，大大减少了航行阻力，提高了速度。所以从香港到澳门40英里航程，气垫船航行一个多小时就到了。据统计，每天往返的旅客平均为16 500人次。除了乘坐气垫船之外，还有一小部分旅客乘坐直升飞机。

气垫船从友谊大桥下穿过，出现在我眼前的就是澳门的港澳码头。码头上飘扬着鲜艳的五星红旗，这庄严的国旗清楚地表明，澳门已经从葡萄牙的殖民统治下回到中华人民共和国的版图，与香港一样，成为中华人民共和国的一个特别行政区。

我见到澳门特别行政区的区旗，也在澳门上空高高飘扬。区旗上有五星、莲花、大桥、海水图案，以绿为底色。

区旗正中的莲花，是澳门的象征。澳门古称"莲岛"，澳门半岛、氹仔岛和路环岛构成了南海中这朵美丽莲花的三只花瓣。莲花之上是五颗呈弧形排列的五角星，象征中华人民共和国。绿为底色，象征和平与安宁。莲花之下的大桥和海水图案，是澳门自然地理和景观的代表。

记得，在1999年2月，我来到澳门南湾湖畔的南湾街，那里有一座建于17世纪中叶的"澳督府"——葡萄牙总督府。总督是葡萄牙政府派往澳门的最高代表。如今，那面象征着葡萄牙对澳门的统治的旗帜已经被永远降下，五星红旗和澳门特别行政区区旗飘荡在昔日的"澳督府"上空。

正值新年来临，澳门到处张灯结彩，喜气洋洋。

我来到澳门最著名的古迹妈祖庙。妈阁庙是妈祖阁的俗称，原名天妃宫、正觉禅院，相传由居澳的福建乡亲创建。妈阁庙创建于1484年（明朝成化二十年），迄今已有五百多年历史。

"你可知MACAU不是我真姓？我离开你太久了，母亲！……"著名诗人闻一多先生半个多世纪以前的这首《七子之歌》，经过作曲家的谱曲，在澳门回归前夕唱遍了大江南北。然而这"MACAU"其实并不是真正的葡萄牙语，而是福建方言"妈阁"（即"妈祖阁"）的谐音。妈祖是中国东南沿海及东南亚沿海国家许多人所崇拜的海上慈悲女神，它起源于福建省莆田县。据专家考证，湄洲岛上妈祖庙始建于1086年（北宋元佑二年），是最早的妈祖庙。

相传妈祖乃是天后，能预言吉凶，消灾解难，化险为夷，所以前来朝拜的人甚多，庙里香火鼎盛。

特别是每年春节和农历三月二十三日的妈祖诞辰，庙内香火鼎盛，庙前还搭临时舞台，上演神功戏。

妈祖阁依山而筑。拾级而上，见到巨岩之上刻着"名岩"两字。另一巨岩上刻着"太乙"两字。

妈祖阁依山面海。从山上回首望去，碧海就在庙前。

步下小山，来到海滨。海风徐徐，碧波粼粼。澳门地处亚热带季风区，气候温暖湿润，雨量充沛。市区小山绵延，属于丘陵地带。

澳门的标志性历史建筑“大三巴”。在荧屏上，在报纸上，在杂志上，不知多少次见到过大三巴。在澳币上，也印着大三巴的图案。澳门人说：“没有到过大三巴，就等于没有到过澳门。”

1999年2月，澳门回归前，我来到大三巴。那里冷冷清清，游人无几。

然而，这一回我再度来到大三巴，发现那里的游人众多。一位身穿“CHINA”衣服的男子正忙于拍照，我连忙把他摄入镜头。因为这衣服上红色的“CHINA”，正是澳门回归之后大批内地游客涌入澳门的生动写照。

妈祖阁和大三巴都坐落在澳门旧城区，那里街道狭窄，房屋陈旧而拥挤。由于旧城区街道狭窄，路上挤满了汽车。

澳门市民最普遍的代步工具是摩托车。摩托车小而灵活，能够在拥挤的街道上穿行，何况澳门城区不大，摩托车可以迅速到达，所以家家户户几乎都拥有摩托车。

澳门的出租车是黑色的——台湾是黄色的，香港是上灰下红的。

澳门多雨。这种“骑街楼”处处可见，下雨时人们可以不打伞而在人行道上行走，确实方便。

澳门没有大的工厂。手工艺品是澳门的特产，其中有种风筝很受游客喜爱。

在澳门的居民楼，可以见到密密麻麻的防盗窗。在澳门公共汽车的车门，我见到贴着“谨防小手”的广告语。

澳门妈祖庙

在澳门大三巴，我看到一位衣着CHINA的男子在拍照

在澳门回归前，由于黑社会势力猖獗，治安不良。现在澳门治安要比回归前好，但是仍不如香港。

我注意到，澳门邮筒是红色的，邮局也是以红色作为标志色。这是因为澳门当年作为葡萄牙的殖民地，沿用葡萄牙邮局的标志色。

我是“集邮迷”。在澳门邮局购买纪念邮票时，见到营业员前的牌子上写着“英语”、“粤语”、“国语”，通常在“英语”、“粤语”前打“√”，表明会讲英语、粤语。会讲“国语”——普通话的澳门人不多，即便能讲，发音也很不标准。香港人也如此。

我来到澳门的地产公司，发现澳门的房价要比香港低得多。澳门的物价，也明显低于香港。

市政广场是澳门中区最热闹的地方，多座南欧建筑矗立其间，充满欧陆风情。其中最有特式的莫过于是市政厅了，这座建筑物已有四百多年的历史。正值春节即将来临，这里一片节日气氛。

市政广场一带辟为步行街，用黑色图案装饰的街道显得典雅。

市政广场一侧的天主教堂“玫瑰圣母堂”，又称板樟堂、多明我堂，始建于1687年，至今已有四百年的历史，成为澳门的名胜。这里供奉花地玛圣母，是葡萄牙人很崇拜的神。

澳门的新城区与旧城区截然不同，这里是一幢幢玻璃幕墙的现代化高楼，令人耳目一新。这样把新城与旧城分开，不在旧城区建设现代化高层建筑，有利于保护澳门的历史遗迹。

新城区可以与香港媲美。当然，高楼没有香港那么多，那么密集。

澳门新城区道路宽广，花团锦簇，环境优美，没有老城区那种挤迫感。濒海的南湖湾，可以说是澳门的“外滩”，非常漂亮。

南湖湾的标志碑上刻着：“2001年3月25日由澳门特别行政区行政长官何厚铧先生主持揭幕仪式”。

南湖湾的一侧，高高耸立着澳门电视塔。另一侧是新建的高楼大厦，倒映在碧蓝的海面上。

最为壮观的是，从南湖湾遥望，澳凼大桥像一道彩虹，横卧在万顷清波之上。

在澳凼大桥的桥头，一座鸟笼形、黄白相间的高楼格外引人注目。这便是著名的葡京酒店。

葡京酒店建于1970年。葡京，也就是葡萄牙的京城之意。葡京酒店的出名，不仅仅由于它是一家豪华酒店，而是因为它号称“东亚的最大赌场”。

由于“葡京娱乐场”禁止摄影，我无法拍摄赌场内的豪赌场面。

尾声：难忘南国别样风情

一九七九年那是一个春天,有一位老人在中国的南海边画了一个圈。
神话般地崛起座座城，奇迹般聚起座座金山。
春雷啊唤醒了长天内外，春辉暖透了大江两岸。
啊中国，啊中国。
你迈开了气壮山河的新步伐，走进万象更新的春天。

一九九二年又是一个春天，有一位老人在中国的南海边写下诗篇。
天地间荡起滚滚春潮，征途上扬起浩浩风帆。
春风吹绿了东方神州，春雨滋润了华夏故园。
啊中国，啊中国。
你展开了一幅百年的新画卷，捧出万紫千红的春天。

这是董文华演唱的《春天的故事》。

在中国的南海边上，不论是广东的珠江三角洲，还是海南经济特区，不论是香港特别行政区，还是澳门特别行政区，在邓小平改革开放和一国两制的思想指引下，春色满园。

在中国的南海边上，已经形成中国经济最活跃的地区之一。

南国别样风情，不光是阳光、碧海、沙滩。哦，当你到那位老人在中国的南海边画的这个圈里走一走，看一看，你将能够触摸中国的时代风貌，感受中国强烈跃动的心声。

南国别样风情，令人流连忘返。

美丽中国，美丽南国。